A MAJESTADE
DO XINGU

MOACYR SCLIAR

A MAJESTADE DO XINGU

2ª reimpressão

COMPANHIA DE BOLSO

Grafia atualizada segundo o Acordo Ortográfico da Língua Portuguesa de 1990, que entrou em vigor no Brasil em 2009.

Capa
Jeff Fisher

Revisão
Adriana Moretto
Diana Passy

Baseado em fatos e personagens históricos.
Esta é uma obra de ficção.

O autor agradece a Mariza Campos da Paz por subsídios históricos.

Dados Internacionais de Catalogação na Publicação (cip)
(Câmara Brasileira do Livro, sp, Brasil)

Scliar, Moacyr
A majestade do Xingu / Moacyr Scliar. — São Paulo : Companhia das Letras, 2009.

isbn 978-85-359-1438-2

1. Ficção brasileira. i. Título.

09-02465 cdd-869.93

Índice para catálogo sistemático:
1. Ficção : Literatura brasileira 869.93

2015

EDITORA SCHWARCZ S.A.
Rua Bandeira Paulista 702 cj. 32
04532-002 — São Paulo — SP
Telefone: (11) 3707 3500
Fax: (11) 3707 3501
www.companhiadasletras.com.br
www.blogdacompanhia.com.br

Para Luiz e Heloisa

ESTA NOITE, doutor, pensei muito no Noel Nutels. Aqui na UTI a gente dorme mal, e eu tenho sonhos estranhos, mas acordei lembrando, não sei por quê, uma história que me contaram, aquela história do Noel com os generais. O senhor conhece? Não conhece? Então lhe conto. O senhor tem jeito de quem gosta de ouvir histórias, e desta o senhor gostará. É triste, mas é engraçada. Como tudo, não é, doutor? Como tudo.

O Noel estava num hospital do Rio, morrendo de câncer. Isso foi em 1973, no começo de 1973. Ele não tinha sessenta anos ainda, e tudo o que ele queria era chegar aos sessenta anos, mas não, aos sessenta não chegaria, estava morrendo. Câncer, doutor. Na bexiga, parece. Coisa horrível — preciso lhe dizer? —, horrível, horrível. Tiveram de colocar uma sonda urinária... Horrível. Bem, mas então ele estava lá, morrendo. E aí uns generais, que tinham vindo ao hospital por causa de um colega doente, resolveram visitar o Noel. O motivo não sei ao certo. Talvez fossem amigos de Noel, tinha tantos amigos, inclusive entre os militares, muitos haviam trabalhado com ele e o admiravam; talvez achassem que a coisa pegaria bem — era a época da ditadura, visitar o Noel, que era uma figura tão respeitada, principalmente na esquerda, poderia repercutir bem na opinião pública.

Chegaram no quarto, bateram na porta e, como ninguém respondesse, foram entrando. Ali estava o Noel, deitado, olhos fechados, respiração estertorosa — morrendo. Os generais, consternados, não sabiam o que fazer. O que é que podem cinco generais fazer ao redor de um moribundo? Nada. Olhavam, simplesmente. E esperavam que alguma coisa acontecesse.

Aconteceu. De repente o Noel abriu os olhos. Abriu os olhos e olhou os militares. Os dois que estavam a oeste da cama, os dois que estavam a leste, o que estava ao sul — a norte não havia general algum, faltava general para o norte, e mesmo que houvesse de nada adiantaria, ao norte a cama estava encostada na parede, nenhum espaço sobraria para um general, por magro que fosse; olhou todos, um por um, com aquele olhar debochado dele. Um dos generais perguntou como ele estava. E o Noel, que, mesmo morrendo, continuava o gozador de sempre, respondeu: estou como o Brasil, na merda e cercado de generais.

Na merda e cercado de generais. Não é o meu caso, doutor. Não estou na merda. Quer dizer: acho que não estou na merda. Não sei. O senhor me dirá. O senhor sabe quando um doente está na merda, o senhor foi treinado para isso. Estou na merda, doutor? Não? Não estou na merda? O senhor tem certeza? Na merda, não? Não estou? Que bom, doutor. Não estou na merda, que bom.

A menos que o senhor esteja mentindo. A menos que o senhor esteja pensando, esse coitado está na merda, mas eu não vou dizer que está na merda, porque aí é capaz de piorar, é capaz de afundar ainda mais na merda; sei, os médicos às vezes ocultam a verdade, doutor. Mas vou aceitar o que o senhor está me dizendo: não estou na merda. Diferente do Noel, não estou na merda. Agora: mesmo que o senhor esteja me enganando, mesmo que na verdade eu esteja na merda, cercado de generais não estou. Não há general algum aqui, há, doutor? Esses doentes que estão aqui na UTI — não são generais, são? Nem é o senhor general, é? Não, eu não estaria cercado de generais. Um cara insignificante como eu? Não. Nem generais, nem majores, nem sargentos, nem mesmo soldados. Generais? De jeito nenhum. Não que faça diferença: a esta altura da vida, estar cercado de generais, ou de doutores, ou de doentes, pouco importa. Tudo o que eu quero é ficar quieto, esperando que passe esta dor, esta dor no peito, o senhor não imagina o que é esta dor, nem o Noel, que era corajoso, aguentaria esta dor.

Noel Nutels, doutor. Noel Nutels.

O senhor nem sabe de quem estou falando. Vejo pela sua cara: o nome não lhe diz nada. Compreensível. O senhor ainda é muito jovem — aliás uma coisa que me assombra é que os médicos estão cada vez mais jovens; ou eu estou cada vez mais velho, não importa, o certo é que fui contemporâneo do Noel, o senhor não. O senhor não tem obrigação de saber quem foi Noel Nutels. E no entanto ele era famoso, doutor. Noel Nutels, o médico dos índios. Houve uma época em que era notícia de rádio, de jornal. Todos falavam em Noel Nutels. Com admiração. Com veneração, eu diria até. Eu recortava as notícias, os artigos, anotava as histórias que ouvia. Tenho toda a vida do Noel nessa pasta que está aí, em cima da mesinha. Foi a primeira coisa que pedi, quando me internaram aqui: por favor, liguem para a minha casa e peçam para a moça que trabalha lá a pasta azul com o nome de Noel Nutels. Esta pasta tem tudo, doutor — ninguém sabe do Noel tanto quanto eu. Ninguém falou do Noel tanto quanto eu. Fui — sou — um homem insignificante, nada fiz de importante, mas algumas pessoas ficaram sabendo do Noel graças a mim, e isso, se não justifica minha existência, pelo menos me consola. Ai que dor, doutor, que dor no peito, essa injeção que o senhor me deu não adiantou nada, preciso de alguma coisa mais forte. Ou então preciso falar, falar pelo menos me distrai, espero que distraia o senhor. O senhor tem jeito de quem gosta de ouvir histórias. De ouvir histórias e de contar histórias. Isso às vezes é coisa de família. Desculpe perguntar, mas seus familiares gostavam de contar histórias? Ah, sua mãe. Sua mãe gostava de contar histórias. Viu como adivinhei? O instinto não me engana, doutor. Todo o resto me engana, o instinto não.

Diga uma coisa, doutor. Depois que eu morrer — sim, sei que não vou morrer tão já, o senhor me garantiu, mas apenas para efeito de raciocínio —, depois que eu morrer o senhor vai escrever essas coisas que estou lhe contando? Ah, não vai? E por que está tomando notas? Ah, não tem nada a ver com o que estou dizendo? Mas o senhor não acha que é falta de educação prestar atenção em outra coisa enquanto estou aqui, falando de mim, falando do Noel? Eu não tenho importância, doutor, mas o Noel, o Noel Nutels... Ele era muito importante, doutor. Muito, muito importante.

Ah, o senhor está prestando atenção. Está escrevendo, mas presta atenção. Bem, os jovens conseguem fazer isso, escrever e prestar atenção no que ouvem. E os jovens doutores, então, nem se fala. São capazes de ouvir o paciente, ler o prontuário, falar com a enfermeira e olhar o monitor, tudo ao mesmo tempo.

Não, não estou zangado. É que o Noel era importante, sabe, doutor? Por isso gostaria que o senhor escutasse o que tenho a lhe dizer sobre ele. Não é por mim, não. É pelo Noel. Não: é pelo senhor. O senhor deve ouvir a história do Noel, doutor. Acho que alguma coisa mudará no senhor depois que ouvir esta história.

Noel Nutels. Lembro como se fosse hoje o primeiro dia em que o vi, menino ainda. Foi no navio que nos trouxe para o Brasil, em 1921. Era um navio alemão, mas não tinha nome alemão, chamava-se *Madeira*, em homenagem à ilha portuguesa. Simbólica coincidência: de certa forma refazíamos a viagem dos navegadores portugueses, Cabral e os outros. Como eles, atravessaríamos o oceano, rumo ao Brasil; não numa precária caravela, mas também não num luxuoso transatlântico — longe disso. O senhor precisava ter visto o *Madeira*, doutor. A rigor, nem navio de passageiros era; tratava-se de um cargueiro adaptado para o transporte de emigrantes. No porão tinham instalado beliches, oitenta beliches triplos, quase nenhum espaço entre um e outro. Latrinas, quatro; pias, quatro, nem sempre com água. Era impossível ficar naquele porão, passávamos a noite lá, mas mal amanhecia subíamos para respirar um pouco de ar fresco. O senhor conhece aquele quadro do Lasar Segall, *Navio de emigrantes*? Aquele quadro que mostra pessoas amontoadas num convés, pessoas de olhar triste? Era exatamente aquilo. Nós estávamos emigrando, doutor. Melhor dito: estávamos fugindo. Fugindo da Rússia.

A Rússia. O senhor sabe que até hoje sonho com a Rússia? Pois sonho, sim. A Rússia, doutor... A Rússia a gente não esquece. Na Rússia tínhamos nascido, na Rússia vivíamos, muito mal, mas vivíamos. Nós éramos do sul, da Bessarábia, na fronteira com a Romênia. Quando eu nasci, aquilo era parte do grande império tzarista. Aos judeus estavam reservadas certas regiões, das quais não saíam — a menos que fossem ricos, claro, o que não era o nosso caso. Morávamos numa pequena aldeia, num shtetl, como se dizia em iídiche. Iídiche, doutor: ninguém mais fala essa língua. Como os idiomas dos índios, logo estará esquecida. Não vem ao caso, muita coisa logo estará esquecida.

Como eu dizia, era uma aldeia bem pequena, a nossa, e de gente muito pobre: agricultores, artesãos, pequenos comerciantes. Meu pai, um sapateiro, ganhava muito pouco. Mal podia alimentar a família, que, comparada às outras — oito, nove filhos —, nem era grande, muito pelo contrário: eu só tinha uma irmã menor, Ana. Vivíamos numa casinha de madeira, sem conforto algum, sem nenhum tipo de aquecimento, no inverno a gente morria de frio. Comida escassa; às vezes até fome a gente passava. Era uma festa quando, na sexta-feira, tínhamos galinha para o jantar. Minha mãe fazia milagres para arranjar comida, para remendar as esfarrapadas roupas que usávamos. Uma lutadora, a mamãe. Não como a mãe de Noel, que foi revolucionária, que fez comícios em portas de fábricas; naqueles anos que antecederam a revolução de 1917 a agitação era grande, os militantes estavam por toda parte, mobilizando as massas nas portas das fábricas. Mas na nossa aldeia não existiam massas nem fábricas, e, mesmo que existissem massas ou fábricas, minha mãe não era de fazer comícios. Mulher, para ela, tinha de cuidar da família, sobretudo quando o chefe dessa família era um homem tão desligado como meu pai, um homem que ignorava as mazelas do cotidiano, que gostava mesmo era de bater sola e pensar na vida. A seu modo, papai era um filósofo. Consertar sapatos, dizia, parece uma coisa sem importância, mas não é: pelo sapato se conhece uma pessoa, o modo como essa pessoa vive. Pelo sapato se pode dizer se o dono caminha arrogante como um ricaço ou humilde como um mendigo. Papai era o Spinoza dos sapatos. Spinoza, doutor. Ouviu falar? Spinoza. Grande filósofo. Li muita coisa dele.

Era um homem humilde, papai — mas tinha seus momentos de glória. A cada seis meses um homem vinha à nossa casa. Era um empregado de confiança do conde Alexei. Entrava sem bater, mal cumprimentava, e de imediato entregava a papai um grande embrulho: os sapatos do conde, de cujo conserto papai era encarregado. O conde tem pressa, dizia seco, e se ia.

O conde Alexei era o dono de tudo naquela região. Vivia no castelo, no alto da colina que dominava nossa aldeia. Possuía grandes extensões de terra, mas ou era um nobre arruinado — conde que se preza não manda consertar sapatos, joga fora — ou então era um homem muito econômico. De qualquer maneira, a chegada de seu empregado era para o meu pai motivo de felicidade. Ele tinha pelos sapatos do conde uma admiração que chegava às raias da reverência. Maravilhavam-no particularmente as botas de montar, feitas em Moscou; toca aqui, ele me dizia, sente a maciez deste couro, couro assim eu nunca vi, deve ser de algum animal raro, desses animais criados especialmente para que os nobres tenham calçados macios, esses animais que morrem felizes porque o couro arrancado a seu corpo protegerá do barro e da neve o pé de um conde russo. Uma vez o empregado trouxe botas novas, com um recado do conde: queria diminuir a altura dos canos, ricamente trabalhados. Papai não podia acreditar: mutilar aquela obra de arte? Mas ordens do conde ele não discutia; fez o que lhe tinha sido mandado, e foi uma de suas tarefas mais difíceis, mesmo porque o conde fora pouco claro. Papai não saberia dizer se a altura estava boa; ocorreu-lhe experimentar as botas, mas, apesar de calçar o mesmo número que o conde, jamais se atreveria a tal, a colocar seus pés judaicos nas botas de um nobre. Felizmente Alexei ficou satisfeito com o trabalho, como sempre ficava, e papai pôde enfim respirar. Permitiu-se uma pequena indenização: com as aparas de couro confeccionou duas minúsculas botas, que guardou como lembrança; estavam no lugar de honra da casa, em cima do armário da saleta.

Eram para ser admiradas, aquelas botas? Não por mim, doutor, não por mim. Em meus pesadelos aquelas malditas botas, aquelas botinhas, aquelas botículas, tinham dono, e esse dono não era o Pequeno Polegar, não era o Gato de Botas; era um cossaco, um pequenino e traiçoeiro cossaco que à noite saía de seu esconderijo, calçava as botas e galopava pela casa em torno montado num repelente ratão, rindo e debochando de nós. Dessas penosas fantasias eu não falava a ninguém. Guardava-as para mim. Sofria sozinho.

Nem todos partilhavam da admiração do meu pai pelo conde Alexei. O filho do carpinteiro, por exemplo, um adolescente magro e de olhar alucinado com quem eu conversava frequentemente, odiava o nobre, odiava todos os nobres, e os ricos, e os poderosos. Fazia-me perguntas inquietantes, o rapaz: por que alguns têm botas macias e outros andam descalços? Por que alguns moram em castelos e outros em choupanas? Eu não tinha resposta para tais questões e suspeitava que delas resultaria alguma confusão. Não deu outra: lá pelas tantas o rapaz fugiu de casa e se juntou aos revolucionários. O pai dele quase morreu de desgosto.

Ao meu pai eu não causaria desgosto. Eu não o interrogaria sobre pés bem calçados e pés descalços. Tal coisa só o aborreceria. Papai era grato ao conde, que não lhe pagava muito mas pagava pontualmente, ao contrário dos fregueses habituais, que pechinchavam e atrasavam. Que o conde tenha longa vida, dizia. Diferente do filho do alfaiate e de outros contestadores, que queriam ver os nobres enforcados, meu pai creditava ao conde os escassos momentos felizes de sua atribulada existência.

Papai era um homem sofrido. A morte de seu primogênito, falecido um mês antes de eu nascer, marcara-o fundo. E a mim também. Perseguia-me como um espectro, esse irmão morto. Muitas e muitas vezes fiquei a olhar a foto esmaecida que mostrava um menino magro, de cara comprida, olhar triste — o olhar mais triste que já vi, doutor. O olhar de quem sabia que ia morrer. De que morreu? De tuberculose, claro. Era disso que a gente morria naquela época. Tuberculose; as pessoas emagreciam, tinham febre, tossiam, escarravam sangue. E um dia se iam. Nas tábuas da divisória do quarto em que dormíamos todos havia uma mancha escura, uma mancha que nunca foi limpa. Eu sabia que mancha era aquela; era o sangue seco do meu irmão, o sangue que tinha brotado a golfadas de seu pulmão na noite em que morreu. Para meus pais aquela mancha era uma espécie de relíquia — macabra relíquia, mas relíquia. A mim aterrorizava de tal forma que mal podia olhá-la. Tinha a forma de uma estranha criatura alada, a mancha, de uma mariposa grande, deformada; a qualquer momento se desprenderia da parede e viria me atacar.

Estaria mesmo morto, o meu irmão? Sim, havia um túmulo com o nome dele no pequeno cemitério da aldeia, e sob a terra um caixão, decerto já apodrecido, com ossos secos e alvos. Mas era o meu irmão, aquele frágil esqueleto? Ou era o meu irmão a presença invisível que eu sentia na casa? Era o sussurro do vento que eu ouvia, ou era ele me chamando? Eram as sombras das árvores que eu via nas vidraças, à noite — ou era o seu vulto? Ah, doutor, eu queria que meu irmão voltasse à vida, como eu queria que ele voltasse à vida, doutor. Olhava para um certo lugar no pátio e queria vê-lo ali, queria que invisíveis partículas se condensassem, que tomassem forma, que se materializassem na figura daquele irmão. Isso eu queria, e queria muito, era a coisa que eu mais queria; porque a meus pais, doutor, a meus pais fazia muito falta aquele menino de olhos tristes. Cada vez que falavam do filho morto choravam desconsoladamente. Pobre mamãe. Pobre papai. Pobre irmão. Pobres de nós, doutor. Pobres de nós. A morte era uma lembrança constante em nossa existência. Quando não era a doença, a tuberculose, era o pogrom.

O pogrom. Ao anoitecer, tropel de cavalos, gritos ferozes — logo estavam ali, aqueles demônios dos cossacos, bêbados, batendo nos homens, violentando as mulheres, queimando as casas. O pogrom, doutor, era um massacre organizado, uma válvula de escape para as tensões do império. A colheita fracassava? Pogrom. A Rússia era derrotada numa aventura guerreira? Pogrom. O tzar se sentia ameaçado? Pogrom, pogrom, pogrom. Mesmo os que desaprovavam o pogrom — o civilizado conde Alexei era um deles — nada faziam para evitá-lo. Muitos habitantes da aldeia aceitavam resignados a violência: vinha de tanto tempo, aquilo, que já se constituía em fatalidade. Outros, porém, se revoltavam. Até quando os judeus continuariam a ser massacrados? Não estava na hora de dar um basta à perseguição? Não existiria no mundo um lugar em que a gente pudesse escapar daquele permanente terror?

Nós não tínhamos respostas para tais questões, mas havia quem as tivesse. Um dia um homem veio à nossa aldeia, um judeu de Kiev. Trabalhava para uma companhia de colonização agrícola, a Jewish Colonization Association, JCA ou ICA, fundada por filantropos judeus da outra metade da Europa, a Europa dos Rotschild, dos Montefiore. Estavam preocupados conosco, aqueles ricos financistas e empresários. Sabiam que a situação na Rússia era explosiva e que, como de costume, os judeus se constituiriam no bode expiatório do conflito. Queriam nos tirar de lá, levar-nos para outras terras — para a América do Sul, lugar promissor, onde tudo estava por fazer, onde grandes empreendimentos estavam em curso: o vice-presidente da ICA, Franz Philippson, era diretor da Companhia de Estradas de Ferro da Argentina e do Rio Grande do Sul. Ao longo da ferrovia grandes extensões de terra estavam sendo adquiridas e ali poderíamos começar nova vida, como nova vida tinham começado os colonos alemães e italianos.

O homem de Kiev, bem vestido — até cartola usava — e bem falante, reuniu-nos na sinagoga, explicou-nos essas coisas e depois distribuiu panfletos coloridos em cuja capa havia um desenho que ficou gravado em minha memória. Sob um céu esplendorosamente azul um homem trabalhava a terra com uma enxada. Ao fundo, árvores — laranjeiras. E aí vem o detalhe que mais nos impressionou. O chão estava juncado de laranjas, doutor. Aparentemente, ninguém se dava ao trabalho de apanhá-las; tanto que estavam sendo comidas por uns porquinhos que andavam por ali. O senhor há de perguntar o que faziam porquinhos num panfleto distribuído a judeus, mas não era aquilo que importava, o que importava, o que nos encantava, era a abundância de laranjas; laranja na Rússia era coisa rara, importada não sei de onde; vinha enrolada em papel de seda e quando a gente — por acaso, só por acaso — conseguia uma laranja, ela era dividida, um gomo para cada pessoa. Mas naquele lugar, o Brasil, havia laranja à vontade; e banana, e tudo de bom que se pudesse imaginar. O homem então explicou que podíamos viver no Brasil, a ICA nos levaria para lá, nos daria terra, ferramentas agrícolas, gado, sementes, escola para as crianças, médico, enfim, todo o apoio necessário.

Como o senhor pode imaginar, doutor, aquele anúncio causou um verdadeiro reboliço na aldeia. Muitos não acreditavam na história, achavam que era mais uma promessa mirabolante. Outros, pelo contrário, viam na América a solução de nossos problemas. Minha mãe era das mais entusiasmadas; queria que partíssemos imediatamente, a Rússia é um inferno, dizia, o Brasil é um paraíso.

Meu pai pensava diferente. Sim, as coisas eram difíceis na Rússia, mas quem garantia que em outras terras viveríamos melhor? No shtetl éramos pobres, mas pelo menos ele tinha uma profissão, podia alimentar, ainda que mal, a família. Além disso, aquela era a nossa terra; verdade, os judeus eram maltratados e perseguidos na Rússia, mas a aldeia era o nosso lar, precário e perigoso lar, mas lar, de qualquer forma.

Havia um outro problema do qual não falava, mas que eu, apesar de criança, adivinhava. Se ele partisse, quem consertaria os sapatos do conde, as suas belas botas? Que outro sapateiro se entregaria a essa tarefa com a mesma dedicação, com o mesmo amor? Era fiel ao conde Alexei, meu pai. E por isso vacilava, o que era causa de muita briga. Minha mãe, ressentida, achava que acabaríamos pagando o preço de tal vacilação. Quando você finalmente se resolver, dizia, será tarde demais.

Outros foram mais decididos. Nessa época ainda não conhecíamos os Nutels, que eram de Ananiev, uma cidadezinha relativamente distante; mas, como depois nos contaram, já então o pai de Noel tinha partido para a América — para a Argentina, mais precisamente. Deixara a família porque imaginava enriquecer rapidamente em Buenos Aires, aquela cidade afluente, para onde convergia o dinheiro dos fazendeiros argentinos; e, rico, traria a mulher e o filho. Não era uma aspiração despropositada; muitos emigrantes tinham sido bem-sucedidos na Argentina. Mas Salomão Nutels não teve sorte. Dedicou-se a vender sapatos para crianças: sapatos baratos, nada que se comparasse às botas do conde, mesmo porque sua clientela era a dos bairros pobres da capital. Saía de manhã cedo, a mercadoria numa grande mala, percorria as ruas, gritando "*Sapatitos chiquitos, chiquitos para sus hijos*". Gritava muito, o Salomão, vendia pouco. A mala, que saía cheia, voltava igualmente cheia; e ele se desesperava porque não conseguia juntar o dinheiro para as passagens de navio. Vida dura, a daquele homem. Durante o dia, árduo trabalho; à noite, sono atormentado. Sonhava com pés; não os mimosos pés das criancinhas a quem se destinavam seus calçados, não; pés enormes, como os pés dos cossacos, pés encardidos, pés de grandes artelhos, pés de solas grossas como cascos. Brutos pés; pés que, entrando num galinheiro, esmagariam às dezenas frágeis pintinhos, de nada valendo o cacarejo de protesto das nervosas galinhas. Perseguiam-no sem cessar, esses pés; nos sonhos ele corria, corria, mas cada vez que se virava lá estavam os pés, sempre mais perto — até que ele acordava gritando. E aí se vestia, pegava a pesada mala e saía para trabalhar: "*Sapatitos chiquitos, chiquitos para sus hijos*".

Em 1917 Salomão Nutels, cansado e desiludido, resolveu voltar à Rússia. Tomou um navio alemão que fazia escala no Brasil. Teve o azar de desembarcar no Recife justo no dia em que o Brasil declarou guerra à Alemanha do Kaiser. A cidade estava agitada; multidões furiosas depredavam e incendiavam os estabelecimentos de alemães. De repente alguém avistou aquele homem ruivo, com cara de europeu. Não tiveram dúvidas: gritando pega o alemão, pega o alemão, correram atrás dele. Mim russo!, protestava Salomão, correndo sempre. Inútil: alcançaram-no e surraram-no a valer. Pior, perdeu o navio.

Destino, não é, doutor? O destino queria que Salomão Nutels ficasse no Brasil. O destino armou a mão do sérvio Gavrilo Princip, o autor do atentado contra o arquiduque Ferdinando que desencadeou a Primeira Guerra. Gavrilo Princip, membro da organização nacionalista Mão Negra, era tuberculoso, doutor. Muitas vezes deve ter sentido o frio da morte em seus ossos. Muitas vezes deve ter ansiado pelo sol do trópico. Era amigo de um marinheiro russo, jovem como ele, radical como ele (mas que, diferente dele, não acreditava no assassinato político), e esse marinheiro, que viajara por muitos lugares, falava do Brasil, um país de praias deslumbrantes, florestas verdejantes e índios nus — histórias que Gavrilo Princip escutava arrebatado. Terá ele cogitado largar tudo, a luta pela independência, para morar no Brasil? Talvez. Se o tivesse feito, o atentado seria confiado a outro; e será que esse outro acertaria o tiro? E não acertando, começaria a guerra? E a guerra não começando, ficaria Salomão retido no Brasil? E não ficando ele retido no Brasil, chegaria aqui um dia Noel Nutels? De qualquer modo Gavrilo Princip não veio para o Brasil. A Mão Negra queria que ele matasse o arquiduque, e a Mão Negra ordenando, Gavrilo Princip tinha de obedecer, a vontade da Mão Negra era soberana, dela ninguém podia fugir, a Mão Negra chegava longe, caçava os desertores, mesmo os tuberculosos em busca de clima melhor. Mão Negra: mão do destino. Lá estava o Gavrilo Princip morrendo de tísica numa lúgubre prisão austríaca enquanto o pai de Noel caminhava feliz sob o brilhante sol do Brasil, pensando, foi bom perder o navio, foi bom ficar nesta terra de céu azul e belas paisagens, meu filho crescerá aqui em meio a esta generosa natureza. Salomão Nutels não pensava em Gavrilo Princip, mas Gavrilo Princip, febril, pensava no menino russo que a mão do destino levaria ao

Brasil; e, de alguma forma, sentia-se consolado. Morreu em 1918, aos 23 anos.

Salomão Nutels não ficou no Recife. Foi para Alagoas, para uma pequena vila chamada Laje do Canhoto. Por que Alagoas, por que Laje do Canhoto? Por que não Três Forquilhas, ou Buraco da Fumaça, ou Salvador? Por que não Limoeiro ou Jagunços ou Treme-Treme ou Não-me-Toque ou Curitiba ou Ponta do Gringo? Por que não as ilhas Cagarras? Por que não Riozinho ou Lagoa Santa ou Mato da Velha? Aí, doutor, não se trata mais de destino. Qualquer lugar dava no mesmo, qualquer lugar servia. Qualquer ilha, qualquer península, qualquer montículo, qualquer caverna, qualquer pico, qualquer rochedo, qualquer lugar servia. Qualquer lugar onde Salomão Nutels pudesse enfim parar de fugir, onde pudesse sentar-se à sombra, tirar as botinas e descansar um pouco, esfregando aqueles pobres pés doridos, pés que, diferentes dos pés de cossaco em seus pesadelos, não perseguiam ninguém; ao contrário, estavam sempre prontos para a fuga, mim russo, mim russo.

Laje do Canhoto. Curioso nome. Laje designava a enorme pedra achatada que havia no rio; mas — Canhoto? Por que Canhoto? Quem era esse Canhoto? Isso Salomão Nutels não sabia, mas — a nossa eterna paranoia, doutor — temia encontrá-lo a qualquer momento, facão na mão esquerda, pronto a degolar os forasteiros. Não aconteceu. Diferente dos cruéis cossacos, o personagem jamais saiu do terreno do imaginário.

Laje do Canhoto era um lugar pequeno, acolhedor, um lugar de gente risonha e de fala mansa, um lugar onde a vida era calma, sem as oportunidades da grande cidade mas sem os sobressaltos e sem as aflições da grande cidade. Em Laje do Canhoto Salomão teria uma vida tranquila. Vida doce, literalmente: era uma terra de açúcar, aquela. Ali plantava-se cana; ali escorria, no engenho, a garapa generosa da qual era extraído o açúcar. Ali as abelhas faziam festa; as abelhas e Salomão Nutels. Por causa do açúcar. Nós, judeus russos, adorávamos açúcar, sonhávamos com açúcar. Porque na Rússia o açúcar era caro; o tzar tinha açúcar à vontade, toneladas de beterraba eram usadas para que não lhe faltasse açúcar, mas nós, doutor, nós, os judeus pobres, a nossa vida era amarga. Quando nos reuníamos à noite para tomar chá, nós e nossos vizinhos, cada um ganhava um cubo de açúcar, um pequeno cubo de açúcar. Que fazíamos render; esse cubo de açúcar preso entre os dentes (daqueles que tinham dentes; não eram todos), íamos tomando devagar o chá. O líquido dissolvia um pouco do açúcar, um pouquinho a cada gole, algumas partículas, algumas moléculas, o suficiente para que sentíssemos um sabor doce muito tênue, o sabor capaz de nos garantir que ainda havia esperança, que um dia as coisas poderiam melhorar. E onde melhorariam? Naqueles lugares como o Brasil, em que o açúcar era abundante, em que montanhas de alvo açúcar estavam à disposição de todos. Pelas encostas dessas montanhas rolaríamos, comendo açúcar aos punhados, lambuzando-nos de açúcar. Ficaríamos gordos? Sem dúvida. E daí? Era bonito, ser gordo. Era sinal de saúde. A magreza antecipava a tísica, a maldita tísica — que ficasse na Rússia, a tísica assassina.

Laje do Canhoto era um lugar pequeno, desses lugares em que todos se conhecem: um shtetl alagoano, por assim dizer. A rua principal, a praça, a igreja, a prefeitura. O ponto de reunião era a farmácia do seu Buarque. Ali juntavam-se os notáveis da cidade, o prefeito, o pároco, o médico, o dono do engenho. Ali se falava de tudo, principalmente da guerra: era o assunto do momento, mesmo naquelas remotas paragens. Por causa da guerra Salomão Nutels tornou-se uma figura importante. Ele vinha da Europa, os nomes que apareciam nos noticiários lhe eram familiares. Arquiduque Ferdinando? Sabia quem havia sido. Mão Negra? Sabia do que se tratava. Sarajevo? Sabia onde ficava. Bethmann-Hollweg, Sazonov, Von Schlieffen, Moltke? Podia dizer quem eram, quais as suas idades, que cargo ocupavam, que vinho apreciavam. Cada vez que ocorria uma nova batalha, Salomão era consultado. Com o auxílio de um mapa, e no seu arrevesado português, explicava detalhadamente o movimento das tropas. Investido de tanta autoridade, foi admitido na rodinha da farmácia; mais, tornou-se uma figura popular em Laje do Canhoto. Decidiu, pois, que era hora de começar um negócio; afinal, a mulher e o filho continuavam em Ananiev esperando por ele, precisava ganhar dinheiro com urgência. Tornou-se proprietário da Loja da Moda, estabelecimento humilde mas bem sortido: como convinha a uma loja do interior, vendia de tudo, de alpiste a botinas, de ferramentas agrícolas a papel almaço, e até penicos, belos e grandes penicos de ágata azul. Muito apreciados, aliás. Os pobres evacuavam no mato, com o que até adubavam as bananeiras, mas pessoas que se prezavam tinham um penico debaixo da cama; não precisavam levantar à noite para ir à latrina no fundo do quintal. Os sons noturnos de Laje do Canhoto incluíam o pio das corujas, o latido dos cães, e o cantar da urina nos penicos de ágata.

Todos compravam os penicos de Salomão Nutels. Todos, menos o seu Cesário. Ele se considerava diferente, era a eminência cultural da cidade. Em primeiro lugar, assinava o *Diário de Pernambuco*, e assim estava informado de tudo o que se passava no estado, no país, no mundo, podendo inclusive contestar Salomão Nutels — se quisesse. Não queria. Espírito aristocrático, estava acima dessas questiúnculas. Não discutiria a Mão Negra com um arrivista, um emigrante judeu vindo sabia-se lá de onde. Depois, era o único que tinha um penico diferente, um penico de Limoges, esmaltado, com motivos florais. O senhor que conhece a Europa, perguntava ele a Salomão Nutels, desdenhoso, o senhor esteve em Limoges?

Não, claro que Salomão Nutels não tinha estado em Limoges, uma cidade fundada à época do Império Romano, uma cidade de palácios e magníficos banhos, uma cidade que, sob os merovíngios, cunhara sua própria moeda, uma cidade que guardava as relíquias de são Marcial. Salomão Nutels talvez tivesse ouvido falar de Limoges, mas lá jamais entraria: irresistível força (a maldição de são Marcial?) o repeliria tão logo estivesse a uns poucos quilômetros do perímetro urbano. Limoges não era lugar para Salomão Nutels; nem eram os penicos de Limoges comparáveis aos da Loja da Moda. Aliás, até a maneira de usar era diferente. A gente vulgar sentava diretamente nos penicos comprados ao Salomão Nutels, nádegas sobre a borda de frio metal. Já o penico de seu Cesário, objeto elegante que demandava muita discrição, era convenientemente colocado sob um assento provido de competente abertura e forrado em damasco. Ali seu Cesário ficava sentado horas, lendo o *Diário de Pernambuco*, lendo o *Por que me ufano do meu país*, do conde Afonso Celso, lendo os poemas de Olavo Bilac. Lia muito. E evacuava abundantemente, graças aos laxativos que usava todos os dias. Não sofria de prisão de ventre, mas fazia questão de encher o penico para provar que em sua casa comida não faltava, que tinha com quê produzir fezes. Os frequentadores da farmácia não se impressionavam com o refinamento do seu Cesário; merda por merda, diziam, tanto faz o penico ser de ágata ou de porcelana. E preferiam os penicos de Salomão. A loja fazia bom movimento; lá pelas tantas, ele economizara dinheiro suficiente para trazer a família da Europa.

Não era sem tempo. Em meio à guerra civil que se seguiu à revolução de 1917, Ananiev, como outras cidadezinhas judias, vivia sob a constante ameaça do pogrom. Um dia os soldados tzaristas invadiram a aldeia. Quem pôde fugiu, mas eles conseguiram agarrar o schochet, o homem que matava galinhas e fazia as circuncisões, santa criatura.

Pequeno, magro, encurvado, o schochet tinha um único motivo de orgulho: a longa e venerável barba, mais longa e venerável do que qualquer outra barba judaica nas aldeias do sul da Rússia. Nunca a aparara; obedecendo ao antigo preceito religioso, deixava que crescesse porque na ponta de cada fio estava contida a verdade: a verdade da barba e a verdade de Deus. Cada fio da barba estava programado, desde o início dos tempos, para atingir um determinado comprimento, para dar à barba um determinado formato, e esse desígnio, natural e ao mesmo tempo divino, não podia ser contrariado. O schochet nada mais era que o suporte de sua barba, da mesma forma que o pau nada mais é que o suporte da bandeira, que o mastro nada mais é que o suporte da vela. Tremulando, essa bandeira panda, essa vela inflada por ventos que de longe sopravam, navegava num mar imaginário rumo a terras longínquas, terras de florestas verdejantes e rios piscosos, terras em que as galinhas tinham o tamanho de pequenos elefantes (e os elefantes, pelo contrário, eram pequenos e delicados como franguinhos novos). Eu sou a minha barba, dizia o schochet degolando um frango.

Sabiam disso, os esbirros do tzar. Sabiam do amor que o pobre velho nutria por sua barba. Poderiam matá-lo — frágil, não resistiria a um coronhaço ou mesmo a um murro —, mas isso não lhes bastava: o que tinham em mente era um suplício cruel. Com o velho subjugado por dois soldados, o capitão aproximou-se dele, declarou-se leitor do Velho Testamento e, com um sorriso irônico, perguntou se sabia o que era a sarça ardente. Sei, gaguejou o pobre schochet, foi aquele arbusto em chamas do qual o anjo falou a Moisés. Pois tu vais te transformar numa sarça ardente, replicou o capitão, uma sarça ardente muito mais interessante do que a de Moisés. Acendeu o cachimbo e, aproveitando o mesmo fósforo, pôs fogo na barba do velho. Uivando, aterrorizado, o schochet corria pela rua, a barba em chamas. Fala, sarça ardente, gritavam os soldados, fala com Moisés.

Escondidos, Noel e a mãe viram a cena medonha. Para Berta, aquilo representava uma clara advertência: tinham de sair da Rússia antes que fosse tarde. Mas com a Revolução o país ficara praticamente isolado do mundo, o contato com Salomão era impossível. Só em 1920 tiveram notícias dele: estava no Brasil, queria que a mulher e o filho fossem imediatamente.

Deixar a Rússia era difícil e perigoso. Não havia como conseguir visto diplomático; era preciso sair clandestinamente. Cruzando o rio Dniester, na fronteira, entrava-se na Romênia, e de lá ia-se para a Alemanha, para o porto de Hamburgo, de onde se tomava o navio para a América. O momento mais crítico era a travessia do Dniester. O perigo ali era constante, por causa dos guardas de fronteira e também dos bandidos, sempre prontos a assaltar os indefesos viajantes. Para escapar deles, só recorrendo à proteção de bandos que, mediante alto preço, escoltavam os fugitivos — quando não os roubavam também, e não os assassinavam: volta e meia apareciam corpos boiando no rio. Mas não havia alternativa a não ser correr o risco. A mãe de Noel, Berta, mulher corajosa e resoluta, entrou em contato com o chefe de um desses grupos e acertou a fuga, um episódio que Noel me contou no navio. Criança ainda, o Noel já era um grande contador de histórias. A narrativa dele transformou-se em cenas vívidas, cenas, doutor, que volta e meia me retornam à lembrança.

É noite. Noite quente, abafada; nuvens escuras toldam a lua e as estrelas, prenunciando chuva. Na margem do rio, Noel, a mãe, a tia, aguardam aflitos o barco que deve levá-los para o outro lado. A hora marcada já passou, e eles não sabem o que pensar. Não podem ficar ali, à mercê de salteadores — por duas ou três vezes ouviram o sussurro de vozes suspeitas. Desesperados, pensam em voltar, em adiar a tentativa de fuga; finalmente avistam uma luz sobre as águas e logo em seguida surge a esperada embarcação. Tripulam-na três homens: dois remam, um terceiro vai ao leme. Este — o chefe — ordena, mal o barco atraca: embarquem logo, não temos tempo a perder. Com dificuldade, as duas mulheres e o menino se instalam no bote que — Noel sente os pés molhados — está fazendo água. Apesar disso chegam à outra margem, onde, ao contrário do combinado, ninguém os espera. Foi a correnteza, diz o homem, ela nos desviou, mas não tem importância, vocês vão descer e esperar. E acrescenta: tirem os sapatos e enxuguem os pés, não quero que se resfriem.

Estranha solicitude, partindo de gente rude, mal-encarada. A tia pondera timidamente que não há necessidade disso, os sapatos secarão logo, mas o homem insiste, já irritado: sei o que estou dizendo, se vocês espirrarem e atraírem a atenção dos guardas de fronteira estamos todos perdidos. Berta hesita um segundo, depois tira os sapatos, coloca-os cuidadosamente na areia, junto ao lampião que o homem trouxe.

São estranhos, aqueles sapatos. Noel nunca viu a mãe com eles. Devem ser novos, comprados especialmente para a viagem; mas que são feios, são, umas botinas amarelas esquisitas, feitas com pano grosseiro. Ao curioso Noel, intriga um detalhe: por que aqueles saltos grandes, tão grandes que até dificultam o caminhar? Tem vontade de perguntar, mas sabe que não é o momento. Ademais está cansado; tão cansado que deita no chão, enrola-se no xale de Berta e em seguida adormece. A mãe e a tia deitam também e logo estão dormindo, os três.

Acordam com o homem a sacudi-los: houve mudança de planos, eles agora têm de ir direto para a aldeia romena de Vertugen, onde camponeses lhes darão abrigo. Que se apressem, o dia está raiando, os guardas da fronteira logo estarão por ali. Atarantados, põem-se de pé, pegam as malas e se põem a correr, primeiro pelo campo, logo atravessando um grande milharal, e em seguida galgando uma encosta escarpada. Finalmente chegam à aldeia, detêm-se, ofegantes, e só então se dão conta — porque têm os pés feridos pelas pedras — de que estão descalços, deixaram os sapatos junto ao rio. Não chega a ser um problema, há calçados nas malas, mas a reação de Berta é extraordinária. Meus sapatos, grita, meus sapatos ficaram lá, esqueci os meus sapatos. Está completamente transtornada, ela; quer voltar para pegar as botinas, o que é uma loucura, o perigo aumenta a cada instante; Noel tenta demovê-la, a mãe o empurra, tenho de voltar, tenho de buscar os meus sapatos. Noel agarra-se a ela, lutam, ele grita por ajuda à tia que, sentada no chão, chora convulsivamente — e de repente Noel, o pequeno Noel a quem a desgraça instantaneamente transformou num adulto, se dá conta: os saltos. Os saltos das botinas.

Colocados por um sapateiro de Ananiev, com quem Noel viu a mãe conversar várias vezes, não são saltos comuns. Ocos, neles os emigrantes ocultam um pouco de dinheiro, algumas joias, o necessário para começar a vida num lugar distante. Mas é um segredo de polichinelo, esse. O homem do barco o conhece, provavelmente o próprio sapateiro o informou a respeito. Não roubaria os emigrantes, de quem depende para viver, e muito menos os mataria, como é hábito de alguns de seus colegas, mas não é sua culpa se por acaso uma mulher distraída esquece os sapatos junto ao rio. Trata-se de destino, não é mesmo? Mão Negra, não é mesmo?

Não, não era o destino. Não era a Mão Negra. Era a culpa, doutor, a imemorial culpa judaica, a culpa que nos acompanhava de país em país, de região em região, em nossa peregrinação milenar. Não podíamos deixar a Rússia impunemente; não podíamos partir levando apenas umas poucas roupas, umas poucas joias, umas poucas moedas; porque para trás ficavam os nossos mortos, os silenciosos espectros que vagueavam pelas ruelas das aldeias. Se vocês se vão, diziam essas almas penadas, se vocês vão nos abandonar aqui, deixem conosco alguma coisa. Deixem os sapatos, para que não precisemos perambular de pés nus até o fim dos tempos, para que não precisemos esperar descalços o Messias; e deixem as joias para que possamos lembrar de vocês. Culpa, doutor. Culpa que o homem do barco soube usar habilmente. Perfidamente. Não se contentou em abrir um orifício no fundo da embarcação para assim molhar os pés dos fugitivos; não se contentou em insistir para que seus passageiros tirassem os sapatos. Não, ele sorriu... E era um homem jovem, simpático apesar de grosseiro; um sedutor, enfim, que sabia como usar a culpa em seu próprio proveito.

Estou sugerindo que havia cumplicidade entre criminosos e vítimas? Estou, sim. Com vergonha eu lhe confesso, e só posso confessar porque aqui estou, na terra de ninguém que medeia entre a vida e a morte. Não há por que ocultar nada, doutor, sobretudo de uma pessoa como o senhor, que, imagino, conhece muito a natureza humana. A culpa cedendo à sedução: ideias como essa, ideias insólitas quando não repugnantes, ideias assim foram nascendo, ao longo de muitos anos, em minha cabeça. E que cabeça, esta. Deus, que cabeça. Que antro de perdição, que reduto de horrores. Uma caverna escura e úmida, cheia de seres espectrais. Lá dentro, doutor, voejava uma mariposa medonha, estranha criatura que brotara, por uma espécie de geração espontânea, da mancha que o sangue de meu irmão deixara na divisória de madeira. Lá dentro caminhavam, sem cessar, pés: pés de mulheres calçando botinas amarelas, pés de criaturas minúsculas calçando diminutas botinhas. E aqueles pés caminhando, e aquela mariposa voejando, aquilo não me deixava em paz. Castigo, não é? Castigo pelas medonhas elucubrações, pelas maldosas ideias. Ah, doutor, quisera eu ser bom como o Noel, puro como o Noel; quisera eu ser digno da amizade dele. Mas não fui digno, doutor, não sou digno. Ao contrário de meu irmão sobrevivi, prova de que a culpa não mata. Ou talvez mate, vamos ver agora. O senhor diz que não, que vou escapar, mas quem sabe das armadilhas que nossa mente e nosso corpo nos preparam, principalmente quando pesam sobre nós culpas ancestrais? Culpas tão incômodas, mas tão indispensáveis quanto um horrendo sapato cujos saltos contêm joias e dinheiro?

A ameaça dos pogroms continuava, e ouvíamos coisas assustadoras — a história da barba do schochet era contada de aldeia em aldeia —, mas aquilo ainda não era suficiente para convencer meu indeciso pai de que deveríamos partir. O que pesou decisivamente na balança, o que o levou a se decidir, foi outra coisa, foi a conversa que tivemos com um hóspede inesperado. Isso ocorreu naquele conturbado, prolongado período que se seguiu à Revolução. Lembro como se fosse hoje: era uma tarde de sexta-feira e todos na aldeia se preparavam para o shabat quando de repente alguém avistou, ao longe, uma nuvem de poeira — um bando a cavalo se aproximava. Cossacos! Certos de que era um pogrom, corremos a nos esconder em nossas casas.

Não era pogrom. Cossacos, sim; mas não pogrom. Aqueles cossacos faziam parte de um esquadrão da cavalaria bolchevique comandado pelo famoso Semyon Budyonny, um homem imponente, de enormes bigodes e olhar feroz. Indo de casa em casa, seus homens nos reuniram em frente à sinagoga. Ali, sempre montado em seu cavalo, Budyonny fez uma proclamação: a aldeia agora era território libertado pela Revolução. A época dos pogroms tinha terminado; sob o governo bolchevique os judeus gozariam de toda a proteção, teriam direito inclusive à autonomia. O conde não mandava mais em ninguém (visível, a consternação de meu pai ao ouvir essa notícia), suas terras seriam confiscadas e transformadas numa grande fazenda coletiva, um kolkhoz. O iídiche seria língua oficial, teríamos as nossas escolas, os nossos teatros, os nossos jornais. Enfim, estaríamos, como todo cidadão soviético, participando da construção do socialismo.

Ficou logo evidente que, de fato, alguma coisa tinha mudado: os cossacos agora nos tratavam surpreendentemente bem (ainda que um ou outro lançasse olhares saudosos sobre as barbas dos anciãos — belas chamas poderiam nascer dali, belas sarças ardentes poderiam correr pelas ruas); um deles até pôs-se a brincar com minha irmã Ana. E, ainda que alguns dos habitantes da aldeia se mostrassem desconfiados — o passado de perseguições era demasiado recente —, a maioria recebeu a proclamação de Budyonny com alegria, com entusiasmo, até. O carpinteiro estava orgulhoso: um dos cossacos encontrara o filho dele, o rapaz agora era oficial do Exército Vermelho. Já o alfaiate, conhecido bajulador, não sabia o que fazer para agradar o comandante Budyonny: quer que costure os rasgões de sua roupa, comandante, quer que reforce os botões de sua farda? Budyonny não tinha tempo para amenidades: contrarrevolucionários andavam por perto, era sua missão caçá-los, acabar com a corja reacionária. Limitou-se, pois, a pedir hospedagem por aquela noite, para si e seus homens. No dia seguinte, bem cedo, partiriam.

Os homens foram distribuídos pelas várias casas da aldeia. Nós ficamos por último, e recebemos como hóspede não um cossaco, o que, falando francamente, foi um alívio, mas o correspondente de guerra que acompanhava Budyonny, um homem ainda jovem, baixinho, gordinho, que usava óculos de aro de metal e exibia um permanente e melancólico sorriso. Tinha cara de judeu e nós bem gostaríamos de lhe perguntar a respeito, mas temíamos ofendê-lo. Adivinhou nossos pensamentos; vocês querem saber se sou judeu, disse, rindo, pois sou judeu, sim. Chamava-se Isaac Babel. Não era de um shtetl, como nós, mas sim da cosmopolita cidade de Odessa, onde estudara numa escola talmúdica; depois, em Kiev, cursara o Instituto de Finanças e Negócios. Quer dizer: tinha tudo para ser um profissional respeitado, importante — mas abandonara tudo para se tornar escritor. Praticamente desconhecido. Publicara apenas alguns contos numa revista editada por Maxim Gorki, de quem havia recebido um decisivo conselho: viver, antes de fazer literatura. Viver, para o jovem Isaac Babel, era lutar por uma causa; a revolução de 1917 dera-lhe essa causa. Juntara-se aos cossacos (minha mãe estremecia cada vez que ouvia a palavra) mas continuava escrevendo, a experiência revolucionária sendo um tema inesgotável. Resolvi meter minha colher torta (muito torta, doutor; ai, como era torta a minha colher. E nunca endireitou) no assunto: então, eu perguntei, você só escreve? Você não luta, não mata ninguém? Você nunca deu um tiro em alguém, você nunca cortou fora o braço de um inimigo com o sabre?

Suspirou, o Isaac Babel. Não, não matava ninguém, não era sua função; tinha um revólver mas jamais o disparara, tinha um sabre mas nunca o tirara da bainha. O que fazia era cavalgar com os cossacos; durante a batalha, em meio à fuzilaria, à fumaceira, em meio aos gritos de guerra e aos uivos dos feridos, ele tomava notas — para depois escrever a respeito. Era o que gostava de fazer, escrever. De cavalgar não gostava: coisa para nobre, aquilo, coisa para cossaco, não para judeu; aliás, o próprio cavalo o hostilizava: a toda hora atirava-o no chão, para gáudio dos camaradas. A duras penas aprendera a montar — inclusive e principalmente para defender a honra judaica. Com os cossacos, galoparia até a vitória final. Pôs-se de pé e, a voz embargada de emoção, entoou, meio desafinado, a canção de seu esquadrão de cavalaria: "Galopando por caminhos de coragem e valor/ ginetes voam como o furacão/ Às armas! Ressoa, desde o Volga ao

Kuban/ a ardente voz do clarim vingador./ Sol e poeira, Budyonny nos dirige, ali vamos/ em feros potros — espuma e suor/ aguardando a voz do comandante que diga/ para a frente, a lutar e a vencer".

Judeu de óculos, bracinhos curtos e barriga saliente, Isaac Babel não tinha o tipo de quem galopava por caminhos de coragem e valor. Mas era um notável contador de histórias. Provavelmente passaria toda a noite narrando suas aventuras, mas mamãe, alimentadora como toda mãe judia, e sentindo-se na obrigação de substituir a mãe do próprio Isaac, anunciou que era hora do jantar: o hóspede precisava comer, afinal revolução exige muita energia. Sentamos em torno da mesa coberta com uma toalha branca. Sendo sexta-feira, deveríamos acender velas e fazer as bênçãos, mas, lembrando que os comunistas eram contra a religião, meu pai optou por suprimir a cerimônia. Mal o prato principal — na verdade o único, galinha — foi servido, Babel, sentado no lugar de honra, mostrou que, se não era um grande guerreiro, era um bom garfo. Começou arrancando as duas coxas da galinha, que se foram num instante, e prosseguiu, devorando quase tudo o que tínhamos para a ceia de shabat. Até a sobremesa, uma única laranja, que, como de costume, deveria ser dividida entre nós, ele comeu sozinho.

Terminado o jantar, minha mãe trouxe o samovar e ali ficaram, conversando e tomando litros de chá. Lá pelas tantas mamãe criou coragem e resolveu fazer uma consulta ao ilustre visitante. Depois de muitos circunlóquios — falou sobre a dura vida na aldeia, sobre as perseguições, sobre as promessas do homem de Kiev —, perguntou se, para os judeus, a Revolução adiantaria algo, se melhoraríamos de vida, ou se deveríamos ir embora de uma vez.

A expressão de Babel mudou instantaneamente. Será que vocês só pensam no próprio interesse, bradou, dando um murro na mesa e quase derrubando o samovar, será que vocês só querem ir para a América, aquela terra de exploradores, onde os índios são massacrados? Será que vocês não veem que nós, os bolcheviques, estamos construindo uma nova sociedade? E continuou, cada vez mais exaltado: o caminho traçado pelo camarada Lenin era correto e levaria à libertação dos oprimidos, o socialismo representando a redenção dos operários, dos camponeses, das minorias perseguidas; claro que para isso seria preciso lutar muito, e não por outra razão optara por juntar-se à cavalaria de Budyonny, mas essa luta deveria ser uma luta de todos, dos judeus, principalmente, que conheciam tão bem a opressão e a ameaça do extermínio.

Terminada a longa arenga calou-se, ofegante. Parecia agora velho, velho e cansado. A verdade, disse, numa voz baixa, estrangulada, é que a Revolução não é uma festa, é a luta por um ideal, uma luta violenta na qual muitos inocentes serão sacrificados. Vocês...

Interrompeu-se bruscamente, baixou a cabeça; ficou algum tempo imóvel, em silêncio; depois mirou-nos, e posso jurar que havia lágrimas em seus olhos. Queria dizer-nos algo; algo que considerava muito importante. Uma advertência, talvez, mas que advertência? O que pensava aquele homenzinho atormentado?

Não disse. O que pensava, não disse. Ao invés, pediu licença: tinha cavalgado todo o dia, estava exausto, queria se deitar. Nós lhe demos o quarto, claro, e dormimos na cozinha, no chão. Isto é, meu pais dormiram; a mim, custou-me conciliar o sono. Imaginava o Babel acordado, olhando a mancha de sangue seco, a alma do meu irmão a esvoaçar pelo quarto, tentando nele penetrar, como um dibuk.

No meio da noite, acordamos com gemidos. Temerosa que a comida tivesse feito mal ao hóspede — só faltava sermos acusados de envenenar um intelectual bolchevique —, minha mãe bateu na porta, a princípio tímida, logo com insistência. Como não obtivesse resposta, entrou, meu pai e eu atrás. Ali estava Babel, deitado, completamente vestido — nem o cinturão com o coldre do revólver tinha tirado —, virando-se de um lado para outro, gemendo e falando no sono. *Ne dali konchit*, repetia em russo: não me deixaram terminar.

De quem falava o atormentado Babel? Quem não o deixara terminar — nós, os bolcheviques, os cossacos? E o que não pudera ele terminar? Que terrores o perseguiam, que terrores antecipava? Pobre rapaz, suspirou minha mãe, abandonou os pais para lutar nessa tal de Revolução e agora está aí sofrendo, e não é de estranhar, como ele mesmo disse, judeus nada têm a ver com cavalos, isso é coisa para o conde Alexei com suas botas elegantes. Ele vai terminar mal, acrescentou meu pai. Tinha razão. Apesar do livro que veio a escrever, *A cavalaria vermelha*, ou justamente por causa desse livro, Isaac Babel foi preso, anos depois, e morreu num campo de concentração stalinista. Livros não salvam ninguém, doutor.

De madrugada, o esquadrão partiu. Babel despediu-se de nós, gentil, mas circunspecto, contido; deu-nos um presente — um livro de Lenin, já não lembro qual, mas era um livro importante, todo comunista tinha de lê-lo. Não comentou a conversa da noite anterior, muito menos o seu pesadelo: como se nada tivesse acontecido. E aí fez algo inesperado: nós diante da casa, ele me agarrou e, com uma força insuspeitada naqueles bracinhos, colocou-me sobre o cavalo. Com um irado relincho o animal deixou claro seu protesto: a quota que lhe cabia de cavaleiros judeus tinha sido ultrapassada; Babel agora estava abusando, oprimindo animais revolucionários. De qualquer modo ali estava eu, e num primeiro momento me assustei, mas depois, bem agarrado às crinas, olhei ao redor, maravilhado: eu nunca tinha visto a nossa aldeia desde aquela posição. Não: eu nunca tinha visto o mundo desde posição; amplo e estranho me parecia agora o mundo, e me deu vontade de sair galopando sem destino. Mas Babel tinha de ir embora. Colocou-me no chão, montou (Deus, se tinha uma dificuldade semelhante para ascender ao poder estava perdido — e estava, sim, perdido), saiu a galope, balançando desengonçado sobre a sela. Nunca mais o vimos. E nunca mais montei. Vou morrer, doutor, sem ter andado a cavalo. Mas acho que os equinos se recuperarão.

A conversa com Isaac Babel teve profundo efeito sobre meus pais. Papai, em particular, ficou muito impressionado com a história dos inocentes prestes a serem sacrificados. Seriam os judeus essas vítimas em potencial? Estaríamos às vesperas de um gigantesco pogrom? Isaac Babel deveria saber do que estava falando, afinal era um homem culto, um escritor, ainda que não muito bem-sucedido; papai tinha profundo respeito por quem dominava a palavra escrita. Passou a considerar a possibilidade de emigrarmos para o Brasil. Só não o entusiasmava aquela ideia de trabalhar no campo, ainda que em meio a uma abundância de laranjas; preferia a cidade, onde poderia exercer a profissão. Falava disso com nossos vizinhos e parentes; e pediu emprestado ao alfaiate um livro sobre o Brasil, que o homem tinha conseguido ninguém sabia como. Era em português, a obra, e assim papai, que em termos de texto impresso não ia além do iídiche e de um pouco de russo, teve de se restringir às figuras, em sua maioria retratos, de imperadores, de generais: tratava-se de um manual de história, mas ele não sabia disso e ficou achando que todos os brasileiros vestiam-se de maneira elegante, como aqueles senhores. As botas, em especial, deixaram-no maravilhado: nada ficavam a dever às botas do conde. Num país em que os homens usavam botas assim, não lhe faltaria serviço: afinal, quem havia consertado as botas do conde Alexei tinha credenciais para atender qualquer cliente, por mais refinado que fosse. Estava resolvido: iríamos, sim, para o Brasil, mas para uma cidade grande, onde ele pudesse ter uma clientela selecionada, formada por cavalheiros como os do livro — e onde os filhos pudessem estudar numa universidade. Que cidade? São Paulo, por exemplo, que, segundo se dizia, era a metrópole para onde convergia o dinheiro dos ricos fazendeiros do café. Havia um problema: em São Paulo não poderíamos contar com a ajuda da Jewish Colonization Association. Mas levaríamos algumas economias, as joias da família, e aquilo deveria ser suficiente para nossa manutenção até que papai começasse a trabalhar.

Os preparativos foram muito rápidos. Vendemos as poucas coisas que tínhamos, fechamos a casa — durante muitos anos papai conservou a chave —, e poucos dias depois estávamos cruzando o Dniester, também de barco, como Noel e a mãe. Tivemos mais sorte do que eles; a travessia se realizou sem incidentes, talvez porque mamãe não estivesse usando botinas de saltos suspeitos: papai jamais colocaria a sua arte de sapateiro a serviço de artimanhas daquele tipo. Mamãe simplesmente costurou o saquinho de joias na parte interna do vestido, onde estavam mais protegidas do que em qualquer sapato. Convencido de que nada tínhamos de valor, o barqueiro contentou-se com o que lhe pagamos e levou-nos direto para a outra margem, para a Romênia. De lá seguimos de trem para Hamburgo, onde tomaríamos o navio *Madeira* com destino ao Brasil.

Que noite aquela, doutor. Que noite. Debaixo de chuva, caminhávamos pelo porto carregando nossas malas. Quando chegamos perto do velho cargueiro, o terror se apossou de mim. Eu não queria subir a bordo, eu tinha medo do mar, do navio. Meu pai agarrou-me, tentou obrigar-me a subir pelo passadiço, eu resistia, não quero, não vou, tenho medo. Uma mulher me viu chorando, apiedou-se de mim: vem cá, vem conhecer o meu filho, ele será teu amigo. E lá estava, no topo do passadiço, o Noel, um garoto bonito, risonho, de olhos muito grandes e buliçosos. Desceu correndo, agarrou-me pelo braço: não tenha medo, disse em iídiche, a viagem vai ser boa, você gostará do Brasil, é um lugar maravilhoso, lá o sol brilha o tempo todo, as pessoas são alegres, não falta comida.

Parei de chorar e deixei-me conduzir, rindo de suas piadas, de seus trejeitos. O navio levantou ferros e, com um apito lúgubre, afastou-se do cais. Muitos choravam naquele momento. Para trás ficava a Europa, a Rússia, o shtetl; para trás ficava a história daquela gente. A mim não importava: que ficassem para trás a Europa, a Rússia, o shtetl. Eu acabava de encontrar um amigo, doutor, o amigo que na aldeia nunca tivera. E essa amizade, eu estava certo, duraria para sempre. Noel seria o meu irmão, o irmão mais velho que eu não tinha. Na verdade nem era tão mais velho; um ano, se tanto; mas era tão seguro de si, tão confiante que parecia um homenzinho.

Durante a viagem — longa viagem — estávamos sempre juntos. Eu seguia o Noel por toda parte, eu obedecia às suas ordens. No navio que, graças a ele, já não me assustava, moviamo-nos com desenvoltura. Vamos para a popa, bradava, e eu o seguia até a popa. Vamos para a proa — íamos para a proa. Para a ponte! — para a ponte. Para estibordo! — para estibordo. Para bombordo! — para bombordo. Para a casa de máquinas! — para a casa de máquinas. Noel conhecia todo o navio. E conhecia todo mundo; os emigrantes, naturalmente, em sua maioria judeus da Bessarábia, mas também os marujos, e até o capitão. Todos gostavam de Noel, no *Madeira*. De mim também gostavam, ainda que não me dessem muita bola. Referiam-se a mim como o irmãozinho do Noel, o que me enchia de orgulho.

Expansivo, Noel puxava conversa com quem estivesse por perto, passageiro ou tripulante. Assim fez amizade com um marinheiro russo, um homem jovem, muito alegre. Aventureiro, vivera no Brasil alguns anos, e a todo instante Noel pedia-lhe que falasse do país que era, afinal, o nosso destino. O marinheiro não se fazia de rogado; com auxílio de um livro ilustrado, ia nos mostrando: isto aqui é a floresta, vocês não podem imaginar como é grande esta floresta, maior do que a França, maior do que a Inglaterra, e nesta floresta há árvores altíssimas e flores belíssimas e pássaros de todas as cores... Esta é uma praia de mar, olhem como é bonito este mar... Olhem as palmeiras... Isto aqui é um bicho que se chama tamanduá, eles têm lá os animais mais estranhos do mundo... Aqui estão os índios...

Os índios. Ali estavam eles, um grupo de seis, um homem, três mulheres, duas crianças, nus, com o corpo pintado. Deve ter sido um momento importante aquele, o momento em que Noel — ainda que em foto — viu índios pela primeira vez. O momento que talvez tenha condicionado o destino dele. Eu deveria, doutor, lembrar esse momento, deveria falar sobre ele, descrever as emoções do Noel ao olhar as criaturas a quem dedicaria sua vida, mas confesso que não lembro exatamente qual foi sua reação. Mostrou-se interessado? Claro que sim, o Noel estava sempre interessado em tudo, mas qual era o grau desse interesse, numa escala de zero a dez, numa escala de uma a cinco estrelas? Poderia, esse interesse, ser descrito como fascinação? Poderia, esse interesse, ser descrito como êxtase? Poderia, esse interesse, ser descrito como uma revelação?

Não sei. Fascinação, êxtase, revelação — não sei. Não recordo. Talvez Noel tenha dito algo... Não sei. Talvez tenha rido. Ria muito, o Noel. As fotos sempre o mostram rindo. Suponho, portanto, que olhando as fotos de índios brasileiros Noel Nutels, o pequeno Noel Nutels, tenha rido; tenha rido muito; tenha rido deliciado. Isso é o que eu suponho, mas é só suposição. O que posso dizer com absoluta certeza é que eu não ri. Não ri. Olhando os índios o que eu senti, doutor, foi medo. O ancestral medo judaico acrescentado ao meu próprio terror, o terror que me causavam, por exemplo, as botas minúsculas fabricadas por meu pai, acrescidas, obviamente, do cossaquinho virtual. Agora: nesse medo entrava um componente de realidade. Porque o próprio marinheiro — que não ocultava sua admiração pelos índios, "são sinceros, são autênticos, são grandes seres humanos" — comentara, em tom casual: alguns ainda comem gente. Noel aparentemente não deu muita bola para a informação (anos depois, numa conferência, diria a uma impressionada senhora: os índios comem gente, sim, mas não por via oral) mas eu fiquei assustado. Escapar dos cossacos para cair na panela dos canibais, era aquele o destino que me estava reservado? Contei a meus pais a história, perguntei se sabiam que no Brasil existiam índios que comiam gente. Não sabiam, e também não estavam interessados: suas preocupações eram outras, a incerteza quanto ao futuro aumentava à medida que nos aproximávamos de nosso destino. Sobre isso conversavam muito com a mãe de Noel, que, por ter o marido no Brasil, se tornara uma espécie de conselheira deles. Venham morar conosco, dizia ela, Salomão já está estabelecido, nós podemos ajudar. Era uma possibilidade, mas a ideia de viver numa cidade pequena não agradava a papai: aldeia por aldeia, teria ficado na Rússia. A verdade é que ninguém naquele navio sabia exatamente o que iria fazer no Brasil. Todos queriam melhorar de vida, mas o futuro era incerto, numa realidade completamente diferente. Quem nos animava era o marinheiro russo: coragem, dizia, vocês vão ver que no final tudo dará certo.

Bom homem, o marinheiro. Era comunista; como Babel, acreditava em Lenin e na Revolução; aliás, dizia-nos que aquela era a sua última viagem no *Madeira*; queria voltar à Rússia e prestar serviços à armada vermelha. Diferente de Babel, porém, não nos censurava por estarmos emigrando; sabia que em muitos casos era uma questão de sobrevivência. No Brasil vocês ajudarão os comunistas, dizia, bem-humorado. Mais do que isso, preocupava-se com os emigrantes e seus filhos; cuidou de mim e do Noel durante toda a viagem. Bom homem, aquele, bom homem. Sabe que eu tornei a vê-lo, doutor? Não de perto, claro, porque nunca voltei à Rússia. Mas um dia desses a tevê mostrou, na Praça Vermelha, em Moscou, uma pequena manifestação de veteranos comunistas, não sei bem a propósito de quê — e ali estava ele, o nosso amigo, o marinheiro do *Madeira*. Bem velhinho, doutor, o comentarista até fez uma observação a respeito dizendo que os manifestantes, antigos bolcheviques, eram todos pessoas de idade avançada. Mesmo velho, porém, mostrava a antiga disposição: ao repórter que o entrevistou disse que preferia morrer a renunciar a seus sonhos. Carregava um cartaz em russo; não consegui ler a inscrição, a vista já me falha, doutor, até gostaria que o senhor me providenciasse um exame de olhos — se eu escapar, claro. O que estaria escrito ali? *Ne dali konchit*, não me deixaram terminar? Não sei. Só sei que me comoveu ver o velho marinheiro, derrotado mas ainda lutando. Ali estava ele, olhando para a câmera, abanando, e pensando, estão me vendo em todo o mundo, e no Brasil também, e lá estão aqueles judeuzinhos do *Madeira*, e os judeuzinhos acreditam em mim, eles sabem que eu tenho um ideal, os judeuzinhos sabem disso, e os índios acho que sabem também. Creiam em mim, judeuzinhos, creiam em mim, índios, ainda estou de pé pela Revolução, Isaac Babel se foi, mas eu fiquei, não galopo por caminhos de coragem e valor, mas ainda carrego cartazes. Ali estava ele, doutor, o velho marinheiro comunista, e o que eu queria lhe dizer era, resiste, camarada, nós estamos contigo, a reação não passará — mas quem era eu para dizer, mesmo que a meia voz, mesmo falando comigo mesmo, resiste? Quem era eu, doutor, senão um simples telespectador? Quem era eu, senão um portador de cardiopatia isquêmica obrigado a conter as emoções por causa da angina de peito? Teria de resistir sem mim, o heroico combatente. Teria de segurar sozinho o seu cartaz, com as mal traçadas letras *Ne dali konchit*.

De um modo geral, a tripulação nos tratava bem, ao Noel e a mim. A exceção era o foguista, um gigantesco ucraniano que nos odiava: Deus me castigou, dizia a quem quisesse ouvir, quando me colocou neste navio cheio de judeus. Noel pouco se importava com a contrariedade dele, mesmo porque o fascinava o trabalho do homem. Vamos ver o foguista, dizia, e nós baixávamos à casa de máquinas, um lugar cavernoso, quente como o inferno, e onde o ruído era ensurdecedor. Lá estava ele, seminu, o torso coberto de suor, jogando pazadas de carvão na enorme fornalha. Vão embora, gritava, isto não é lugar para vocês. Noel não dava bola, ria, fazia caretas. Uma vez o foguista correu no encalço dele, agarrou-o, levantou-o no ar e abriu a porta da fornalha como se fosse jogá-lo às chamas. Comecei a gritar; o ucraniano, vendo o meu pavor, ria, ria, chorava de tanto rir, as lágrimas criando sulcos brancos na cara preta de carvão. Lá em cima, muito distante do chão, Noel: quieto, imóvel. Tão quieto e imóvel que o foguista, assustado, colocou-o no chão. O que foi, judeuzinho, disse, desconcertado, não tens medo do fogo? Noel olhou-o sem dizer nada. Fez-me um sinal e saímos, ele de cabeça erguida, desafiador.

Aquilo eu admirava em Noel, aquela coragem. E também a sua exuberância, a sua capacidade de fazer todo mundo rir. Mas também — esta cabeça, doutor, esta complicada cabeça — o invejava. E sabe por quê, doutor? Sabe do que eu tinha inveja em Noel, uma inveja mortal? Da cicatriz, a cicatriz que tinha no lábio superior e da qual se orgulhava muito. Tinha uma história, doutor, aquela cicatriz, uma história que Noel me contou várias vezes e que eu sempre queria ouvir, ainda que despeitado.

A história: fugindo de Ananiev, Noel, a mãe e a tia avistam um bando armado. São russos brancos em fuga. Gente desesperada, capaz de qualquer coisa. Berta agarra o filho no colo e, seguida pela irmã, corre a se refugiar num velho cemitério. Ocultam-se num mausoléu e ali ficam, respiração suspensa, coração batendo forte. De repente, tiros: são os bolcheviques de Budyonny, que, chegando a galope, acabam de capturar os inimigos e que agora procedem à execução sumária deles — no próprio cemitério. Um após outro, os russos brancos são encostados no muro que cerca o local. Budyonny lê rapidamente a sentença e comanda: fogo! Tiros — e a vítima cai, sendo jogada em seguida à vala comum. Cena medonha, e quem quer que a testemunhe, corre evidente perigo. Para evitar que Noel, chorando, denuncie a presença deles, Berta lhe tapa a boca — mas tão nervosa está que lhe crava as unhas no lábio superior, cortando-o fundo. Do ferimento, grande, fica a cicatriz.

Marca de heroísmo, essa cicatriz. Porque a verdade é que, apesar do receio da mãe, Noel não chorou, doutor. Não chorou ao ver os homens caírem varados pelas balas, não chorou quando as unhas da mãe lhe penetraram a carne. O senhor já pensou o que é isso, doutor, ter o lábio rasgado pela própria mãe — mãe cuja unha de súbito se transforma em arma, numa lâmina afiada? O senhor já pensou que conflitos pode gerar esse gesto descontrolado? Porque não é possível saber se a mãe é movida apenas pelo medo ou se está em jogo outro obscuro sentimento, aquele rancor que as mães por vezes têm em relação ao filho pequeno, rancor que aumenta quando, na ausência do marido, a mulher é obrigada a enfrentar sozinha o perigo. De qualquer forma, cabe a pergunta: por que não se dominou, ela? Por que não se conteve? Poderia ter ficado imóvel. Como a irmã. Sabe o que fazia a irmã naquele momento, doutor? Sabe? Lia a inscrição do mausoléu. Isso: lia a inscrição do mausoléu. E, meio desligada, pensava, essa gente que aqui jaz nos salvou, a casa de sua morte é o refúgio que nos salvará a vida. Mas a mãe do Noel não se entregava a tais ruminações. Estava ali, olhos esgazeados, tensa — esperando que o perigo passasse ou esperando que a unha crescesse? Mãe em momento de perigo é foda, doutor. Mãe em cemitério russo mirando com olhos esgazeados um fuzilamento, é foda. E foda é também esta minha tenebrosa cabeça, doutor. Lá dentro acontecem coisas horríveis, a Mão Negra crava unhas em lábios tenros e inocentes. Lá dentro germina e cresce, estuante de seiva, essa planta carnívora, o despeito: grande coisa a tua cicatriz, eu dizia a Noel, também tenho uma, e mostrava uma marca na palma da mão, resultante de uma queimadura — em criança, aprendendo a caminhar, apoiara-me no fogão aquecido ao rubro. Generoso, ele olhava a marca, dizia que era impressionante. Impressionante porra nenhuma, doutor. Quem era eu para ter uma cicatriz impressionante? Quem era eu para ter qualquer cicatriz? O que eu tinha era uma ferida interior que nunca cicatrizaria: a lembrança do meu irmão. Cada vez que papai e mamãe falavam dele, e falavam a toda hora, queimava-me como fogo a ferida, doía-me a acusação que tal lembrança representava. O doutor, que é médico, que é um bom homem, ponderará: o seu irmão morreu de tuberculose, você não tem culpa nenhuma disso. Eu sei, doutor, que o mano morreu de tuberculose, a peste branca. Só que de alguma forma eu era a tuberculose dele, doutor, entende? De alguma forma destruí seus pulmões. Eu, o irmãozinho menor, cheio de inveja pelo primogênito, eu era a peste branca; eu, a Mão Negra, condicionei o destino dele. Em algum momento eu — ainda no útero materno — desejei fervorosamente que morresse; e em algum momento os bacilos ouviram minha prece: bacilos respondem à inveja, são sensíveis a ela. Instalaram-se no pulmão do meu pobre irmão e o destruíram. Mas o pecado tem seu preço. Jeová marca o invejoso para sempre. Como Caim descobriu, se há coisa indelével é a marca de Jeová. Agora: o meu caso era diferente.

Caim não podia ver a marca em sua própria testa: não havia espelho naquela época, não havia Loja da Moda onde comprar espelho; nem podia ele mirar-se na tranquila superfície de um lago, pela simples razão de que as águas se agitavam em fúria à sua aproximação (ou talvez o próprio Caim agitasse as águas para nelas não se ver). Podia perceber nos olhos do pai Adão e da mãe Eva, nos olhos dos animais e dos pássaros, nos olhos da serpente até, o horror que o seu estigma inspirava, mas aí tratava-se de evidência indireta. Claro, Caim sabia que a marca estava presente e faria tudo para se ver livre dela, trabalharia de graça o resto da vida para o cirurgião plástico que o livrasse do libelo estampado em sua pele.

Eu não tinha marca alguma, mas se tivesse passaria o dia inteiro a olhá-la, embevecido. Como Caim, queria libertar-me da lembrança do irmão morto; mas, diferente de Caim, não me incomodaria de ter uma marca na face, desde que tal marca fosse uma cicatriz como a de Noel, se possível maior que a de Noel. Que Jeová fizesse de mim um Scarface, isso não me importaria, ao contrário, era o que eu mais queria, era a glória com que sonhava. Contudo, minha oportunidade já havia passado: estávamos a caminho do Brasil, longe da Rússia, de seus bandos armados e de seus cemitérios. E, mesmo que tivéssemos de enfrentar uma situação de perigo como aquela vivida por Noel e a mãe, minha chance de arranjar um ferimento do qual resultasse cicatriz teria sido remota. Mamãe nem unha comprida tinha. Mais, faltava-lhe a chama — sagrada ou demoníaca, não importa —, a chama da emoção livre, incontida, a brilhar como haviam brilhado as chamas em nosso fogão, como brilhavam as chamas na caldeira que o foguista ucraniano mantinha acesa. Em vão eu teria bradado, crava-me a unha, mãe, marca-me para sempre, preciso de um suvenir da cena eletrizante que estamos vivendo, o bando armado podendo nos fuzilar a qualquer momento; preciso de uma cicatriz como a do Noel, mamãe, não me negues isso. Não teria atendido a esse pedido, obviamente. Minha mãe, mutilando o filho? De jeito algum. Para arranjar uma cicatriz eu teria de recorrer à automutilação; o que não seria absurdo —

afinal, se os índios enfiavam um batoque no beiço eu poderia cortar o meu lábio superior. Só que não tinha coragem para tanto. A ausência de cicatriz dava testemunho de minha covardia. Cicatriz, doutor, é para os valentes, para os que enfrentam o perigo e a ele sobrevivem. Os timoratos só podem contar com a tórpida úlcera de sua covardia, a ferida interna que os acompanhará para sempre.

Sabia Noel de minha inveja? Se sabia, nunca me falou a respeito. Talvez para me poupar, não é, doutor? Coitado do meu amigo, não tem cicatriz, mas eu não vou humilhá-lo por causa disso. E olhe esta foto dele: será que esse bigode, esse bigodão que escondia a cicatriz — será que Noel não deixou crescer o bigode, o bigodão, por minha causa? Será que ele não pensou, aquele cara do *Madeira*, acho que até hoje sofre de inveja por causa da minha cicatriz, vou cobri-la com o bigode? Noel era bom, era um santo de tão bom, um santo judeu, um Jeová misericordioso. Ruim era eu. Ruim e invejoso. Poço de maldade, poço de inveja.

Viagem penosa, aquela no *Madeira*. Não tão penosa quanto a viagem dos índios, naturalmente, nem tão demorada. Milhares de anos antes de nós, milhares de anos antes de Colombo, milhares de anos antes dos vikings, milhares de anos antes que as naus do rei Salomão chegassem à Amazônia em busca de ouro e madeiras preciosas para o templo de Jerusalém, enfim, milhares de anos antes da história, tribos tinham saído da Ásia e, movidas pela fome ou por misterioso tropismo, tinham se dirigido primeiro para noroeste, para o que hoje é a Sibéria, e depois, atravessando o que hoje é o estreito de Bering, haviam chegado ao que hoje é o Alasca, descendo para o sul e se espalhando ao longo do que hoje é a América. Que viagem, doutor. Viagem? Não, a palavra não é essa. Viagem era o que nós fazíamos a bordo do *Madeira*. Aquela gente toda caminhando sem cessar, atravessando planícies e montanhas, rios e desertos, descendo do Norte para o Sul, derramando-se pelo continente, aquilo ultrapassava os limites da simples viagem. Tratava-se de um longo e extraordinário movimento, análogo ao deslocamento das massas tectônicas; a comparação é adequada porque eles eram telúricos, os índios, ao passo que nós éramos — e o nome já diz tudo — passageiros. Como viajantes, éramos transitórios. Eles não, a viagem deles era algo permanente, eles a tinham no sangue — não, eles a tinham em cada célula, em cada elementar partícula dos corpos bronzeados. Comparado a esses lendários andarilhos, o dinamarquês Vitus Jonassen Bering não passava de um amador, apesar de seu prestígio: as expedições que conduziu, comissionado por Pedro, o Grande, e depois pela imperatriz Ana, eram consideradas, à época — século XVIII —, façanhas incríveis. De fato, saindo de São Petersburgo conseguiu chegar ao Alasca, assim descobrindo a América pelo Leste, como Colombo a havia descoberto pelo Oeste. Mas nunca passou dali; retornou, o seu navio perdeu-se na neblina e ele acabou morrendo numa ilha deserta nove meses depois. Fim trágico, doutor; glorioso, mas trágico. Será que em algum momento se deu conta, Bering, de que sua viagem já tinha sido feita antes, e em condições muito mais difíceis, por um desconhecido grupo de nômades? Será que teve a visão daquela gente deslocando-se, ao longo de décadas e de séculos, sobre o gelo que em tempos pré-históricos existira no estreito que leva o seu nome? Será que, agonizando, não levantou e — esperem por mim, selvagens de merda, vou com vocês —, dando uns passos cambaleantes, caiu em seguida, morto? Pode ser. Não há viagem sem riscos.

Como eu disse, o *Madeira* estava cheio de gente. Nós ali estávamos literalmente amontoados. Durante o dia amontoados no convés, o que, quando não chovia, ainda era tolerável; mas à noite tínhamos de baixar para o porão e ficar amontoados ali, era um suplício: insuportável, o cheiro de urina, de vômito, dos corpos sem banho. Quando as luzes se apagavam ouviam-se roncos, e sonoros peidos, e às vezes risadinhas — a urgência do sexo surge nos momentos mais inesperados —, porém o que mais se ouvia eram gemidos. Como gemia, aquela gente. A lembrança do pogrom? A apreensão quanto ao futuro? Gemiam, gemiam. E discutiam, e brigavam. Sim, havia o Brasil, e visões de paraíso — mas o Brasil ainda estava longe, muito mar pela frente, mar agitado; muito enjoo, muito mau humor, muita gente azeda.

Noel não. Noel era a alegria do navio. Noel contava histórias, Noel imitava pessoas, Noel sabia cantar. Canta para nós, Noel, pedia dona Berta, e ele não se fazia de rogado: cantava em iídiche, em russo. Todos acompanhavam, batendo palmas. Graças a Noel a viagem se tornava, se não agradável, pelo menos tolerável. Agora: que era safado, isso era. Generoso, mas safado, malandro. Essas coisas não se excluem, não é, doutor? Disso logo tive uma prova. Uma vez, descendo do beliche, pisei sem querer no homem que dormia embaixo; pedi desculpas, mas levei uma bofetada que me deixou de olho roxo. Queixei-me a papai, que optou por não criar caso: o tipo era conhecido pelo gênio violento, teríamos de aguentá-lo enquanto durasse a viagem. Foi Noel quem me vingou: capturou um rato, dos muitos que andavam ali pelo porão, e colocou-o dentro da mala do brutamontes. Precisava ver a cara dele, doutor, quando abriu a mala e deu com aquele bicho lá dentro. O grito que soltou se ouviu do outro lado do Atlântico. Daí em diante passou a me tratar com todo o respeito.

Os dias passaram, o frio do Atlântico Norte foi ficando para trás, a temperatura tornava-se cada vez mais amena, o céu mais estrelado. Passávamos a maior parte do tempo no convés. Uma noite o capitão nos mostrou uma constelação que nunca tínhamos visto, uma constelação em forma de cruz. Estamos chegando, anunciou, estamos chegando ao Brasil. E, de fato, poucos dias depois avistávamos terra. Corremos todos para a amurada e ali estava, diante de nossos olhos, a costa brasileira, as praias de areias alvas, os coqueiros. Todo o cansaço da viagem desapareceu naquele instante, dando lugar a um arrebatamento sem limites. Sim, o Brasil era mesmo o paraíso do qual falava o marinheiro russo; e as belas ilustrações do folheto da ICA não eram apenas produto da imaginação de um artista entusiasmado, correspondiam à realidade.

Olhem lá, gritou a mãe de Noel. Era uma jangada que retornava da pescaria no mar alto. Nunca tínhamos visto uma embarcação tão frágil. Uns troncos de madeira com uma vela de pano rasgado — com aquilo os pescadores se aventuravam no oceano? Pensei que nós éramos corajosos, disse minha mãe, mas esses homens têm muito mais coragem do que nós. Quase precipitando-se pela amurada, Noel gritava e abanava para os pescadores, que, sorrindo, abanavam também. Um deles ergueu no ar um grande peixe — as escamas rebrilharam ao sol —, como se dissesse, olhem, estrangeiros, vejam como é generosa a natureza aqui, os peixes se multiplicam sem cessar, as frutas caem das árvores, ninguém passa fome. Por alguma razão (o olho do peixe, o olho morto do peixe?) aquela visão me causou estranha angústia. Pobre peixe, arrancado da intimidade das águas pela rede que o surpreendera, atirado sobre os troncos da jangada, golpeado com o remo ou com o facão que o pescador tinha na cintura — e agora mostrado, morto, a perplexos e deliciados emigrantes russos. Isso foi o que pensei, esse foi o pensamento que nasceu da minha cabeça mórbida, mas poderia ter me ocorrido algo diferente. Poderia ter visto o peixe como o componente básico daquele prato maravilhoso, o guefilte fish. Conhece, doutor? Não conhece? Não sabe o que está perdendo, o senhor. E a receita é simples, fácil de preparar. Escreva aí, junto com suas anotações: o senhor pega um quilo de piava ou traíra, duas cebolas cruas, duas cebolas fritas, dois ovos, cinco cenouras, duas fatias de pão molhado, sal, pimenta, uma pitada de açúcar, mói tudo, e com a massa o senhor faz bolinhos que coloca em água fervendo — se quiser dar um gostinho especial, não esqueça de pôr no fundo da panela a cabeça do peixe. Guefilte fish, coisa boa. Só que naquele momento eu não pensava em guefilte fish, pensava no peixe morto, na advertência sombria que representava: te cuida, rapaz, senão vais terminar assim.

E ali estava, diante de nós, a cidade em que iríamos desembarcar e cujo nome não sabíamos sequer pronunciar: Recife. Por alguma razão, o navio não podia ir até o porto; uma embarcação veio nos buscar. Era tripulada por uns homens pequenos, escuros. Sorridentes e amáveis, impossível não simpatizar com eles. Meu pai, contudo, estava desapontado: então, eram aqueles os brasileiros? Onde estavam as roupas elegantes que tinha visto no livro? Onde estavam as botas? Não sei se me acostumarei, suspirava, sem botas para consertar não sei se me acostumarei.

Os emigrantes foram sendo colocados, com a escassa bagagem, numa espécie de grande cesto que, por meio de roldanas, descia até o barco. Noel e a mãe desceram, meus pais e minha irmã desceram; todos desceram, eu fiquei por último. Não por coincidência: com medo, escondera-me até o derradeiro instante. Aí não havia remédio, tinha de descer. Coragem, gritavam os marinheiros, que, divertidos, assistiam à cena. Eu não os olhava, não olhava meus pais; o que eu olhava, com crescente terror, era o cesto, feito de fibra vegetal. Complexo trançado, aquele, aparentemente bem-feito, coisa de artista, até, mas — não haveria ali um ponto fraco, um, como dizem os cultos, locus de menor resistência? Que os adultos tivessem descido sem problema não me convencia: a trama poderia ter sido feita de maneira a ceder não aos maiores pesos, mas a um peso bem determinado, o peso do meu corpo. É um certo judezinho que eu quero, teria pensado o desconhecido e malévolo artesão, um judeuzinho que um dia virá da Rússia no *Madeira*, esse judeuzinho terá de cair no mar para ser devorado, como Jonas, por um grande peixe. Ai, doutor, não se tratava de transporte inusitado; tratava-se de julgamento, tratava-se de destino, Mão Negra. Não era um cesto que eu tinha diante de mim, era o prato de uma balança, aquela balança na qual, diz a Bíblia, foi colocado o rei Baltasar para ser avaliado por Deus. Eu não temia os desígnios do Senhor; as poucas travessuras que havia cometido sem dúvida me seriam perdoadas no Juízo Final; na derradeira e apocalíptica batalha os Filhos da Luz me protegeriam dos Filhos das Trevas. O que eu temia era o artífice misterioso, o meu desconhecido inimigo. O que eu temia era cair n'água e ser engolido pelo grande peixe.

Impaciente com minha indecisão — como poderia ele saber dos dilemas que eu enfrentava? —, um marinheiro agarrou-me e meteu-me dentro do cesto. Entregue à minha própria sorte, fechei os olhos, pus-me a rezar. A descida se iniciou, as cordas rangendo, o vento zunindo nos meus ouvidos, o cesto balançando doidamente... E aí o imprevisto: as mal lubrificadas roldanas enguiçaram, interrompendo bruscamente a descida. Abri os olhos. Ali estava eu, num espaço definido, um espaço que não era no céu nem era no mar, o limbo dos pequenos emigrantes azarados. Seguiram-se instantes de tensão enquanto os marinheiros tentavam, inutilmente, soltar o cesto. Lá embaixo, na embarcação que jogava com as ondas, estavam meu pai, minha mãe e minha irmã — e o Noel. Socorro, gritei, me ajuda, Noel, me ajuda pelo amor de Deus. Ele pensou um pouco: pula, gritou. Olhei-o, horrorizado. Eu tinha ouvido bem? Queria que eu pulasse, o Noel? Queria me matar, o Noel? Ele insistiu: pula no mar, nós te pegamos, não há perigo.

Se meu pai mandasse, eu não obedeceria; se minha mãe mandasse, eu não obedeceria. Mas era Noel quem mandava, o amigo Noel, o irmão Noel, e eu não pensei no mar revolto, não pensei no gigantesco peixe que me esperava, pronto a engolir-me como se eu fosse um profeta extemporâneo. Obedeci: fechei os olhos e saltei.

Primeiro, o choque, o fundo mergulho. Depois, a surpresa: eu, que tinha tanto medo do mar, me vi, encantado, em águas verdes e tépidas, águas primevas que me acolhiam — amorosamente, eu diria. Eu estava bem, ali naquela água. Nunca estivera tão bem. Se fosse para morrer não me importaria, tão bom seria morrer ali.

Mas não morri. Subi como uma bala, cheguei à superfície arquejante, agitando braços e pernas; antes que afundasse de novo, um brasileiro me agarrou e me içou para bordo. Disse qualquer coisa que não entendi, mas com certeza era algo engraçado, eu ri, ele riu também, mostrando os dentes estragados, e eu estava contente, estava vivo, Noel e meus pais, alegres, me abraçavam.

O barco a motor pôs-se em movimento e pouco depois desembarcávamos no cais cheio de gente, estivadores, vendedores ambulantes, pessoas que vinham esperar os parentes; mais longe, casas, e prédios, e palmeiras... Eu nunca tinha visto palmeiras antes, doutor. Mas ouvira falar: na Rússia falava-se das terras das palmeiras, e aquilo incendiava a nossa imaginação, porque era do trópico que se falava, do luxuriante trópico. Do Brasil.

Eu estava no Brasil, e o que via? Via as cores do Brasil. Deus, que cores. Que verdes. Que amarelos. Que encarnados. Que azuis. A Rússia era a terra do cinza, o cinza dos longos invernos, o cinza das casas; um cinza que correspondia à nossa paisagem interior. Mas o que eu tinha diante de mim era uma orgia de cores, uma profusa, esfuziante aquarela que chegava a me deixar tonto — como tonto me deixava a multidão que ali estava, vendedores ambulantes apregoando suas mercadorias, mulheres gordas preparando bolinhos em frigideiras, carregadores empurrando seus carrinhos, e todos falando alto, e rindo, e trocando cumprimentos naquele idioma que não entendíamos, mas que já nos soava como música. Passou por nós um estivador, um preto reluzente de suor vergado sob o peso de enormes sacas de açúcar. Caminhava com esforço, aquele homem magro; e mesmo assim ia cantando, e, vendo que olhávamos para ele, até ensaiou um passo de capoeira. Ana batia palmas, encantada, meus pais sorriam. Começávamos a gostar do Brasil.

Um homem veio correndo em nossa direção, abanando e gritando em russo e iídiche: Salomão Nutels. Abraçou Berta, chorando, e chorando ficaram um tempão. Finalmente, os olhos ainda vermelhos, ela se voltou para Noel: é teu pai, meu filho, abraça o teu pai. Mas uma mudança extraordinária se havia operado em Noel. O garoto que poucos minutos antes corria alegre pelo cais agora se agarrava, assustado, nervoso, à saia da mãe, que insistia: abraça teu pai, ele esperou tanto tempo por este momento! Já Salomão Nutels não dizia nada; imóvel, esperava pelo filho. Finalmente, e num impulso, Noel desprendeu-se da mãe, correu para o pai e atirou-se nos braços dele. Chorava como uma criança, o Salomão. A Berta também, chorava como uma criança. Minha mãe chorava como uma criança. Meu pai chorava como uma criança. O marinheiro russo chorava como uma criança. O homem que me dera a bofetada chorava como uma criança. Todos ali choravam como uma criança. Eu também. Chorava como a criança que ainda era, chorava como a criança que estava deixando de ser.

Pensando bem, a gente chorava muito, doutor. Puxa vida, como a gente chorava. Verdade é que tínhamos bons motivos para chorar, as penosas lembranças ainda presentes em nossa memória, as incertezas da vida num lugar desconhecido. Mas eu diria que só uns oitenta por cento, uns setenta por cento dessas abundantes lágrimas correspondiam ao sofrimento, à atribulação, à ansiedade. O resto corria por conta do prazer de chorar, de soluçar, de sentir as lágrimas correndo pela face. Ah, como era bom chorar. Digo isso, doutor, porque faz tempo que não choro. Não que me faltem motivos — só o fato de estar no hospital seria razão suficiente, não é mesmo? E depois as agruras da vida, a minha mulher que me deixou, o meu filho que está longe... Deixa pra lá, doutor, histórias como a minha o senhor deve conhecer muitas, vidas amargas devem desfilar diante do senhor como os índios vindo da Ásia, lentamente, sem descanso. O fato é que não choro mais. E eu me pergunto o que foi feito desse choro reprimido, dessas lágrimas represadas — agora parte do meu mar interior, um mar que, diferente do Atlântico que atravessei, é um mar imóvel, ominosamente imóvel, em cujas profundezas vivem seres estranhos, polvos, e um enorme peixe que nada em silêncio esperando pelo profeta que deve devorar, ou por seu substituto, o rapazinho que, saltando do *Madeira*, foi resgatado das ondas, mas que não escapou incólume. Seu mar de dentro agora anseia pelo grande mar, sobretudo quando esse grande mar é o verde, tépido mar do Brasil. O pranto está dentro de mim, lutando para sair — e não sai. Disso resulta uma tristeza enorme, doutor. E uma adicional vontade de chorar. Ou seja: eu quero chorar porque não posso chorar. O choro dentro do choro, a lágrima dentro da lágrima, o mar dentro do mar.

Bem, choramos e choramos, e por fim o Noel parou de chorar e, ainda soluçando, me apresentou ao pai dizendo, este aqui é como um irmão para mim.

Como um irmão para mim. Juro que ele disse isso, doutor. Um irmão. Salomão Nutels se emocionou, abraçou-me, e até chorou mais um pouco. Que bonito, ele disse, ver jovens que se estimam como irmãos.

Ficamos ali conversando, e o Salomão Nutels perguntando coisas sobre a Rússia, e de repente nos demos conta de que Noel tinha sumido. Simplesmente tinha sumido. Preocupados, saímos a procurá-lo pelo cais. E fui eu quem o encontrou, atrás de uma pilha de fardos de algodão, conversando com uns mulatinhos. O senhor estranhará, doutor: conversando? Como Noel podia estar conversando com os garotos brasileiros, se não falava português? Pois é. Mas o fato é que estava, sim, conversando. Naqueles poucos minutos já tinha aprendido algumas palavras e o resto completava com mímica. Seu pai quer falar com você, eu disse. Olhou-me; parecia contrariado. Dei-me conta: para ele eu ficara para trás, como o shtetl, como o cemitério em que se escondera, como a barba queimada do schochet, sarça ardente agora extinta: tudo passado. O presente estava ali: os garotos, o céu muito azul, as casas de cores vivas. O passado eram os judeuzinhos da Rússia. O presente eram os brasileiros. Os góim.

Os góim. Essa palavra faz parte de seu vocabulário, doutor? Como bactéria, como vírus — faz parte? Claro que não. O senhor sabe do que estou falando, mas não dá muita importância à palavra. Eu fico feliz que assim seja. Por que para nós o gói era sempre uma incógnita. Quando o gói estendia a mãozorra em direção à nossa cabeça — era para nos acariciar ou para nos golpear? Quando o gói mostrava os dentes — estava sorrindo ou querendo nos devorar? A mente gói era para nós insondável, um mistério impenetrável. Escura caverna. Densa floresta. Vasto mar, cheio de criaturas estranhas, polvos e grandes peixes prontos a devorar profetas ou substitutos. Na face do gói procurávamos, ansiosos, um sinal tranquilizador — o sorriso — ou ominoso: o sorriso. Claro, os góim com quem Noel estava falando pareciam amistosos. Mas, mesmo que o fossem, teria Noel o direito de trocar o amigo por eles? Essa pergunta eu não lhe fiz porque, senti naquele momento, não me cabia o direito de fazê-la. A viagem tinha terminado. Eu ainda não sabia, mas a viagem tinha terminado. Noel despediu-se dos rapazinhos com um aceno e me seguiu. Pela primeira e última vez, seguiu-me. Foi ao encontro do pai, que o recebeu com aliviado júbilo: já não aguentaria ver-se privado do filho.

Era um bom homem, aquele Salomão Nutels. Confirmou o convite da mulher: venham morar conosco, estou bem de vida, posso dar uma mão para vocês. Explicou que tinha uma loja bastante grande e que meu pai lá poderia trabalhar — primeiro como empregado, e depois quem sabe até como sócio. Antes que papai dissesse qualquer coisa, minha mãe apressou-se a aceitar aquela oferta, para ela caída do céu. É verdade que teríamos de viver num lugar pequeno, um lugar chamado — ela nem conseguia pronunciar o nome — Laje do Canhoto. Em compensação, estaríamos com gente conhecida que poderia nos ajudar. Meu pai, apesar de contrariado — não via ninguém de botas, só gente descalça ou de chinelos —, não disse nada. Quanto a mim, não é preciso dizer que estava feliz. Estaria junto do Noel, amigo, irmão. Ele, curiosamente, não demonstrava o mesmo entusiasmo. Naquelas poucas horas, parecia ter mudado. Mal falava comigo, respondia-me por monossílabos.

Seguimos, pois, para Laje do Canhoto. Fomos de trem, passando por plantações de cana e pitorescos vilarejos. Desembarcamos na estação, que estava cheia de gente — e de imediato levamos um susto: mal tiramos a bagagem do trem, começou uma verdadeira fuzilaria. Aterrorizados — é um pogrom, querem nos matar —, corremos a nos esconder. Não era pogrom algum, ao contrário, era uma comemoração: a gente de Laje do Canhoto estava ali para receber a família do seu Salomão com fogos de artifício. Abraçavam-nos, alegres; não entendíamos o que diziam, mas o senhor pode imaginar, doutor, a nossa emoção. Em matéria de recepção, não poderíamos desejar coisa melhor.

Mamãe gostou da cidadezinha: lembrava-lhe a nossa aldeia. Meu pai, fisionomia sempre preocupada, fez questão de conhecer de imediato a loja onde iria trabalhar. Salomão conduziu-nos até lá. Era de fato uma loja grande, maior do que qualquer loja do shtetl. As pessoas mais importantes da cidade compram de mim, dizia Salomão, orgulhoso. Papai olhava demoradamente as mercadorias expostas; parecia estar aprovando o que via — quando chegou aos penicos.

Nós, claro, conhecíamos aquilo: era o que usávamos para fazer as necessidades. Mas meu pai ficou visivelmente chocado. Em nossa aldeia, comprar um penico era uma coisa que se fazia de forma discreta, disfarçada, até. A pessoa entrava na loja, fazia o pedido a meia voz. O dono ia ao depósito, lá no fundo, e voltava com o penico embrulhado em várias folhas de jornal. Nas casas, o penico nunca era visto, estava sempre sob as camas. Ali, porém, os penicos eram oferecidos aos fregueses de uma forma, a bem dizer, despudorada. Pendendo de barbantes, na própria porta da loja, balançavam ao vento brincalhão.

Meu pai chamou minha mãe para um lado e avisou: não trabalharia naquela loja. Quem prestou serviços a um conde, disse, não pode vender essas coisas. Não era vendedor de penicos, era um sapateiro, tinha sua profissão, e queria exercê-la. Mamãe ficou consternada — como recusar a oferta de Salomão? — e de imediato pensou numa alternativa: quem sabe então trabalhas como sapateiro? Aqui?, disse papai, irritado, aqui ninguém tem sapatos, nós vamos morrer de fome. Claramente estava arranjando um pretexto para não ficar em Laje do Canhoto, e mamãe percebeu que seria inútil continuar argumentando: papai era um homem tímido mas, quando metia uma coisa na cabeça, brigava até o fim. Teríamos, pois, que partir. Paciência. Em São Paulo não contaríamos com a ajuda providencial de um Salomão Nutels, mas em compensação haveria mais recursos; por exemplo bons colégios para os filhos, o que mamãe considerava essencial. Quanto à viagem... Quem já tinha viajado tanto, viajaria um pouco mais. Iríamos, sim, para São Paulo.

Minha primeira reação à notícia foi de incredulidade. Não, não podia ser, estavam brincando comigo, estavam testando a minha amizade pelo Noel. Quando vi que estavam falando sério, abri o berreiro. Atirei-me no chão, gritei que dali não sairia nem morto. Eles tentavam me consolar, dizendo que São Paulo afinal não era tão longe, que poderia visitar o Noel, mas eu sabia que aquilo não aconteceria, que nossos caminhos estavam se separando definitivamente. Chorei, chorei. O próprio Noel tentou me consolar, mas a verdade é que já estava noutra, encantado com Laje do Canhoto, com a loja do pai, com os góim — com os índios? Com os índios, doutor? Acho que sim. Não havia índios ali, mas acho que Noel já os pressentia ao longe, e estava encantado. Agora: comigo não estava mais encantado. Mesmo assim fizemos uma promessa mútua: seríamos amigos para sempre e logo que possível voltaríamos a nos encontrar. Você garante?, eu perguntei. Garanto, ele disse. Então nos abraçamos e minha mãe me pegou pela mão e fomos indo para a estação ferroviária: eu me voltei uma vez e lá estava Noel, me olhando e abanando; depois me voltei de novo e ele já não estava mais. Não estava mais.

Voltamos a Recife e de novo embarcamos no *Madeira*, que prosseguia viagem para o Rio e Santos. De Santos fomos para São Paulo, já então uma grande cidade com prédios enormes, carros, bondes, multidões nas ruas. Ficamos numa pensão perto da estação da Luz, um quarto apertado, imundo, e, pior, cheio de baratas. Na Rússia tínhamos baratas, mas grandes como aquelas jamais havíamos visto.

A sorte nos ajudou. Poucos dias depois, estávamos tomando café num bar próximo quando entrou um homem baixinho, com cara de judeu. Ficou a nos olhar, curioso, e por fim veio falar conosco. Ele também era da Rússia; conversa vai, conversa vem, descobrimos que vinha a ser parente distante de minha mãe. Ao saber que estávamos morando numa pensão, indignou-se; aquilo não era lugar para uma família judia. Propôs-se a nos alugar, por uma módica quantia, a peça dos fundos em sua casa, ali perto.

Fomos até lá. A casa era grande, ainda que antiga, mas o lugar que nos oferecia era bem modesto, um chalezinho de madeira nos fundos do pátio. Havia um enferrujado fogão, um colchão rasgado, um armário, uma mesa cambaia — e só. Mas, para começar, estava mais do que bom. Quando melhorássemos de vida, disse minha mãe, nos mudaríamos.

Agora estávamos morando no Brasil. Melhor: estávamos morando no Bom Retiro. Na rua se falava iídiche, havia sinagogas, escolas judaicas, sociedades judaicas. Sim, as redondezas estavam cheias de góim, e muita surra eu levaria no sábado de Aleluia para aprender a não judiar de Cristo — mas, de alguma forma, nós nos sentíamos em casa.

A família instalada, meu pai precisava trabalhar. E estava pronto para isso; tinha até trazido as ferramentas de sapateiro, sob protestos de mamãe, que várias vezes reclamara do peso da mala. Na verdade, estava certa de que o marido poderia arranjar um trabalho melhor. O encontro com Salomão Nutels reforçara sua convicção: se aquele homem, emigrante como nós, conseguira abrir uma loja, meu pai também poderia fazê-lo, ainda que se tratasse de um estabelecimento menor. Se não queria vender penicos, se queria ser fino como um conde, que não vendesse penicos, então, que vendesse qualquer outra coisa, roupas, por exemplo, mas numa loja, um lugar decente, onde pudesse usar terno e gravata.

Era uma aspiração pouco realista, a de mamãe. Para começar, não tínhamos capital para começar o negócio; e, mesmo que tivéssemos, papai não queria ser lojista, tinha horror, não de vender — isso não o incomodava —, mas de loja: a ideia de ficar imóvel atrás de um balcão parecia-lhe insuportável. Por último, e não menos importante, tinha uma profissão: era sapateiro, bom sapateiro. Como sapateiro, pois, trabalharia. Verdade, a possibilidade de consertar botas finas era remota, mas, diferente do que acontecera em Laje do Canhoto, a maioria das pessoas que víamos usava sapatos, e esses sapatos em algum momento necessitariam salto ou sola; portanto teria clientela. Já havia até arranjado um lugarzinho para se instalar, perto de nossa casa, quando aconteceu a tragédia. Atravessava a rua José Paulino, distraído como sempre, e não viu o bonde que se aproximava. Alguém gritou, ele tentou escapar, caiu. As rodas esmagaram-lhe o braço direito, que teve de ser amputado.

Para mamãe, foi a gota d'água. A saída da Rússia, a viagem, o lugar apertado em que tínhamos de viver, tudo aquilo suportara com coragem exemplar. Agora, porém, o limite de sua resistência fora ultrapassado. Em desespero, galopava pelo pequeno pátio da casa, uivando e clamando aos céus, ah, Deus, por que nos fazes sofrer tanto, Deus, já não bastavam os pogroms e os cossacos, Deus, Deus.

Convalescendo na enfermaria de um hospital público, meu pai não se queixava. O que acontecera era resultado da vontade divina, contra a qual não podia se revoltar. Ao contrário, sentia-se grato por ter escapado com vida do grave acidente — verdadeiro milagre, diziam todos. Só uma coisa o incomodava: o destino do braço amputado. Constantemente perguntava a respeito ao atendente que lhe fazia os curativos. Esse sádico indivíduo era um digno êmulo daquele capitão que ateara fogo à barba do schochet. Meu pai não usava barba, mas a sua aflição, mais, a sua credulidade, transformavam-no numa vítima fácil. Todos os dias o atendente lhe contava uma história diferente: seu braço foi incinerado, seu braço foi enterrado no pátio do hospital, seu braço foi posto no lixo e um cachorro saiu com ele entre os dentes. E ria, o homem, ria que se matava. Esse gói bandido, protestava minha mãe, quer acabar com o coitado.

Papai não se deixava abater, nem pelo infortúnio, nem pelos deboches do atendente. Não podia se deixar abater; a família dependia dele, de sua capacidade de reagir. E reagiria. Se não podia mais trabalhar como sapateiro, arranjaria outra maneira de ganhar a vida. Faltava-lhe um braço? Verdade, faltava-lhe um braço, mas tinha as pernas, podia percorrer a cidade, vendendo alguma coisa.

Gravatas. Não era uma escolha fortuita. Havia para tal mercadoria uma clientela potencial, sobretudo no centro da cidade. Lá, gravata era um sinal de respeitabilidade. O homem que ia pedir empréstimo no banco precisava de gravata. O rapaz que procurava emprego precisava de gravata. O cavalheiro que, à noitinha, levava a dama a um cinema elegante precisava de gravata. Gravatas baratas, obviamente, descartáveis mesmo — mas contendo, no desenho simples ou complicado, os signos esotéricos do poder, os hieroglifos capazes de revelar aos iniciados os segredos da fama e da fortuna; gravatas vistosas, de cores alegres como as cores do Brasil, e também algumas gravatas discretas; para aqueles a quem incomodava a aquarela tropical, que suspiravam por um pouco mais de cinzento — e por um pouco mais de ordem, um pouco mais de organização, um pouco mais de contenção; um pouco mais de Europa, em suma (pouco numerosos, por diferenciados, esses clientes eram contudo merecedores de atenção; a eles seria destinada uma porcentagem do estoque de gravatas: vinte, trinta por cento, número que poderia variar de acordo com a conjuntura social, econômica, cultural — para a qual o vendedor atilado teria de estar atento, tão atento quanto o presidente, o deputado, o general).

Levando numa bolsa a mercadoria, papai se dirigia ao centro e escolhia um local estratégico, na avenida São João ou na

Ipiranga. Gravatas sobre o braço, ficava a apregoá-las horas a fio. A pedido de mamãe, que via no marido um homem frágil, desamparado, muitas vezes eu o acompanhava. Mas ficava a certa distância: devo confessar que me envergonhava o pesado sotaque de papai: meu português, ainda precário, já era bem melhor que o dele, e eu progredia rapidamente no aprendizado do idioma. Sotaque ou não, papai não precisava de minha ajuda, estava se saindo muito bem como vendedor. Nem a falta do braço atrapalhava; quando um freguês comprava uma gravata, ele, com espantosa habilidade, recebia o dinheiro, guardava-o no bolso, extraía o troco, entregava-o ao comprador, tudo em poucos segundos e sem deixar cair gravata alguma. O dinheiro começou a entrar. Papai não era o único vendedor de gravatas do centro, mas sua clientela era das maiores: por causa da invalidez, as pessoas ficavam com pena, às vezes compravam para ajudar. Mas não era só isso. Alguma coisa nele inspirava simpatia, confiança, até. Uma vez um homem veio correndo, esbaforido; acabava de ser nomeado para um cargo na prefeitura e queria uma gravata do meu pai, mas só de meu pai. Você vai me dar sorte, disse, escolha uma gravata para mim. Papai escolheu, ele pagou, antes de ir embora pediu licença a meu pai e tocou o coto do braço: defesa contra o mau olhado, explicou.

Não funcionou. Poucas horas depois voltava, acabrunhado; no último instante, e por causa de pressões políticas, o prefeito tinha escolhido outro para o cargo. Queria diminuir o prejuízo devolvendo a gravata; eu até a venderia ao cara, suspirou, mas ele já tinha uma, de seda, muito bonita. Meu pai concordou sem discutir: nessas coisas tinha uma certa nobreza, a nobreza pela qual se identificava, em imaginação ao menos, com o conde Alexei.

O conde. Papai já não sentia falta da Rússia, mas sentia falta do conde. Tinha esperança de voltar a vê-lo — no Brasil. Absurda expectativa? Nem tanto: muitos nobres russos se haviam exilado depois da vitória dos bolcheviques, a maior parte em Paris, porém nada impediria que, impulsionado por uma força misteriosa, gerada talvez em suas próprias botas (nostálgicas das mãos que as haviam tratado tão bem, que haviam acariciado com tanta ternura o seu macio couro), o conde Alexei escolhesse morar em São Paulo. Hospedado num hotel de quinta categoria, obrigado a procurar o próprio sustento, o conde — sempre de acordo com essa fantasia — decidiria melhorar a aparência, a essa altura bastante desenxabida (roupas manchadas, botas rasgadas), comprando uma gravata. Não numa loja, claro, por causa dos altos preços, mas de um vendedor ambulante. Dirigir-se-ia a um deles e, surpreso, reconheceria no homem seu antigo sapateiro. Os dois se abraçariam fraternalmente, porque a essa altura a democracia do Novo Mundo já teria neutralizado a arrogância da nobreza arruinada. Meu pai o convidaria para um café, conversariam longamente. O conde, alquebrado pelo sofrimento, falaria, numa voz embargada, da sua difícil e problemática adaptação àquele país tão estranho, o Brasil. Meu pai escutaria compungido tal relato; e então uma ideia lhe ocorreria, uma ideia que exporia depois de alguma hesitação: não desejaria Sua Excelência associar-se a ele em empreendimento comercial, qual seja, a venda ambulante daquele apreciado artigo masculino, a gravata?

De início o conde reagiria à ideia contrariado, indignado mesmo: comércio, essa coisa de judeu, jamais, preferível a morte nas mãos dos comunistas. Meu pai insistiria, humilde mas firme. Tal ocupação poderia ser temporária; a derrota dos bolcheviques afigurando-se inevitável, o conde breve voltaria à Rússia para recuperar suas terras, seu castelo. Convencido pela argumentação, por ele mordazmente denominada de talmúdica, o nobre aceitaria a proposta. Teria início um período de treinamento no qual meu pai lhe ensinaria, primeiro, a segurar as gravatas corretamente. Quando quisesse iniciá-lo na arte do pregão, Alexei de novo protestaria: apregoar gravatas nunca, os clientes deveriam acorrer a ele, prescindindo de qualquer tipo de apelo: afinal, não é todo dia que se pode comprar gravata de um nobre russo. De novo meu pai se veria obrigado a trazer o conde à realidade; de ponderação em ponderação, iria aos poucos vencendo sua tenaz resistência. Quando Alexei por fim começasse a vender, um problema diferente emergiria: seria preciso, não estimulá-lo, mas, ao contrário, contê-lo, porque ele se poria a gritar na rua como um possesso, gravatas, gravatas baratinhas. Exagero de cristão-novo, de recém-iniciado na arte da venda? Talvez, mas não só: berrando, o conde estaria dando vazão à sua fúria contra os comunistas, estaria conclamando súditos fiéis, onde quer que estivessem, para a batalha final contra os pérfidos vermelhos. Meu pai se veria obrigado a corrigir esse tom, explicando que em vendas o importante é seduzir, é introduzir o cliente ao prazer do consumo. O conde aceitaria tal orientação, reconhecendo no sapateiro o seu mentor, o seu líder espiritual. Tomaria a mão do meu pai e em lágrimas a beijaria, manifestando seu mais profundo agradecimento e dizendo, tu consertaste minhas botas, sapateiro, agora consertas minha vida.

Vã expectativa. O conde nunca virá ao Brasil; isso é tão impossível quanto a chegada do Messias. Resignado, meu pai acaba aceitando a realidade: mais importante que o conde, e mais importante inclusive que o Messias, é o humilde freguês que lhe compra uma gravata, garantindo o pão na mesa da família. Sem sonhos, contudo, não se pode viver, principalmente quando se é um homem pobre, aleijado, um humilde vendedor de gravatas. Meu pai quer me ver formado em medicina.

Compreensível, essa aspiração. Não é, doutor? Compreensível. O senhor sabe que sim. A admiração de meu pai pela medicina vinha desde a Rússia. Em nossa aldeia não tínhamos médico; em caso de doença recorríamos ao schochet, que, além de matar galinhas e fazer circuncisão, fornecia alguns remédios. Mas o conde Alexei tinha, sim, o seu doutor, e essa era a figura que servia de modelo para o meu pai quando pensava numa profissão para o filho.

Judeu como nós, mas muito mais importante do que nós — afinal, tinha vencido o "numerus clausus", a barreira que limitava o acesso judaico às universidades —, esse médico morava na cidade, em Kiev, e tinha uma vasta clientela, sobretudo entre os proprietários de terras de nossa região. Periodicamente vinha ver a família de Alexei. Era um alvoroço quando a carruagem dele surgia na estrada; as pessoas assomavam às janelas, os meninos corriam atrás, mas o doutor, ali sentado de casaca e cartola, não olhava para ninguém — confraternização com judeus pobres e ignorantes era coisa que não lhe agradava muito. Ia direto para o castelo, a cuja porta o conde e a condessa já o aguardavam. Cumprimentavam-no com todo o respeito, conduziam--no ao salão principal, ofereciam-lhe champanhe e caviar. Explicável reverência: o médico cuidava de toda a família. Tinha enorme ascendência sobre o conde. Enquanto meu pai apenas manipulava as botas do nobre, o doutor podia ordenar-lhe que se despisse, podia apalpá-lo à vontade; podia interrogá-lo a respeito de fezes, de urina, de gases, dos hábitos sexuais — quantas vezes copulais por semana, conde? Recorreis, conde, à felação? Sofreis, conde, de ejaculação precoce? Tendes sonhos úmidos? Tendes amantes? São vossas amantes portadoras de corrimento? Manipulais? Não mintais, conde, não mintais, ao médico não se deve mentir. Podia dar-lhe ordens, não coma isso, não coma aquilo, podia repreendê-lo por não seguir suas prescrições. Em suma, o doutor tinha ascendência sobre a nata da sociedade local. O que resultava em poder e dinheiro, muito poder e sobretudo muito dinheiro. Diziam que sua casa em Kiev era deslumbrante, um verdadeiro palácio. Aposentos privados para ele, para a mulher, para a insípida filha — e nenhuma mancha de sangue na parede. Tuberculose? Só a dos pacientes, na família, nunca. Pogrom? Não sabia o que era, não lhe tirava o sono. E no entanto era de origem humilde, filho de um pequeno comerciante de aldeia. A conclusão era óbvia: um judeu só poderia sair da miséria, da insignificância, com um diploma. Estou dizendo o óbvio, não é, doutor? O óbvio. A propósito — o senhor é judeu, não é? Eu sabia, um judeu reconhece o outro mesmo quando está deitado numa UTI, passando mal, mesmo quando o outro não parece judeu — o senhor tem cara de gói. Ah, o pai é gói. Não tem importância, se a sua mãe é judia e se o senhor é médico, está tudo bem. Devo dizer que o invejo, doutor. Bem que gostaria de ter estudado medicina, como o senhor, como o Noel Nutels. Era uma satisfação que eu devia a meu pai. O braço eu não lhe poderia devolver, mas a satisfação de me ver doutor compensaria todos os seus sofrimentos.

Não me formei em medicina, mas pelo menos frequentei o colégio. Naquele começo de 1922 — ano glorioso, doutor, ano do centenário da Independência, ano da Semana de Arte Moderna — comecei a estudar. Mamãe queria me colocar numa escola judaica, onde eu poderia conviver com outros garotos judeus, praticar o iídiche e o hebraico. O que eu também queria: depois do Noel, nunca mais tivera um amigo; sentia-me sozinho, no colégio poderia arranjar companheiros. Para nossa surpresa, papai foi contra essa ideia. E explicou: se vamos viver no Brasil, é melhor que meu filho aprenda o que os brasileiros aprendem. Mamãe ainda tentou protestar, mas ele já tinha decidido: matriculou-me numa escola pública próxima ao Bom Retiro, o colégio José de Anchieta.

José de Anchieta. Esse nome passou a fazer parte de minha vida. Desde o momento em que, pela mão do meu pai, a suada mão que restava ao meu pai, fui levado à escola, que funcionava num prédio pequeno, humilde. Muito antigo e mal conservado: o telhado estava caindo, as paredes, descascadas, não recebiam pintura havia décadas. Ao entrar no lúgubre saguão, a primeira coisa que vi foi um enorme mural. Mostrava Anchieta na praia, escrevendo na areia com sua bengala: um homem de aparência amável, rosto delicado, melancólico, um homem bom, sem dúvida. Mas gói. Por que cargas-d'água estaria meu pai me atirando nos braços dos góim? Eu me sentia estranho ali, e, olhando o retrato do padre com sua longa batina, mais estranho e angustiado me senti. Claro, não era a angústia que nos causava a aproximação dos cossacos, mas — por que tinha eu de sofrer? Por que não poderia ir para a escola judaica como os outros meninos do Bom Retiro? Papai não queria saber de discussão. Levou-me para a diretora, uma senhora alta e gorda que usava pincenê e me recebeu muito bem; abraçou-me, garantiu que eu gostaria do José de Anchieta e que ali começaria a carreira rumo à faculdade de medicina que, ela sabia, era o sonho de meu pai.

Nos três anos que se seguiram aprendi a ler e a escrever em português, aprendi aritmética, aprendi ciências, aprendi história, mas, sobretudo, aprendi tudo sobre José de Anchieta. Era só a professora perguntar — e perguntava seguido, sabia que para o jovem imigrante era importante mostrar conhecimento — eu tinha as respostas na ponta da língua. Onde e quando nasceu o padre José de Anchieta? Ilhas Canárias, 1534. Onde e quando faleceu? Reritiba, hoje Anchieta, 1597. Que universidade cursou? Coimbra, em Portugal. Áreas que mais dominava? Dialética, filosofia, letras, latim, vernáculo. Ordem religiosa em que ingressou? Companhia de Jesus. Ano de chegada ao Brasil? 1553. Qual a sua relação com os índios? Entendia a língua tupi, relacionava-se bem com os selvagens, cuidava deles quando estavam doentes; em sua tarefa missionária, valeu-se da poesia e do teatro como recursos didáticos. O que se pode dizer de seus autos? Opunham luz e trevas, bem e mal, céu e inferno. O que se pode dizer de sua atitude para com os índios?

Amava os índios, o padre José de Anchieta. Amava muito os índios. Nisso se constituía em exceção, doutor. Os textos da época — e cheguei a conhecê-los a fundo, cheguei a conhecer muitas coisas a fundo — mostram: não poucos colonizadores desprezavam os índigenas como seres inferiores, próximos aos animais. E os temiam, também: por causa do canibalismo, naturalmente. Pegue a narrativa do Hans Staden, capturado pelos índios logo depois do descobrimento e que está num livro chamado *Descrição verdadeira de um país de selvagens nus, ferozes e canibais, situado no novo mundo América, desconhecido no país de Hessen antes e depois do nascimento de Cristo até que, há dois anos, Hans Staden de Homberg, em Hessen, por sua própria experiência os conheceu.* Os índios obrigavam Hans Staden a correr e saltar: lá vem nossa comida pulando, gritavam. Ele teve sorte, escapou com vida. Pior foi o destino do bispo Sardinha, que naufragou na costa do Nordeste na mesma época: sem a menor cerimônia, os índios o mataram e comeram.

Devo dizer, doutor, que a mim também impressionavam aquelas histórias. Eu olhava minha mãe arrancando a coxa de uma galinha (agora comíamos galinha quase todo dia, graças às gravatas que papai vendia, as coloridas e as outras) e via os canibais esquartejando o pobre bispo, via-os levando as sangrentas postas ao fogo, via-os devorando uma perna e comentando, para carne de velho até que está boa, não é tão dura. E então, por uma maligna associação de pensamentos só possível no interior de uma cabeça muito suja, eu pensava numa outra história, e essa tinha a ver com o braço amputado de papai. Ou seja, doutor: mamãe mastigando galinha, papai mastigando galinha, Ana mastigando galinha, eu não mastigando nada, eu imóvel, o olhar fixo no coto do meu pai, fabulando. E o senhor quer saber como é a história que imagino, doutor? É uma coisa que a mim mesmo horroriza, mas o senhor, médico, o senhor tem condições de ouvir, talvez o senhor precise ouvir, afinal, trata-se de seu paciente, o senhor precisa saber tudo sobre ele, inclusive as coisas que fabula; talvez o senhor tenha vontade de ouvir, o senhor é médico mas talvez não seja imune à mórbida curiosidade — tem vontade de ouvir, doutor? Tem? É? Tem vontade. Hum. Tem vontade de ouvir. Então vamos lá, vamos à história.

Termina a longa operação. Os cirurgiões, exaustos mas satisfeitos — amputaram o braço do paciente porém salvaram-lhe a vida —, deixam a sala de cirurgia. No balde, já esquecido por todos, o braço, semiesmagado, ensanguentado.

Entra o servente encarregado da limpeza. José, diz a enfermeira-chefe, atarefada com outros afazeres, leve por favor esse braço e queime-o no forno. Sim, senhora, diz José, mal contendo um sorriso sinistro. Sorriso sinistro? Sim: José é nada mais, nada menos que um canibal. No hospital ninguém desconfia disso, obviamente, mesmo porque nada, nenhum sinal externo, diferencia-o de outros serventes. É um tipo indiático, mas tipos indiáticos não são raros no Brasil, ao contrário; além disso os traços são algo disfarçados pelos óculos de grau.

Homem quieto, atencioso, o José é considerado um funcionário exemplar. Se contassem à enfermeira-chefe que seu subordinado sonha com uma perna humana bem assada não acreditaria, protestaria indignada, isso não é coisa que se diga de um homem tão bom, um empregado correto, cumpridor de seu dever. E no entanto é verdade: José é um índio antropófago. Faz parte de uma pequena tribo que migrou do Norte para o interior de São Paulo e que, aparentemente aculturada, pratica ainda, e em segredo, o canibalismo. Por que o faz? Por falta de comida — é pobre, essa gente, desesperadamente pobre, passa fome seguido — e também por fidelidade ao passado tribal, mas, sobretudo, como forma de vingança contra os invasores de suas terras, aquela gente que trouxe a fome e a miséria: os brancos os escorraçaram, vingam-se devorando-os. O que só acontece raramente: um intruso que, bêbado ou não (bêbado é melhor: a carne fica mais macia, com agradável sabor), entre na aldeia, à noite, dá ocasião para justiça sumária e para um verdadeiro festim. Afora isso, só o que o José traz do hospital.

José enrola cuidadosamente o braço do meu pai em papel pardo. Passa pelo vestiário, muda de roupa, dirige-se para os fundos do hospital, onde está o forno, já aceso. Ao invés de jogar nele o braço, José pula a cerca dos fundos. Agora está na rua. Um homem carregando um embrulho sob o braço, como tantos. Um homem de rosto indiático, mas de óculos. Claro, a dimensão do embrulho não deixa de chamar a atenção e, no ônibus que o leva para a cidadezinha próxima, onde vive a tribo, uma senhora pergunta, curiosa, o que ele tem ali. Antes que José responda ela diz: deixe-me adivinhar — é salame? É salame, responde José, acabei de comprar. Eles agora fazem uns salames enormes, comenta ela, enormes mas gostosos. É verdade, diz José, cortando o papo.

É noite fechada quando ele chega ao destino. Caminhando pelas ruelas da pequena cidade chega a uma casinhola de tábuas arruinada nos fundos de um terreno baldio. Ali está, a esperá--lo, a família — mulher, oito filhos (outros seis já morreram). Olhem o que eu trouxe, anuncia, feliz. Abre o pacote, mostra o braço. As crianças aplaudem, entusiasmadas; atraídos pelo barulho, outros membros da tribo — vivem todos ali perto — aparecem e decidem fazer um grande banquete naquela noite mesmo. A alegria é geral; o irmão de José, brincalhão como ele só, diverte-se atirando o braço para o ar e gritando, olhem a nossa comida pulando. E aí se estabelece uma discussão, não há consenso sobre a forma de preparar a refeição. Trata-se de uma polêmica recente na história da tribo; antigamente, toda carne era simplesmente assada nas brasas, mas o contato com o branco, em outros aspectos tão deletério, ensinou a tribo a sofisticar a culinária. Uns querem preparar o braço cozido; outros, querem fritá-lo em banha; e até mesmo a possibilidade de estrogonofe é levantada. Mas a fome é muita, acabam por assá-lo de qualquer maneira e comem-no naquela noite mesmo. Não chega a ser uma lauta refeição; bracinho pouco musculoso de sapateiro judeu há meses sem trabalho não é exatamente sinônimo de abundância em matéria de carne. Mas é o que há, e eles aproveitam, limpando os ossos, que serão depois colocados no ossário, numa caverna não muito distante. Terminado o festim ritual, todos se reúnem em torno ao fogo, entoando antigas e plangentes melopeias. O sentimento dominante agora é de tristeza, de fracasso; em verdade, não reprisaram os banquetes antropofágicos dos antepassados. A carne que comeram não é a de um valente guerreiro, aprisionado numa luta tribal e depois mantido em cativeiro até o momento do sacrifício, momento, para a vítima — principalmente para a vítima —, glorioso: momento em que um homem abdica da vida para que a coragem que impregna as suas fibras possa ser incorporada pelos vencedores.

Não, não se trata disso. Trata-se de restos hospitalares. Trata-se de um braço que chegou meio triturado, sujo de sangue, os dedos estendidos no derradeiro espasmo de pavor. De quem era esse braço, pergunta Anaí, a filha mais velha de José. Não falta à indagação um tom hostil, de quem pede satisfações:

apesar de quieta, ela tem o temperamento da contestadora, acha aquela coisa de antropofagia um engodo, uma simulação, da qual participa porque não tem alternativa, mas que tem como efeito evitar questões transcendentes: por que uns moram em mansões e outros em casinholas? Por que alguns só comem carne quando há amputações em certo hospital e outros saboreiam rosbife todos os dias? Ou seja, não pergunta para saber, pergunta para incomodar. Mas José é antes de mais nada pai, não pode fugir à indagação feita pela filha. O braço era de um homem que foi colhido por um bonde, diz, numa voz surda. E acrescenta, porque quer sorver até o fim o amargo cálice: um judeu que veio da Rússia. E com isso se encerra o assunto e vão todos dormir.

O senhor dirá que os índios estavam presentes nos pesadelos de muitos brasileiros. Pode ser. Mas ninguém fabricava tais pesadelos — não, pelo menos, com a facilidade com que eu fazia. Porque no fundo eu, judeuzinho russo, tinha afinidades com os índios antropófagos. Eu não tinha vindo, como eles, pelo estreito de Bering, tinha vindo com o *Madeira*, mas havia uma certa identificação, se não atávica, pelo menos psicológica. O que era eu, doutor, senão um canibal em potencial, capaz de devorar, ainda que metaforicamente, as pessoas a meu redor? Não podendo fazê-lo eu me atirava à galinha assada, com voracidade maior do que a do Isaac Babel chegando à nossa aldeia (e sem as desculpas do Babel — eu não cavalgava pela Revolução, eu não tinha a fome gerada por jornadas patrióticas), arrancando coxas e asas, devorando tudo. Assombrada, e ao mesmo tempo feliz com o meu apetite — eu sempre fora um inapetente —, mamãe comentava com papai, olha como ele come bem, decerto é porque passou fome na Rússia, agora está se desforrando. Pobre mamãe. Mal sabia que tinha um selvagem por perto. Um selvagem capaz de apavorar até mesmo o manso jesuíta José de Anchieta.

Era um homem doente, o padre. Os livros escolares mencionavam o fato sem dizer que doença era, mas a gente sabia que se tratava de tuberculose. Desde a época da Descoberta, a tísica acompanhava a história brasileira — e continuava uma ameaça bem presente: aqueles magros mulatos de olhar brilhante, febril, aquelas mulheres pálidas, emaciadas... Em nossa casa, tuberculose era um tema constante, como havia sido na Europa. Dela falávamos em voz baixa, evitando mencionar o nome maldito: Sabe o pai do Jaiminho? Começou a tossir, a emagrecer, botou uma golfada de sangue pela boca e morreu. Sabe a Maria, a lavadeira? Começou a tossir, a emagrecer, botou uma golfada de sangue pela boca e morreu. Sabe o Francisco, aquele que vendia a prestação? Começou a tossir, a emagrecer, botou uma golfada de sangue pela boca e morreu. A qualquer momento qualquer um podia começar a tossir, a emagrecer; a qualquer momento qualquer um podia botar uma golfada de sangue pela boca e morrer. A tosse pontilhava o silêncio das noites paulistas, tirava-nos o sono; quando finalmente conseguíamos adormecer víamos, em nossos pesadelos, espectros esqueléticos espreitando das sombras, ondas de sangue rútilo e espumoso inundando as casas. Terror que partilhávamos com todos os brasileiros: a tísica como cidadania.

No quadro, Anchieta não parecia tuberculoso. Meio magro, sim, encurvado também, débil, talvez — mas doente? Não aos olhos enlevados do artista. O que tínhamos ali não era um enfermo, era um homem bom, um homem santo. E — detalhe importante — poeta. Um poeta que escrevia, com a bengala, versos na areia.

Esse detalhe me assombrava, doutor. Mais, esse detalhe me perturbava. Escrevia na areia, o Anchieta? Por quê? Para mim, escrever era uma coisa que exigia lápis e papel, ou caneta e papel, qualquer instrumento, enfim, mas sempre em papel, ou pergaminho, ou papiro, algo material que pudesse preservar as palavras. O meu modelo, em termos de consagração, de eternização da palavra escrita, era o livro. Ou seja: a tradicional reverência judaica pela página impressa. Em nossa restrita bagagem, meus pais haviam dado um jeito de incluir os livros, umas poucas obras em iídiche, em hebraico, em russo (entre eles o texto de Lenin, presente de Isaac Babel — meu pai era contra o comunismo, mas livro era livro), que figuravam em lugar de destaque em nossa casinha. Livro tinha permanência; o papel durava, não por toda a eternidade — e quem queria a eternidade? —, mas durava. Agora: aquele homem, aquele padre, o que ele escrevia não era para durar anos, nem meses, ou mesmo horas, minutos; o que ele escrevia na areia, as ondas, implacáveis, apagavam em segundos. Mas por que fazia isso o Anchieta? Por quê? Faltava-lhe material de escrita? Queria treinar a memória, armazenando nela os versos que, apenas para estímulo visual, traçava na areia? Será que considerava seus poemas indignos de preservação — por não terem valor literário, ou, pior, por resultarem de um impulso misterioso, incontrolável, maligno, até? Será que lhe dava remorsos desperdiçar em aventuras poéticas o tempo, o precioso e limitado tempo que o Criador lhe havia dado e que deveria ser dedicado à catequese dos índios, à salvação de suas pobres almas? Ou será que, finalmente, aquilo era algum truque, uma coisa de gói esperto, incompreensível para judeuzinhos tolos como eu?

Eu olhava o quadro tentando entender, mas não entendia. Aquilo me atormentava; bom seria esquecer aquela história, pensar noutra coisa. Quisera eu que minha mente fosse como as ondas, a quem tais questões não interessavam e que, com monótona e indiferente regularidade, cobriam as inscrições traçadas na areia; quisera eu que minha mente fosse como a própria areia em que toda e qualquer marca desaparecia (mesmo as letras traçadas por sacra bengala, principalmente as letras traçadas por sacra bengala), restando apenas aquela superfície lisa, homogênea, adornada aqui e acolá com uma conchinha. Mas não, minha mente não era alegre onda, minha mente não era serena areia; era uma mente torturada, escura como a profundeza do oceano, e, como a profundeza do oceano, cheia de seres estranhos, de monstros. O que eu tinha de peixes deformados na cabeça, doutor, o que eu tinha de peixes gigantes, capazes de devorar profetas ou, na falta desses, sacerdotes, o que eu tinha de polvos! Como os polvos, que secretam aquela negra tinta, minha imaginação elaborava fabulações doentias, todas destinadas a macular a venerável figura do sacerdote. A história da indiazinha, por exemplo, uma história que me perseguiu durante anos.

Tal como eu a imaginava, teria uns treze, quatorze anos, e atenderia pelo nome de Jaci. Tal como eu a imaginava, cuidava da casa do padre, lavando-lhe a roupa, preparando-lhe a comida.

Com exemplar dedicação: adorava Anchieta, a Jaci. Não podia ficar um minuto longe do sacerdote. Quando Anchieta ia para a praia, ela o seguia de longe. Escondida atrás das dunas, olhava-o traçando letras na areia com a bengala. Ah, se pudesse saber o que o padre escrevia com tanto interesse, com tanta paixão.

Difícil. Não por causa das ondas que, sacrílegas, desfaziam as palavras, mas pela simples razão de que não sabia ler. Coisa constrangedora — e inexplicável. O próprio Anchieta tentara, com inesgotável paciência, iniciá-la na leitura. Inútil. Jaci, que para outras coisas era tão esperta, simplesmente não conseguia decifrar os sinais impressos nos livros. Consternado, Anchieta se perguntava se não estaria nele a causa da dificuldade. Talvez ele não fosse bom professor. Pior: talvez no fundo não quisesse Jaci lendo, talvez desejasse mantê-la na ignorância, expressão de natural pureza.

A Jaci, tais dúvidas não incomodavam nem um pouco. Não fazia questão de ler, não queria saber das coisas escritas pelos brancos: bobagens. Mas os versos que Anchieta escrevia na areia, aquilo era diferente: naqueles versos, disso estava segura, o padre se revelava. Sua alma estava ali, nos signos misteriosos, e essa alma Jaci queria conhecer. Mas como, se não podia ler? Só lhe restava um recurso: adivinhar. E assim ia criando, em sua mente, belíssimos poemas em português. Poemas que ela própria não entendia bem, mas que a encantavam. Como se fosse a um tempo poeta e leitora, a poeta gratificada pela reverência da leitora, a leitora extasiada diante do gênio da poeta. Se pudesse recitaria tais poemas para o padre. Mas tão logo os compunha, esquecia-os. Os versos, as palavras, sumiam de sua memória como as letras que as ondas apagavam na areia: poesia virtual, poesia que se autoconsumia à medida que brotava.

Tossia, emagrecia a olhos vistos. O que a outros inquietava — a doença —, a ela enchia de júbilo. Agora tinha algo em comum com o suave Anchieta. Ele tossia, ela também. Às vezes até tossiam em coro, ele lendo a Bíblia, ela na cozinha, preparando a comida. Tossezinha seca, modesta mas ominosa: a tosse da tísica.

Ouvindo-a tossir, os olhos do jesuíta se enchiam de lágrimas. Não merecia isso, a pobre criança. Não merecia ficar doente. E era grave, a doença de Jaci: tísica galopante. Definhava rapidamente, ele nada podia fazer, a não ser insistir para que a pobre se alimentasse — apelo inútil — e escrever poemas na areia, poemas que falavam de uma indiazinha tuberculosa, uma indiazinha que morria, subia aos céus e se aninhava nos braços de Cristo.

Jaci morrendo. Anchieta ao lado dela. É noite. Apenas uma lamparina ilumina a oca. Ao redor, os índios dormem. Só o padre vela. Reza. Que mais pode fazer? Reza, reza muito pela alma da menina, que ali jaz, olhos fechados — agonizando.

De repente seus olhos se abrem, ela fita Anchieta. Que estremece. Não é o olhar de uma moribunda que ele vê; ou melhor, é o olhar de uma moribunda, há desespero naquele olhar, mas há também paixão. Lentamente a índia estende o braço, pega a mão de Anchieta, coloca-a sobre o peito molhado de suor, sobre o seio esquerdo. Surpreso, angustiado, o padre não sabe o que fazer. O que é aquilo? O que pretende a agonizante? Quer que sinta os ossos avultando sob a pele macerada, quer que sinta o coração batendo cada vez mais fraco no peito cavo? Ou — e a esse pensamento o padre estremece — quer que sinta o seio, o pequeno seio que recém começa a crescer e que logo os vermes devorarão? É um protesto, esse gesto — olha o que fizeste comigo, passaste-me a tua tísica, agora vou morrer —, é um pedido de socorro — ampara-me nesta hora final —, ou é lascívia, deboche, coisa do demônio?

Libera nos Domine, murmura o padre, a testa perolada de suor. Liberta-nos, Senhor, da tentação. Liberta a mim, teu pobre servo, liberta a essa criatura, pura e simples como um animalzinho da floresta. Mantém longe o pecado nesta hora decisiva. Faz com que ela chegue aos céus limpa e pura, limpa como a branca areia em que escrevo poemas.

Olha a própria mão, imóvel sobre o seio de Jaci. E dá-se conta: tudo depende dessa mão. Que ela continue assim, quieta, inanimada, como um bicho morto. Que não se mova, essa mão. Que não se atreva sequer a tremer. Que não escandalize seu dono, porque se o fizer terá de ser cortada, o braço todo terá de ser amputado, o coto cauterizado com azeite fervente (e nem assim o perigo estará afastado; assim como existe a dor fantasma, pode produzir-se aquela suprema aberração que é a tesão fantasma, análoga apenas à paixão do necrófilo). Mas não obedece, a mão. Imperceptíveis abalos já a percorrem, evidência da diabólica energia que nela brota. Horrorizado, o padre põe-se a rezar baixinho, pedindo que Deus mantenha paralisada, esquecida, a sua mão. E enquanto está ali orando, Jaci soergue-se, num derradeiro esforço, mira mais uma vez o padre com os olhos arregalados, e tomba sobre a esteira, morta.

Anchieta sai da oca. Cambaleante, a princípio, põe-se a correr. Vai em direção à praia banhada de luar. Quer mergulhar na água fria, salgada, quer purificar-se. Um violento acesso de tosse sacode-lhe o corpo. O sangue tinge a areia, mas a hemoptise é benéfica, redime-o; de joelhos, agradece a Deus. Breve, a morte virá libertá-lo para sempre.

Anchieta não sei, mas eu, naquela época — estava com dez anos — só pensava em peitinhos. Os peitinhos das meninas do Bom Retiro, das meninas da escola: nisso eu não fazia discriminação. Seios góim ou judaicos, tudo era o mesmo. "Teus seios são como gazelas..." — se o rei Salomão podia escrever um Cântico dos Cânticos pensando em bustos, por que não podia eu correr atrás daquelas metafóricas gazelas? O mundo estava cheio de belos seios; fora do meu alcance, claro, ao menos durante o dia. À noite, em sonhos, eu possuía todas as mulheres, todas as indiazinhas do mundo. E aí — litros de esperma molhando o pijama, sonhos úmidos sucedendo-se implacáveis — a vergonha, a vergonha. O Noel uma vez escreveu sobre isso, doutor. Contou que a mãe, dona Berta, ficava intrigada com certas manchas nas cuecas do filho. Minha mãe também. Mães judias não acreditam que seus rebentos possam ejacular. Para as mães judias, os sonhos dos filhos são sempre secos. Como pergaminho.

Noel. O que teria sido feito dele? Estaria na escola, como eu? Numa escola de góim ou numa escola judaica? Seria bom aluno? Espiaria as coxas da professora, como eu? Seria um punheteiro como eu? Ah, doutor, que saudades eu tinha, falava do Noel constantemente. Você deveria mandar uma carta para o seu amigo, dizia minha mãe, que guardava o endereço da loja de Salomão Nutels. Sim, eu deveria escrever uma carta para o Noel Nutels. Mas, de novo: tinha vergonha. De grafar as palavras errado. De escrever bobagem. O que eu queria era ver o Noel de novo, falar com ele, lembrar as nossas aventuras a bordo do *Madeira*: aquela do rato foi uma boa, hein, Noel, aquela do rato foi uma muito boa, que susto o homem levou. Mas isso não era possível. As ligações telefônicas eram precárias e caras. Viajar até lá, nem pensar. O tempo passava, e até mesmo a imagem de Noel ia desaparecendo de minha lembrança. O que me deixava angustiado: eu estava perdendo o meu amigo? O único amigo que jamais tivera? Não querendo escrever e não podendo telefonar, optei por uma outra forma de comunicação: cartas imaginárias, que ia escrevendo na minha cabeça (nesses momentos não tão suja; nesses momentos, espectros e polvos colocados em disponibilidade): "Estimado amigo Noel: espero que esta o encontre na mais perfeita saúde, bem como os seus. Aqui estou, morando em São Paulo, uma cidade grande, muito maior do que Laje do Canhoto. Estou estudando, estudando bastante porque pretendo me tornar um grande médico. Você vai se orgulhar de mim, Noel. Tenho certeza de que um dia você vai se orgulhar de ser meu amigo". De ser meu amigo — ou de ter sido meu amigo? Eu não sabia. E por isso não escrevia. Nem mesmo na areia, porque afinal a praia era longe, só íamos de vez em quando.

Cartas imaginárias: nenhum erro de grafia, ali. Nenhuma bobagem, nada. Eu não era nenhum Isaac Babel, mas, como ele, dediquei-me a textos virtuais. Por razões até parecidas; ele era vigiado pela polícia política, eu, por minha polícia interna. E não posso me queixar, não é, doutor? Eu sobrevivi, Babel não. Não posso me queixar.

Terminei tarde o curso primário e não cheguei a começar o secundário. Mais uma vez o destino, Mão Negra, interveio. Uma noite — na véspera de meu bar-mitzva, do meu décimo terceiro aniversário — papai acordou com uma dor muito forte no coto do braço. Chamamos um médico que veio e, sonolento, falou numa coisa chamada dor fantasma. O seu corpo, ele disse a meu pai, sente falta desse braço que foi amputado. Fez algumas considerações filosóficas, poéticas, até, receitou um analgésico, cobrou a visita e se foi.

O diagnóstico parecia lógico. Mas estava errado. Não era dor fantasma, era dor de infarto do miocárdio. Muito mal, papai foi hospitalizado de novo, e na mesma enfermaria, e ali estava o sádico atendente a olhá-lo, irônico. Eu vou morrer, dizia papai, e estava certo: piorava a cada dia. Teve pneumonia, delirava, falava do braço amputado, que via a abanar-lhe da porta, chamando-o para o túmulo; tragam o médico do conde, implorava, ele é o único que pode me salvar. No hospital, todos se mobilizaram para cuidar dele, os médicos, as enfermeiras, os atendentes, inclusive aquele que inventava histórias sobre o braço e o estranho José. Inútil: ao cabo de uma semana papai estava morto. No seu derradeiro instante de lucidez, pediu que eu cuidasse de mamãe e de Ana; e, sobretudo, que estudasse medicina, que me tornasse doutor. Entre lágrimas, prometi.

Eu agora era o chefe da família. Cabia a mim prover o nosso sustento. Mamãe trabalhava muito, fazia comida, arrumava a casa, serzia nossas roupas — mas não tinha como ganhar dinheiro. Isso competia-me providenciar, e com urgência: estávamos cheios de dívidas. Mas como arranjar grana? A única coisa que me ocorria era vender gravatas no centro, como papai. Algo que, francamente, me atemorizava. Eu jamais apregoaria gravatas com a energia dele. E, embora pudesse, como garoto que era, conquistar a simpatia de adultos, jamais atrairia a simpatia que papai, privado do braço, granjeara. A não ser que eu anunciasse: aqui estou, sou o filho do homem que vendia gravatas neste ponto, ele não tinha o braço, mas comigo é pior, não tenho coragem, ajudem-me, por favor. Felizmente não foi necessário recorrer a isso.

Poucos dias depois do enterro, o dono da casa veio falar conosco. Expressou condolências, lamentou a morte de papai, pobre homem, tão azarado — e, como era de seu estilo, foi direto ao assunto: pelo que sabia de nossa situação, seria difícil arcarmos com o aluguel, mesmo tratando-se de quantia pequena, o fato era que não tínhamos de onde tirar nosso sustento. Eu o ouvia quase em pânico, certo de que nos mandaria desocupar imediatamente a casa. Mas não — queria fazer uma proposta: estava precisando de um ajudante na loja, se eu assumisse a tarefa ele nos isentaria do aluguel e ainda me pagaria alguma coisa. Mais: como não tinha herdeiros e já estava velho, era bem possível que no futuro me tornasse seu sócio. Só impunha uma condição: eu deveria me dedicar exclusivamente ao negócio, trabalhando até à noite, se necessário.

Aquilo significava que eu teria de deixar o colégio. Contei a conversa a mamãe, que não gostou da ideia — como papai, queria me ver doutor, não trabalhando em uma loja. Pediu-me que não aceitasse, procuraríamos outro modo de ganhar o sustento, Deus haveria de prover. Mas depois da morte de papai eu já não confiava muito na ajuda celestial. De mais a mais, e com o poder que me conferia a nova situação, já tinha decidido: trabalharia com o seu Isaac. E deixaria o colégio. Quem continuaria estudando seria minha irmã. Chamei-a, anunciei: Ana, não posso mais ir à escola, tenho de trabalhar, mas você vai continuar estudando, vai entrar na universidade. Ela me olhava, muito assustada — coitada, era criança, tinha três anos menos que eu —, mas levou a sério o recado; aluna brilhante, veio a formar-se em psicologia. Aliás, é uma grande profissional, tem uma enorme clientela, ganha muito dinheiro. De certa forma ela realizou o sonho de papai.

No dia seguinte à conversa com minha mãe e Ana, eu estava na loja. De onde nunca mais saí. Noel formou-se em medicina. Eu me tornei lojista. Pequeno lojista, doutor. Bem pequeno.

Deixe-me contar um pouco mais sobre essa loja, doutor. Como eu disse, ficava no Bom Retiro; era uma construção muito antiga, dividida em duas partes, a loja propriamente dita — pequena, escura — e uma saleta que servia de escritório e de depósito. Do teto da loja, muito alto e cheio de teias de aranha, pendia uma lâmpada, uma única e fraca lâmpada. Nas prateleiras, a escassa mercadoria, miudezas, meias, lenços, alguma coisa de roupa íntima, umas sombrinhas, novelos de lã, botões. A única decoração, e o único estímulo ao consumo, era um antigo cartaz rasgado. Mostrava uma moça sorridente, com cabelo à la garçonne e boquinha em coração, gabando a excelência de certo tipo de sandália — a qual, a propósito, não constava do estoque. Aliás, o apelido do estabelecimento no Bom Retiro era Loja Não Tem. O que deixava o seu Isaac, o proprietário, possesso; o nome é A Majestade, bradava ele aos debochados vizinhos.

A Majestade. Qual Majestade? Que rei, que imperador, era ali homenageado? Dom Pedro II, o imperador do Brasil que falava hebraico? Napoleão, que dera aos judeus o status de cidadãos? Ou quem sabe o rei Salomão, aquele que tinha mil mulheres — harém que, por si só, forneceria uma clientela suficiente para qualquer loja?

O nome podia ser impressionante, mas não ajudava muito. Fregueses eram raros. Ao contrário do que o seu Isaac anunciara, eu não tinha muito o que fazer. Ia às fábricas buscar alguma mercadoria, pagava contas, cobrava de alguns fregueses, às vezes varria a loja. E conversava com o seu Isaac; acho que no fundo o que aquele homem solitário queria era a companhia de alguém. Discutíamos longamente, e inutilmente, sobre negócios. Eu lhe fazia sugestões: por que a gente não modernizava a loja? Por que não vendíamos confecção feminina, que ali no Bom Retiro tinha enriquecido vários lojistas? Por que não contratávamos um decorador, um vitrinista, como outros comerciantes faziam? O velho ficava indignado com essas ideias. A loja sempre funcionara daquela maneira, sempre lhe dera de comer, e, Deus ajudando, daria de comer também a mim, a minha mãe e a minha irmã. A verdade é que conhecia cada artigo existente nas prateleiras; tinha de vender, claro, porque loja é isso, é vender, mas não era sem dor que se separava de um novelo de lã, de um carretel de linha. Suspirava ao embrulhar a mercadoria em papel amassado; como se dissesse, vai, novelo de lã, vai te transformar num pulôver, é o destino, duro destino que te separará de mim, Mão Negra.

Seria muito difícil convencê-lo, embora todo dia eu batesse na mesma tecla. Quando finalmente se mostrou disposto a fazer algumas mudanças, veio a crise de 1929 e os negócios ficaram parados mesmo, o Brasil queimava o café que não podia exportar. E eu desisti: nunca mudaria, o Isaac, A Majestade continuaria do mesmo jeito. Paciência.

Minha vida foi se tornando uma rotina. Ia à loja todos os dias, sábado, inclusive; aos domingos mamãe preparava um almoço especial e depois eu ia ao futebol — era corintiano, mas não fanático. Tinha alguns amigos, gente que, como eu, começara a trabalhar cedo. Às vezes saíamos para tomar uma cerveja e aí conversávamos, e falávamos de planos, havia um rapaz, bisneto de cabalista, que pretendia ganhar muito dinheiro estudando os números da Bolsa e decifrando, mediante a cabala, a mensagem neles contida; mas nunca saiu disso, do plano; deu para beber, era despedido de todos os empregos, acabou na cadeia por roubo.

E Noel? Eu não tinha a mínima ideia de onde andava, o que estava fazendo. Só mais tarde, quando se tornou famoso e começaram a escrever sobre ele, pude reconstituir sua trajetória. Fiquei sabendo que começara os estudos em Laje do Canhoto mas acabara indo para o Recife, onde entrara na faculdade de medicina. Os pais foram atrás. Não se separariam do filho único, não é mesmo, doutor? Um pai judeu, uma mãe judia acompanham o rebento para sempre. Mais do que isso, dona Berta transformou a casa numa espécie de pensão, onde moravam amigos e colegas de Noel, gente que depois ficaria famosa: Ariano Suassuna, Capiba, Rubem Braga. Era uma vida alegre, doutor. Os amigos de Noel formaram uma orquestra, a Jazz Band Acadêmica — ele era o crooner, o animador. Tudo era motivo de diversão; caçar ratos, por exemplo, que na pensão não eram raros. Rubem Braga liquidou um enorme roedor usando um tubo de papelão — que continha o seu diploma de advogado. Até que enfim essa porcaria serviu para alguma coisa, foi seu comentário.

Recentemente lembrei dessa história, doutor. E comecei a pensar no rato. Tentei visualizá-lo não como um repugnante roedor, causando estragos e transmitindo doença, mas como um ser vivo, com uma história; uma história murina até certo ponto típica, uma história natural: rato nasce, rato é amamentado pela mamãe rata, rato cresce, corre pelos desvãos de uma casa e é — destino, doutor, Mão Negra — morto por canudo de diploma pertencente a Rubem Braga. Essa curta e triste trajetória pode ser, em verdade, parte de uma história mais ampla, a história de uma estirpe de roedores. Será que o pobre bicho não descendia de um dos ratos do *Madeira*, aqueles ratos que foram nossos companheiros de viagem, partilhando o desconforto, o odor fétido, a comida escassa? Será que seu antepassado não era o rato que Noel colocou na mala do brutamontes? Bem podia ser que o roedor, partícipe indireto na memorável ação punitiva, tivesse se afeiçoado aos judeuzinhos, acompanhando-os quando desembarcaram no Recife. E bem podia ser que esse rato europeu houvesse encontrado em Recife a fêmea de sua vida, conquistando-a, depois de luta feroz, aos roedores nativos, acasalando--se e gerando a linhagem abruptamente encerrada no roedor liquidado por Rubem Braga. O rato morto que jazia sobre o assoalho na casa de Noel, o rato que, diferente do camundongo Mickey, jamais teve nome ou charme, esse rato marcava talvez o fim de um ciclo. Disso os alegres rapazes da pensão não se aperceberam, entregues que estavam ao riso, ao deboche, à piada. Limitaram-se a agarrar pelo rabo o roedor assassinado e a jogá-lo na sarjeta, onde, à noite, foi recolhido por um gari sonolento. No lixão o cadáver rapidamente se decompôs, os vermes devorando a escassa carne. Ficaram os ossinhos, a caveirinha muito branca sob o sol brilhante do Nordeste brasileiro. Nunca voltou à toca, o infeliz rato. Fêmea e filhotes em vão esperavam por ele — condenados à morte por inanição, agora que o chefe da família não mais proveria alimento.

Qual é o problema, dirá o senhor, de matar um rato? O flautista de Hamelin não liquidou milhares, milhões de ratos? Sim. Mas sua conduta caracterizava-se como estritamente profissional, ainda que tivesse usado meios reconhecidamente heterodoxos — não tão heterodoxos, diga-se de passagem, que incluíssem o canudo de um diploma da faculdade de direito — para desincumbir-se da tarefa que lhe havia sido encomendada: contratado para desratizar uma cidade, atraiu os roedores com sua música, conduziu-os ao mar, onde se afogaram. Fez isso, repito, de forma neutra, isenta; não riu dos ratos, não contou piadas para amigos, mesmo porque, tudo indica, não tinha amigos, era um solitário. Nem mesmo quando a municipalidade se recusou a pagar-lhe o serviço manifestou alguma emoção. Limitou-se a atrair as crianças com a hipnótica melodia e desaparecer com elas. Poderia vangloriar-se de seu poder — afinal, tinha capacidade de realizar aquilo que é o sonho de todo autocrata, conduzir massas sem esforço —, mas não, não se gabou de nada, não fez graçolas. Simplesmente: pediram, liquidou os ratos; não pagaram, levou as crianças.

Noel e seus amigos eram amadores na caça ao rato. Por isso, e ao contrário do imperturbável flautista de Hamelin, riam enquanto perseguiam o roedor. Riam! Desperdiçavam em risos a energia que o profissional, tocando a flauta, usaria para liquidar um número maior de roedores! Num certo sentido, isso até foi bom: desperdiçando em risos a energia e estragando o canudo do diploma, pouparam outros pobres roedores. Mas o melhor mesmo seria que não rissem, que meditassem, melhor seria que mergulhassem no nirvana.

O senhor ponderará que outros motivos podem ter animado Noel na caça ao rato. Talvez estivesse vingando no rato os massacres perpetrados pelos cossacos. Ou talvez estivesse exercendo a sua vocação de futuro sanitarista, liquidando o roedor para evitar a peste. Não sei. Francamente, doutor, não sei. Gostaria de acreditar numa dessas hipóteses, afinal sempre admirei o Noel. Mas devo confessar que não estou seguro a respeito. Mesmo sobre as grandes amizades projeta-se a sombra da dúvida.

Dúvida. Dúvidas. Quem as esclarecerá? Não sei. Uma coisa posso dizer de minha vida, já mais longa do que a de Noel: acumulei mais dúvidas do que certezas, mais perguntas do que respostas. Isso já não me incomoda, mas houve um momento em minha juventude em que comecei a ter dolorosa consciência da minha ignorância, da minha falta de cultura; envergonhava-me inclusive o sotaque que, diferente do Noel — segundo dizem, falava um perfeito português de carioca —, conservei para sempre. Movido por essa ansiedade, fiz o que estava a meu alcance: dediquei-me à leitura.

Eu lia muito, doutor. Sobretudo na loja. Primeiro às escondidas, porque o seu Isaac não gostava que eu lesse, queria que estivesse atento aos fregueses, mesmo que não houvesse freguês algum. Quando se aposentou — foi morar com uma sobrinha em Curitiba e, por uma quantia simbólica, passou-nos a casa e o negócio —, ler passou a ser minha principal ocupação na loja. Sentado atrás do balcão, teoricamente esperando os fregueses, eu lia. E o que lia eu? Tudo. Li Monteiro Lobato e Nietzsche, li Proust e Ovídio. Li história, li economia, li poesia, li romances, li, li, li. E lia sempre em português. Isso para mim era questão de honra. Eu queria não apenas aprender o idioma, queria dominá-lo por completo, conhecer essas palavras misteriosas, de significado intrigante, palavras que servem de código para as pessoas cultas. Era difícil. No início eu consultava dicionários; depois, passei a lê-los sistematicamente. O senhor se espanta? Li dicionários, sim, vários dicionários da língua portuguesa. Descobri o que vem a ser pavana e o que vem a ser pavão, o que vem a ser pecuário e o que vem a ser peculato, o que vem a ser piorreia e o que vem a ser piparote, o que vem a ser pirronismo e o que vem a ser pirulito, para ficar só com alguns exemplos da letra P. Aos poucos familiarizei-me com essas palavras; não — as palavras se familiarizaram comigo. Da página impressa, as letras enfileiradas numa ordem que agora fazia sentido me davam as boas-vindas. Saudava-me o A e saudava-me o L, saudava-me o hífen e saudava-me o circunflexo. Só não me saudava a crase, que, por alguma razão, não gostava de mim. A aversão era recíproca; nunca a entendi, cada vez que aparecia no texto, para mim era uma surpresa — desagradável, claro.

O senhor perguntará: mas você não lia, no colégio? Você não escrevia? Claro que sim. Mas ali, na loja, era diferente. Ali eu não estava cumprindo um dever escolar. Ali eu estava entregue ao prazer do texto.Um prazer ao qual eu dava vazão de formas que o senhor consideraria estranhas. Por exemplo: copiava trechos dos livros. Palavra por palavra. Não: letra por letra. Vou mais longe, doutor: copiava cada ponto do traçado que forma a letra, cada um dos infinitos pontos invisíveis que formam o ponto visível que faz parte do traçado da letra. Eu sabia que em cada um desses pontos se escondia uma história secreta, não a história secreta do escritor, mas o ininterrupto fluxo da torrente espiritual que arrasta, como troncos ou como gravetos, todos os escritores, todos os leitores, todos aqueles que se atiram de ponta-cabeça no caudaloso rio do texto. O que eu queria, doutor, era deixar-me levar por essa torrente. Isso nunca aconteceria, porque eu não era o Isaac Babel, eu não era a Clarice Lispector, que também veio da Rússia, mas que, diferente de mim, era uma escritora nata. Eu era um arrivista na literatura. O lápis que eu usava, ao contrário da bengala de Anchieta, era um instrumento impuro: copiava os grandes escritores, mas servia também para anotar no caderno as mercadorias vendidas.

Poucas, aliás. Ai, doutor, que mau lojista eu era. Eu não via as pessoas que por acaso entravam na loja como clientes potenciais, como fregueses. Eu os via como intrusos. Entravam ali para perturbar a minha leitura, a minha atividade de copista. Levantava os olhos, e quem via? Uma mulher gorda, a me perguntar por agulhas de crochê. Impaciente: que raios de lojista é você que não atende direito os fregueses? Pega as agulhas de crochê, eu tinha vontade de dizer, enfia no cu. Mas não podia fazer isso; minha mãe e Ana dependiam de mim. Vendia, pois, as agulhas de crochê e voltava ao meu triste e solitário aprendizado. Que não me conduziria a nada. Ninguém entraria na loja para me trazer um diploma por esse conhecimento penosamente acumulado.

Enquanto isso o Noel estava cursando a faculdade. Dizem que como aluno não foi brilhante, mas o certo é que todos gostavam dele, era um rapaz alegre, gostava de cantar, de contar anedotas, de rir. Se bem que à época não houvesse muito do que rir: aqueles foram anos sombrios, doutor. Os nazistas e os fascistas no poder, os integralistas desfilando nas ruas das cidades brasileiras, Getúlio Vargas com o seu Estado Novo... Anos sombrios; anos de intensa agitação. Não para mim, obviamente.

Diferente do Noel, eu não queria nada com a política; ia de casa para a loja, da loja para casa. Às vezes visitava uns amigos, às vezes ia a um cinema, a um teatro. E mulher, o senhor há de perguntar, mulher não entrava em minha vida? Bem, eu frequentava um bordel barato perto da estação da Luz, e isso era tudo. Eu era tímido, doutor. Tímido, quieto. Não era exuberante como o Noel Nutels.

Formado em medicina, o Noel veio para o Rio em 1937, junto com a mãe — Salomão Nutels já tinha falecido. Conseguiu com um amigo um emprego no Ministério do Trabalho. Na hora de assinar a papelada, descobriram que não era brasileiro, precisava se naturalizar. Esse processo demorou um ano, doutor. Era a época da ditadura de Getúlio, essas coisas seguiam trâmites misteriosos, um burocrata dizendo que estava tudo certo, outro dizendo que faltava um papel qualquer; um burocrata dando parecer favorável, outro indeferindo o pedido — e depois aquele que tinha aprovado negava e o que tinha negado, aprovava. Um ano. Nesse meio tempo, e sem ter o que fazer, Noel juntou-se ao grupo que fazia a revista *Diretrizes*, que era uma publicação de esquerda, e ali estavam o José Lins do Rego, o Graciliano Ramos, o Jorge Amado. Grandes escritores, doutor. Eu lia os livros deles, lia com admiração. Mas eu era só leitor. Noel era amigo deles... Amigo. É diferente, não é, doutor? Diferente.

O diretor da revista era o Samuel Wainer, que eu conhecia do Bom Retiro. O pai, um homem quieto, melancólico, vendia a prestação, coisa que detestava; teria preferido ser violinista, como Mischa Helman, como Zimbalist, famosos artistas judeus — eu não era a única vocação frustrada do Bom Retiro. Já a mãe do Samuel, a dona Dora, era uma figura lendária, conhecida pela generosidade: mãe de nove filhos, em sua casa sempre havia lugar para os imigrantes que chegavam da Europa. Às vezes até tirava os garotos da cama para alojar os recém-chegados.

Samuel adorava ler. Frequentava sebos, andava sempre com livros debaixo do braço. Eu bem que gostaria de falar-lhe, de trocar ideias sobre leituras; mas a verdade é que havia qualquer coisa nele que me inibia. Vontade eu tinha de me dirigir a ele e dizer, Samuel, preciso muito falar com você, Samuel, acho que está na hora de discutirmos Goethe, é um escritor muito importante, não podemos, Samuel, esquecer a contribuição de Goethe para a cultura mundial, eu tenho lido muito Goethe, verdade que na loja, entre uma venda e outra — felizmente as vendas são raras, Samuel, os intervalos entre elas são longos, possibilitam muita leitura, e eu tenho anotado algumas ideias, para lhe dizer a verdade eu até copio o Goethe, copio, sim, frases inteiras, palavra por palavra, letra por letra, mais do que isso, eu copio cada ponto de que as letras são formadas, e creio que isso me dá certa autoridade para discutir, mesmo com um cara famoso pela inteligência como é o seu caso. Mas é claro que Samuel daria uma desculpa qualquer, por que perderia tempo com o cara que lia no balcão de A Majestade? E se me desse uma desculpa eu me sentiria muito frustrado, e correria atrás dele, e diria, Samuel, você tem de saber mais sobre Goethe, você tem de saber que ele nasceu em 1749 em Frankfurt, que é uma bela cidade, Samuel, eu nunca estive lá, da Alemanha só conheço Hamburgo, que foi onde tomamos o navio, o *Madeira*, mas todos os que conhecem dizem que Frankfurt é uma bela cidade, e Goethe era ligado ao movimento do *Sturm und Drang*, o que, me parece, merece uma análise cuidadosa, Samuel, quanto de *Sturm* ele tinha, quanto de *Drang*? Cinquenta por cento de cada? Quarenta e sessenta por cento? Isso precisamos discutir, Samuel, por favor, não vá embora, eu tenho muitos outros temas para discussão, e muitas informações preciosas, você sabia que Goethe ao morrer pediu mais luz, Samuel? Mais luz, não é uma coisa interessante? E não pense que minha cultura só se refere a coisas estrangeiras, não, Samuel, eu sei tudo sobre Anchieta, e posso contar umas coisas que você nem imagina, a história dele com a indiazinha, você vai gostar dessa, Samuel, eu sei que você é um cara sério, mas quem não adora uma boa história sugerindo sacanagem? Não vá ainda, Samuel, espere um pouco, eu posso lhe dizer também o que é pavana e o que é pavão, pavana é uma palavra interessante, até 1600 designava uma dança da corte, provavelmente de origem espanhola, em compasso binário ou quaternário, andamento lento e majestoso; depois de 1600 designa uma peça instrumental precedendo a galharda — você não acha que eu poderia ter música na loja, Samuel, uma música como a pavana calharia bem num lugar chamado A Majestade, atrairia os fregueses, quem sabe ao invés só de ler eu pudesse vender um pouco mais, mas se eu não ler não terei o que conversar com você, Samuel, não vá, por favor, não vá embora, trate-me ao menos com a consideração com que você trata os seus amigos góim.

Não fiquei amigo do Samuel Wainer, doutor. Cumprimentávamo-nos de longe, eu abanava para ele, ele me respondia com um discreto aceno, mas respondia. Depois, perdi-o de vista. Foi para o Rio, fundou *Diretrizes*, tornou-se um intelectual de esquerda. Havia muitos comunistas entre os imigrantes judeus, e eu até os admirava, mas do Partido nunca me aproximei. Eu era, vamos dizer assim, um simpatizante muito reticente. Sim, a União Soviética havia se desenvolvido e a miséria tinha diminuído — mas, francamente, Stalin era uma figura que me inspirava desconfiança, desgosto até. Em todo caso, eu lia a *Diretrizes* — afinal, era a revista do Samuel, do meu antigo vizinho — e um dia encontrei ali o nome do Noel Nutels. Foi uma emoção: Noel, meu amigo Noel, estava morando no Rio. Eu agora poderia procurá-lo: era só tomar o trem, viajar umas horas... Por que não o fiz? Não sei, doutor. Pela mesma razão, talvez, por que não podia me aproximar do Samuel Wainer. Noel e Samuel já eram brasileiros autênticos; eu, de certa maneira, continuava morando no shtetl, ainda que falasse bem português, ainda que soubesse a diferença entre peculato e piorreia. Eles se moviam com facilidade entre os góim; eu continuava olhando com desconfiança até mesmo os fregueses que entravam na loja. Eles militavam na política, assinavam manifestos, participavam de reuniões, as mais das vezes secretas. Eu de política pouco entendia; sabia, naturalmente, que o Brasil era governado por um homem chamado Getúlio Vargas, uma figura enigmática que combinava a retórica populista com a férrea perseguição aos inimigos e que, francamente, não me inspirava muito entusiasmo. Nisso, eu era exceção: a popularidade de Getúlio impressionava até seus adversários. Quando vinha a São Paulo, nos festejos do 1º de maio, muita gente ia vê-lo nos colossais comícios que então se organizavam; e aqueles raros que conseguiam apertar-lhe a mão voltavam deslumbrados, como se tivessem visto um deus. Poucos se atreviam a desafiá-lo. Os comunistas, por exemplo, que o acusavam de fascista — e pagaram um preço alto por essa oposição; muitos foram presos, Prestes, inclusive; a Olga Benario, que era judia, acabou morrendo num campo de concentração nazista. O interessante foi que depois o Samuel se juntou ao Getúlio; política tem dessas coisas, o inimigo de hoje é o aliado de amanhã.

Noel era comunista. Curioso: no navio a mãe dele falava horrores dos bolcheviques, tinha longas discussões com o nosso amigo, o marinheiro comunista, ele tentando convencê-la de que Lenin era um grande líder, que estava com a razão, ela replicando que o rapaz não sabia o que estava dizendo, que um dia se arrependeria de falar aquelas bobagens. Mas a dona Berta não servia de exemplo. Os intelectuais, os caras conhecidos pela cultura e pela inteligência, esses eram quase todos comunistas. O comunismo, naquele ano de 1938, parecia a única força capaz de se opor ao nazismo e ao fascismo, que cresciam de forma assustadora e que tinham vários admiradores no Brasil.

Eu disse que admirava os comunistas? Não: eu os invejava. Não por causa das ideias, que a mim pouco importavam, mas pela convicção com que defendiam tais ideias, pela fraternidade que os unia, que unia os camaradas. Eu os espiava à distância, no bar que frequentavam, não longe de minha casa, nas manifestações que organizavam no Bom Retiro ou no centro. Ali estavam, carregando cartazes com as palavras de ordem: contra Franco e o fascismo espanhol, contra os integralistas, contra o imperialismo e o colonialismo. Ali estavam, punhos cerrados no ar, olhos brilhando, cantando a Internacional: de pé, ó vítimas da fome, de pé, famélicos da terra. Ninguém, além deles, pedia às vítimas da fome, aos famélicos da terra, que se pusessem de pé, ninguém. Muitos tinham pena dos pobres, alguns os alimentavam, davam-lhes esmolas, mas não os comunistas, os comunistas não acreditavam em caridade, eles queriam dignidade, queriam que as vítimas da fome, os famélicos da terra se pusessem de pé, e, de fato, quando entoavam a Internacional alguns famélicos da terra se punham de pé cambaleando, mas outros se recusavam a isso, não queriam ficar de pé porra nenhuma, queriam comer, queriam bife com fritas, queriam cachorro-quente com bastante molho e mostarda, queriam frango assado. Agora: talvez os comunistas não soubessem bem o que desejavam os famélicos da terra, mas sinceros eram, os comunas. E crentes. A crença deles, no Partido, na União Soviética, era inabalável. É verdade que sofriam desilusões: na época dos julgamentos de Moscou, em que Stalin eliminou seus rivais na cúpula da União Soviética, tentavam, pateticamente, arranjar explicações para as condenações e as execuções.

Dos comunas que eu conhecia, a mais crente era minha vizinha, Sarita, que fazia parte de uma célula do Partido Comunista no Bom Retiro. Ruiva, sardenta, feinha, a coitada, procurava-me seguido, pedindo dinheiro para campanhas e aproveitando a oportunidade para me doutrinar: largue essa vida de merda, largue essa loja, junte-se a nós, nós somos o futuro. Dizia isso com um fervor genuíno, que me comovia. Conversávamos longamente; pouco mais moça do que eu, era também filha de imigrantes russos. O pai, Moisés, enriquecera rapidamente — era dono de uma joalheria no centro de São Paulo —, mas a filha não queria nada com ele: tratava-se de um representante do capitalismo, um regime condenado à destruição. Mas o seu pai, eu perguntava, também ele está condenado? Sarita não tinha dúvida quanto a isso: para um homem que comerciava com ouro e pedras preciosas, ou mesmo semipreciosas, não haveria lugar numa sociedade socialista. Eu já o adverti várias vezes, suspirava, mas no fundo é um safado como todos os burgueses. O desgosto que lhe causava o pai só tinha paralelo na admiração que votava por Stalin: que homem, aquele, dizia, os olhos brilhando, ele é um grande líder e um grande ser humano, é o modelo para todos nós. Retratos de Stalin estavam pendurados em seu quarto: era um perigo, aquilo, a polícia caçava os comunistas, mas o pai de Sarita não ousava contrariar a filha temperamental.

Por aquela época o Comintern, que era o órgão central dos partidos comunistas, sediado em Moscou, resolveu traçar a estratégia para a luta de classes no Brasil e lançou um documento secreto dizendo que o conflito final oporia brancos e índios. O inspirador desse documento era, dizia-se, um antigo marinheiro que vivera uns tempos no país e que, tendo voltado à União Soviética, chegara a um alto cargo no Partido Comunista. Tratando-se de um líder respeitado pela dedicação à causa, amigo pessoal de Stalin e conhecedor da situação do Brasil, ninguém se atreveria a contestar suas posições. A ordem foi transmitida aos comunistas brasileiros: mobilizem os índios, organizem-nos para a luta armada. Na célula do Bom Retiro o documento causou, como em outras células, perplexidade; mas, como em outras células, os militantes dispuseram-se a cumprir a diretriz. Para surpresa de todos, Sarita se ofereceu para a tarefa. Estava cansada de fazer campanhas financeiras no Bom Retiro; estava cansada de bater boca com lojistas sovinas. Queria falar com o povo, queria conviver com o povo — e quem era o povo, na sua forma mais autêntica, mais pura, senão os índios? Tanto insistiu que os dirigentes acabaram aceitando o pedido.

Entregou-se à missão com entusiasmo. Começou estudando tudo o que estava a seu alcance sobre os índios; sabia os nomes das principais tribos, sabia de seus costumes, aprendeu até algumas palavras em guarani. De vez em quando vinha à loja com seus livros, seus cadernos, todo o material que coletava a respeito. Mostrava-me uma reprodução do quadro de Vitor Meirelles representando a primeira missa rezada no Brasil. O que você vê aqui?, perguntava.

O que eu via ali? Eu via um padre rezando a missa num altar improvisado; eu via os navegadores portugueses e via os índios, mirando a cena aparentemente deslumbrados. A resposta a irritava: você é idiota, gritava, você julga as coisas pela aparência, como todo burguês. Mais calma, explicava: apesar de se tratar de obra de pintor reacionário, era possível ver no quadro o prelúdio da luta de classes que haveria de eclodir em breve. Os índios olhavam a missa, sim; mas com que propósito? Com o propósito de aderir à religião? Não, estavam estudando as táticas usadas pelos brancos para enganar os oprimidos. Aquela missa fora cuidadosamente preparada para ser uma dose maciça do ópio do povo do qual falava Marx, com justo desprezo. Mas, tal como ensinava a dialética, gerara efeito oposto. Os portugueses sendo a tese e os índios a antítese, o choque se tornara inevitável. O falso bucolismo do quadro traduzia apenas a calma que precede a tempestade. No momento em que os portugueses desembarcaram estava começando a luta de classes, que ainda continuava, mas que terminaria inevitavelmente com a vitória dos oprimidos, das vítimas da fome, dos famélicos da terra. Disso a história registrava, segundo Sarita, claros indícios: as missões guaranis, por exemplo, o que eram, senão um embrião de socialismo? Para enganar os colonialistas, os índios haviam permitido que os jesuítas os dirigissem. No fundo, porém, eram senhores de seu destino; teriam assumido o poder em todo o país se os espanhóis e portugueses não os tivessem atacado covardemente. Mas o sonho da independência e da igualdade ressurgiria, disso Sarita estava certa. O Comintern sabia o que estava fazendo. Os índios levantar-se-iam em todo o Brasil; massas bronzeadas sairiam das florestas, invadiriam as cidades como a lava de um vulcão, um magma irresistível, tomariam as fábricas, os quartéis, os bancos. Nos luxuosos escritórios dos banqueiros, índios; nos restaurantes sofisticados, índios; nas mansões dos poderosos, índios: nas lojas, sobretudo em certas joalherias — índios. Índios por toda parte, índios brandindo tacapes, índios bradando gritos de guerra. Os índios tomariam o poder; um índio emergiria como o grande líder. Um Stalin índio a projetar sua grande e benfazeja sombra sobre o país, sobre a América Latina.

Dominado o que ela chamava de base teórica, partiu para a ação. Começou fazendo comícios-relâmpago na estação da Luz. Esperava uma hora de movimento — por exemplo, a chegada de um trem —, subia num caixote, e punha-se a gritar: camaradas índios, rebelai-vos! Camaradas índios, recusai a canga que os colonialistas brancos querem colocar no vosso pescoço! Camaradas índios, preparai vossas bordunas, vossos arcos e vossas flechas, vossos frascos de curare, porque, camaradas índios, a batalha final está próxima, a batalha final que terminará com a vossa vitória! Camaradas índios, não desanimeis! Vós chorais em presença da morte? Em presença da morte chorais? Não choreis, erguei o vosso brado de protesto, o brado de protesto contra a injustiça! Índios vítimas da fome, índios famélicos da terra, de pé, camaradas índios!

As poucas pessoas que paravam para ouvi-la espantavam-se: índios? Onde estavam os índios? É louca, diziam, e iam embora. Nem mesmo os policiais se davam ao trabalho de detê-la. A única pessoa que prestava atenção em suas arengas era um rapaz cego que pedia esmola nas vizinhanças. Não entendia muito o que Sarita dizia, mas a voz dela o extasiava: que voz linda, dizia, nunca ouvi uma voz tão linda. Tentou até convencer Sarita a mudar o conteúdo dos discursos. Por que não defendia os cegos? Os cegos, que eram tão maltratados, que não tinham apoio nenhum, que precisavam viver de esmolas? Defenda os cegos, senhorita, dizia com fervor, defenda os cegos e eu estarei sempre a seu lado. Com os índios, senhorita, nada conseguirá. E terminava: índio quer é apito, a senhorita não sabe?

A frustração de Sarita era enorme. Deprimida, já não comia; emagrecia rapidamente. Parece tísica, comentou minha mãe com uma vizinha. Filha de pai rico não pega tuberculose, replicou a vizinha, conhecida no Bom Retiro como invejosa. Mas a Sarita é diferente, disse minha mãe, ela pode pegar a tuberculose desses operários, eles são todos tísicos. Minha mãe adorava um pouco de desgraça. De certa forma, compensava a morte do marido.

Os pais de Sarita não sabiam o que fazer. A mãe, que, dizendo-se amiga de aristocratas paulistas, gostava de vestir-se bem e ostentar ares de grande dama, agora andava pelas ruas do Bom Retiro chorando. Em busca de ajuda, o pai recorreu primeiro ao rabino, que se recusou a intervir na briga da família — em política ele não se envolvia —, e depois a um psicanalista; este disse que sim, que atenderia Sarita, desde que ela o procurasse espontaneamente. O que ela não faria, claro: os comunistas achavam análise coisa de burguês. Finalmente o velho Moisés teve uma ideia aparentemente maluca, mas que talvez fosse a derradeira oportunidade de recuperar a filha. Resolveu arranjar uns índios para Sarita comandar.

Numa fábrica de confecções ali perto trabalhava uma jovem índia vinda do Brasil central. Moisés mandou chamá-la. Perguntou se tinha família. Sim, tinha família; o pai, chamado José, a mãe, oito irmãos. O joalheiro quis saber se eram todos parecidos com ela. Ela disse que sim. Todos com cara de bugre?, insistiu ele. Todos com cara de bugre, respondeu a índia, impassível, meu pai usa óculos, mas mesmo assim tem cara de índio. Ele então falou da filha; disse que ela estava deprimida, que precisava recuperar a confiança nas pessoas, e terminou fazendo uma oferta: se a família toda fosse aos comícios, ele lhes pagaria um bom dinheiro.

No começo a índia, Anaí, ficou reticente. Não queria se meter em complicação de branco, ainda mais de judeu; já lhe chegava o mal-humorado patrão. Moisés insistiu; ela disse que falaria com o pai, servente num grande hospital. Ao cabo de dois dias veio com a resposta: à exceção do pai, que não tinha condições de sair do trabalho — dependia do emprego para comer —, Moisés poderia contar com a família. Ótimo, disse o joalheiro, e de imediato passou à moça substancial quantia. Orientada por ele, Anaí procurou Sarita. Disse que estava sensibilizada pelo esforço dela na libertação dos indígenas e queria ajudar. Poderia mobilizar gente para vir aos comícios.

A pobre Sarita nem desconfiou. Imaginou que, por fim, os índios estavam adquirindo consciência política. No comício seguinte lá estava a moça, a mãe, os irmãos, todos carregando cartazes de apoio ao Partido Comunista. Essa cena se repetiu várias vezes, e Sarita estava cada vez mais feliz — chegou a preparar um relatório dizendo que era iminente a rebelião indígena, o Partido deveria estudar com urgência nomes para o governo provisório —, mas a ilusão não durou muito. Depois dos comícios, os irmãos iam para um boteco beber — e, bêbados, vangloriavam-se do dinheiro fácil que estavam ganhando. A história se espalhou pelo Bom Retiro, provocando boas gargalhadas. O joalheiro, indignado, parou de financiar a claque indígena. O Partido, por sua vez, viu a história toda como um sério desvio ideológico. Numa reunião de crítica e autocrítica, Sarita admitiu que se deixara levar pelo romantismo burguês e que merecia qualquer punição. Os companheiros, contudo, limitaram-se a dar-lhe outra tarefa. Passou a vender publicações comunistas — a *Diretrizes*, por exemplo, que eu comprava sempre. Saiu-se bem nesse trabalho, o que até a ela surpreendeu —, desagradavelmente: aquela história de vender, de receber dinheiro, aquilo não era, ao fim e ao cabo, capitalismo? Será que ela não estava, de alguma forma, aderindo à burguesia? Será que não precisava, com urgência, de uma drástica sessão de crítica e autocrítica? Os companheiros — no fundo satisfeitos, a célula jamais arrecadara tanta grana — explicavam que não; o dinheiro arrecadado pertencia ao povo, e era portanto dinheiro progressista, não reacionário.

Em função de seu trabalho, Sarita ia frequentemente ao Rio. Através dela eu tinha notícias de Noel Nutels. Eu nem precisava perguntar; toda vez que nos encontrávamos ela falava compulsivamente do Noel, de quanto ele era inteligente, alegre, carinhoso. Suspeito que estava apaixonada, tal a sua emoção. Mas, se estava apaixonada (e paixão nela era uma coisa crônica, brotava irresistivelmente e periodicamente em seu torturado coração), breve teria uma desilusão: em 1940 Noel casou. Com uma prima, a Elisa.

Um ano depois, casei também. Não, não foi com a Sarita. Foi com a filha de um vizinho, a Paulina. Eu já a conhecia; achava-a simpática, se bem que não bonita; baixinha, gordinha, um tanto estrábica. Mas também, eu não era nenhum Adônis, claro. De modo que, quando nos encontramos num baile, tirei-a para dançar — isso esqueci de dizer, doutor, eu dançava muito bem, era imbatível num foxtrote —, namoramos uns meses, noivamos, casamos. Era amor? Não sei. Amor não era uma palavra que a gente usasse muito. O certo é que estava na hora de eu casar, coisa que minha mãe lembrava constantemente. E eu estava cansado do bordel, e queria ter minha família. Casei. Aluguei uma casa maior, no Bom Retiro mesmo, minha mãe e minha irmã vieram morar conosco. Paulina gostava de sair, então íamos ao cinema, ou à casa de amigos dela, às vezes até ao teatro. De resto, porém, a vida continuava a mesma. De manhã eu acordava, ia para a loja, sentava atrás do balcão e ficava lendo.

Ai, doutor. Como é fácil resumir a vida, não é, doutor? De manhã eu acordava, ia para a loja, sentava atrás do balcão e ficava lendo: isso diz tudo, doutor. Será que diz? Onde está, nessa frase, a sucessão de dias, semanas, meses e anos? Onde estão os momentos de angústia, de tesão, de deleite, de reflexão? Onde estão os peidos? Onde estão os sonhos? Essas coisas somem, doutor, como — a comparação é inevitável — índios no mato. A gente olha o mato lá de cima e o que vê é aquela imensidão verde, no seio da qual devem estar os índios. Mas será que estão lá mesmo? E se estiverem, o que a gente sabe deles? Que usam cocar? Só isso? Índio usando cocar, isso define uma pessoa — mesmo sendo uma pessoa teoricamente simples, teoricamente próxima da natureza. Onde estão, desse índio, a angústia, a tesão, o deleite, a reflexão? Onde estão os peidos? Onde estão os sonhos? Os sonhos dos índios?

De Noel eu continuava tendo notícias pela Sarita. Periodicamente ela ia ao Rio reunir-se com o pessoal da *Diretrizes*;

periodicamente também aparecia na loja para renovar a assinatura da revista ou para me vender os livros marxistas. Contou-me que Noel estava trabalhando com saúde pública. Especialidade compatível com a postura de um comunista, amigo de Jorge Amado e de outros intelectuais de esquerda: Noel, obviamente, não abriria um consultório elegante em Copacabana; não, o que ele queria era combater a malária. E se envolver em campanhas: o petróleo é nosso, abaixo os nazi-fascistas.

A guerra tinha começado, Hitler invadia a União Soviética. Minha mãe, coitada, não dormia: o que será feito de nossa gente, perguntava em prantos. Eu não sabia. Ninguém sabia. Foi só no fim da guerra que ficamos sabendo dos campos de concentração e das câmaras de gás. Estou dizendo isso, doutor, e sei que é apenas uma meia-verdade. Será que não sabíamos dos campos de concentração e das câmaras de gás e dos fornos crematórios? Hein, doutor? O senhor, que conhece a natureza humana, diga: será que não sabíamos? Será que não teimávamos em afastar de nós a medonha suspeita? Apesar de todas as dificuldades, teríamos acesso a alguma informação, se quiséssemos. O Noel, por exemplo, ouvia uma rádio espanhola, acho que clandestina, a rádio Pirineus, uma rádio que a Sarita também ouvia. Era a rádio da Dolores Ibarruri. O senhor sabe quem era a Dolores Ibarruri? La Pasionaria? Ah, na época da guerra civil da Espanha essa mulher tornou-se uma figura lendária. Ela personificava a resistência contra o franquismo, e depois contra o nazismo. No pasarán! O senhor pode imaginar, doutor, a força desse lema — no pasarán? Sarita chorava ouvindo Dolores Ibarruri. Muitos anos depois, o Noel encontrou a Dolores num congresso pela paz, em Moscou, e tirou uma foto com ela. Eu nunca ouvi a Dolores Ibarruri, doutor. Nunca ouvi a rádio Pirineus. Nem qualquer outra rádio. Eu preferia ignorar o que estava se passando, preferia ler os meus livros no silêncio da loja. O ânimo que sobrava a Noel, aquela exuberância, a mim faltava. Eu não iria para a rua carregando cartazes de protesto, como ele fez, por exemplo, na época da campanha do petróleo — o nosso petróleo é nosso, abaixo o imperialismo americano.

Noel tinha coragem, Noel não tinha medo da polícia. Em 1935, na época do levante comunista contra a ditadura do Vargas, foi preso. Era estudante de medicina, e o delegado que o interrogou ficou assombrado: tinha diante de si um universitário, uma pessoa de respeito, mas que era, ao mesmo tempo, judeu, russo e comunista. Como é que o senhor explica isso?, perguntou. É puro azar, disse Noel, deixando o homem perplexo. Tinha coragem, o Noel. Enfrentava um policial com a maior tranquilidade. Quanto a mim... A única inimiga que eu enfrentava era a mulher gorda que vinha comprar agulhas, a Pasionaria do crochê, a quem eu resistia com cara impassível. No pasarás.

O NOEL NUTELS ESTÁ TRABALHANDO na Fundação Brasil Central, disse um dia a Sarita. Nós estávamos conversando na loja, onde ela viera me vender uns livros. Isso foi em 1943 ou 1944, não sei bem, às vezes a memória me falha, mas não importa. O certo é que Noel e a mulher, Elisa, tinham sido contratados pela Fundação Brasil Central, recém-criada pelo ministro João Alberto para desbravar e colonizar regiões remotas como o Alto Xingu e o Alto Araguaia.

João Alberto. Legenda viva, aquele pernambucano — até no Bom Retiro era famoso. Um daqueles tenentes que se levantaram contra o governo em 1922, fez parte da Coluna Prestes, um grupo rebelde liderado pelo Luís Carlos Prestes, que cavalgou mais de vinte e quatro mil quilômetros pelo interior do país tentando mobilizar o povo para a Revolução. O Prestes era o Budyonny do Brasil; como Budyonny, galopava por caminhos de coragem e valor. Quanto ao João Alberto, era uma figura heroica, um grande patriota. Mas, como comentou a Sarita, a Fundação não fora criada só por heroísmo ou por patriotismo; tratava-se de ocupar espaço, de dominar o território do país. O que correspondia a uma realidade: os brasileiros viviam na costa. A capital era na costa. Grandes cidades ficavam na costa. E por que não? Claro, os colonizadores portugueses ficavam perto do oceano porque esperavam um dia voltar, por aquele mesmo oceano, para a sua terra. Mas também os brasileiros preferiam o litoral, aquele mar azul e tépido, aquelas areias alvas, a vida fácil — para arranjar comida era só pescar, era só apanhar uns cocos. Para que se meter no interior desconhecido, perigoso? Na areia do litoral Anchieta escreveu poemas com sua bengala; como escreveria poemas na selva? Antes que concluísse o primeiro verso as onças já o teriam devorado com bengala e tudo. Bom mesmo era praia, lugar alegre, amável, cheio de belas mulheres.

Presidente da República, o Getúlio morava no Rio de Janeiro; não tinha outra escolha, ali ficava a capital. Mas, melancólico caudilho do remoto Sul, aquela beleza lhe era indiferente. Não queria ficar na epiderme bronzeada do país; queria se aprofundar, mergulhar no hinterland como os bandeirantes, como os missionários jesuítas. E aí desencadeou a Marcha para o Oeste, da qual a Fundação era um instrumento. Tudo bem, era um projeto político, fazia sentido. Agora: por que Noel teria de marchar para o Oeste? Que tanto Oeste ele queria, o Noel? Que tinha ele contra o Leste, contra o Rio, contra São Paulo? No país atrasado que era o Brasil, o Leste era civilização, o Leste tinha cidades com lojas, livrarias. No Oeste era uma aldeia aqui, outra duzentos quilômetros adiante, aldeias ainda mais isoladas e miseráveis que as da Rússia.

Perguntei o que o Noel fazia na Fundação. Sarita disse que o Noel tinha sido contratado como especialista em malária, mas não sabia que tipo de trabalho era aquele. Pelo que me contaram, está trabalhando com índios, comentou. O tom era absolutamente casual, como se aquilo nada tivesse de mais — e para ela não tinha mesmo nada de mais, era apenas questão de coerência ideológica, da coerência ideológica que, no seu caso, terminara em frustração, mas que, no caso de Noel, podia significar um triunfo político. Eu, porém, fiquei surpreso. Não, surpreso não: fiquei abalado. Não, abalado não: fiquei arrasado.

O Noel Nutels trabalhando com índios. Era uma coisa lógica: a Fundação Brasil Central operava em áreas indígenas, e, se o Noel trabalhava para a Fundação, tinha de trabalhar com índios. Simples, não é, doutor? Simples, mas eu não entendia. Eu podia entender o padre Anchieta cuidando dos índios; o Noel Nutels não. Pela simples razão de que não podia imaginar a mim próprio cuidando de índios. Médico, eu abriria um consultório no Bom Retiro, ou no centro da cidade, ou num bairro elegante; isso era o que eu faria, se tivesse me formado em medicina. Mas não foi o que o Noel fez. Porque, constatava-o com dolorosa certeza, eu não era o Noel, o Noel não era eu. Nós não estávamos mais no *Madeira*, vamos para a popa, vamos para a proa, não estávamos mais juntos. Nossos caminhos se haviam mesmo separado; ele agora estava no meio do mato, eu na loja. Eu sentado, imóvel. Lendo, imóvel; ou — imóvel — olhando para a porta. Às vezes pensando, imóvel. Às vezes, imóvel, lembrando o passado; ou, imóvel, devaneando. Mas imóvel, sempre imóvel. Imóvel como os novelos de lã, como as agulhas de crochê, como os carretéis de linha. Imóvel como as prateleiras, imóvel como as cadeiras, imóvel como os livros, imóvel como o talão de notas, imóvel como a lâmpada (mas não imóvel como as teias de aranha; essas nunca estavam imóveis; balançava-as a mais leve brisa). Eu, o covarde, imóvel; Noel, o corajoso, em movimento. Em constante e dinâmico movimento. Como João Alberto ou Prestes, uma hora estava na capital, outra hora no mato. O Noel não parava quieto: ele ia avançando, embrenhando-se mato adentro, cada vez mais dentro do Brasil, cada vez mais brasileiro, brasileiro como a paca, brasileiro como a onça, brasileiro como o saci. E onde tinha se iniciado aquela trajetória, doutor? No *Madeira*: olhando as fotos dos índios que o marinheiro nos mostrara, o menino Noel decidira: seu destino estava ligado ao daquelas estranhas criaturas. E esse destino agora se cumpria. O Noel estava virando índio. Índio judaico, mas índio. Índio buliçoso, mais buliçoso do que os próprios índios. Índio inquieto, a percorrer sem cessar as trilhas do Brasil central. Trilhas que poderiam levar a qualquer lugar, mas nunca passariam por uma loja chamada A Majestade. Nossos caminhos se haviam afastado para sempre.

Agora: em algum momento o Noel teria de ficar, como eu, imóvel. Não tinha loja para nela ficar imóvel, mas — em algum momento — a imobilidade se apossaria dele, a mesma imobilidade que de mim se apossava. Em algum momento. Quando? À noite, talvez. A noite favorece a imobilidade. Uma noite Noel abriria a porta de sua modesta casa no meio do Xingu, e ali ficaria, imóvel, fumando seu cachimbo. Ao redor, a escuridão, a tensa, pesada escuridão da noite tropical. Dessa escuridão, olhos o mirariam, olhos brilhantes. Canibais? Talvez canibais. Onças? Talvez onças. Bugios? Talvez bugios. Talvez o caapora, peludo e gigantesco, chefe dos porcos-do-mato. Talvez o curupira, deus das florestas, pequeno tapuio de pés voltados para trás. Todos a olhá-lo. E entre as onças e os bugios, entre o caapora e o curupira, entre os canibais — eu. Invisível para onças e bugios, invisível para o caapora e o curupira, invisível, felizmente, para os canibais — eu, imóvel, a mirar o imóvel Noel. O amigo invisível a olhá-lo, triste, saudoso. Imóvel.

Índios. Como nós, tinham vindo de longe; diferente de nós, tinham vindo havia muito tempo — mas, em algum momento haviam sido, como nós, intrusos. Intrusos, eles? Sim. Recém-chegados, eram intrusos. Para os macacos eram intrusos, para as formigas eram intrusos, para as jiboias eram intrusos. Para as árvores que derrubavam, para o capim que pisavam, para o rio em que se banhavam, eram intrusos — tanto que os peixes fugiam deles (no começo, não. No começo, quando os recém-chegados mergulhavam nas águas claras dos rios os peixes só os fitavam com curiosidade, não fugiam: peixes são assim, quando não são gigantescas criaturas capazes de engolir profetas primam pela inocência, custam a se dar conta da presença dos intrusos. Mas, quando os índios começaram a pescar, os peixes tiveram de aprender a arte da fuga). Ao longo de gerações, foram se integrando na paisagem, tornaram-se seres naturais, como as árvores cujos frutos colhiam, como os animais que abatiam. Eram da terra: na terra plantavam e da terra colhiam, na terra enterravam as placentas das mulheres recém-paridas e os corpos dos mortos. A terra que pisavam os aceitava, deixava-se marcar por seus pés. Agora: eu não pisava a terra, pisava a calçada da rua, o assoalho da loja. Com a natureza, nada tinha a ver. Eu nada tinha a ver com macacos, com formigas, com jiboias. Tinha a ver com os livros que lia na loja; tinha a ver com as letras, as palavras; e acaso tais livros falavam em índios, e muitas vezes falavam em índios, eu lia o que ali estava escrito, mas recusava as imagens que as palavras evocavam, recusava-me a ver os índios, mesmo em fotos, mesmo em imaginação — eu não tinha nada a ver com índios. Como é que o Noel, nascido na Rússia como eu, judeu como eu, emigrante como eu — como é que o Noel tinha tudo a ver com os índios? Eu não entendia. Não entendia Noel no mato, não entendia o mato, coisa estranha, misteriosa. Na Europa, tínhamos a floresta, e a floresta já era ruim o bastante, com duendes, bruxas e lobisomens. Agora: mato, doutor, era muito pior. Mato, aquela vegetação cerrada, aqueles espinhos, aqueles galhos açoitando a cara, plantas carnívoras, até — muito pior. O Noel começaria marchando para Oeste e terminaria perdido no mato, enredado em cipós, picado por insetos venenosos, devorado pelas feras. Dos cossacos tinha escapado. Dos perigos do mato não escaparia. E por quê, afinal, enfrentar os perigos do mato?

As perguntas teriam de ficar para depois. Um dia voltei da loja e encontrei Paulina radiante: tinha consultado o médico, e recebera a notícia de que estava grávida. Um filho! A emoção foi tão forte que tive de me sentar. Pensei, com um aperto no coração, em meu pai: como aquele neto teria sido importante para ele! Depois, pensei em Noel e tive vontade de lhe escrever, mas — de novo — o que iria dizer-lhe ficou no rol das cartas imaginárias: Prezado amigo Noel, vou ser pai! Quem diria, Noel! Aquele garoto que corria com você no convés do *Madeira* — pai, Noel! Gostaria que você estivesse aqui para partilhar essa alegria. Mais, gostaria que você fosse padrinho do nenê. Mas eu sei que você não aceitaria o convite. A verdade é que agora você é importante, Noel. Você é amigo dos intelectuais, você é médico dos índios; eu, eu sou um lojista que mal consegue sobreviver. Sim, leio bastante; aprendi muita coisa, como você poderia constatar, você pode me perguntar coisas, em que ano nasceu Anchieta, o que foi a Semana de Arte Moderna, quem é o curupira — as respostas vêm na hora. Mas acho que você nunca me perguntará nada, porque esta carta, Noel, nunca será escrita.

Que saudades do Noel, que saudades. De novo me perguntei: por que não criava coragem e ia visitá-lo? E de novo vi que não tinha resposta para essa dúvida. Talvez eu fizesse parte de um passado já sem significado para ele; um passado resumido na cicatriz que ele agora ocultava sob o bigode. Na verdade, pouco tínhamos convivido; o que para mim fora importante, para ele poderia estar esquecido. Talvez se eu desse um aspecto lúdico à minha visita... Digamos que me disfarçasse de índio, como aqueles atores americanos em filme de pele-vermelha, e fosse procurá-lo no Xingu. Doutor Noel, anuncia o ajudante, está aí um índio de uma tribo desconhecida, insiste em falar com o senhor. O Noel vem ao meu encontro e de início não me reconhece, nunca viu um índio tão estranho, índio pálido, todo pintado, mas com cara de russo; de qualquer maneira, trata-se de um tipo interessante, pode até ser objeto de uma pesquisa, começa a me fazer perguntas, eu não respondo, ele se impacienta — e aí eu tiro o cocar e grito, índio bosta nenhuma, Noel, é o seu amigo do *Madeira*, me vesti de bugre para gozar com sua cara. O Noel cai na gargalhada e me abraça, e me convida para passar uns dias com ele no Xingu — traga sua mulher, ela vai gostar —, somos amigos, amigos para sempre, ele me conta sobre o trabalho e eu ouço e pondero coisas, vá com calma, Noel, você é idealista mas com essa gente nunca se sabe, gói é gói, você optou pela generosidade, mas não se deixe enganar, atrás desse negócio de índio tem muito interesse, muita sacanagem, cuidado. Ou — para evitar a longa viagem ao Xingu, para evitar o mato — eu vou ao Rio e, disfarçado de mendigo, fico à porta da repartição de Noel, e quando ele aparece por lá eu lhe peço, em voz chorosa, uma esmola, uma esmolinha pelo amor de Deus, doutor Noel, e então acontece que ele não tem trocado, começo a putear, esses comunas de merda, garantem que são solidários com os pobres, cantam aquela música que diz de pé ó vítimas da fome, mas na hora de dividir a grana tiram o corpo fora, são um bando de safados; o Noel fica possesso, eu arranco o disfarce de mendigo e apareço de terno e gravata gritando, mendigo merda nenhuma, Noel, é o seu amigo, o seu velho amigo.

Nunca aconteceu, esse encontro. Em compensação, tornei--me pai.

Nasceu o Ezequiel — Zequi — e foi aquela alegria, mas em seguida começaram os problemas. Minha mãe se metia demais, queria ensinar à nora como cuidar do bebê; as brigas eram constantes. Minha irmã Ana tentava intervir; interpretava a reação de Paulina como resultado de um conflito edipiano, o que só agravava as coisas. Além disso o Zequi chorava todas as noites, cólicas, dor de ouvido, qualquer coisa. Não dormíamos, simplesmente não dormíamos. No dia seguinte, na loja, eu estava feito um zumbi. Não atendia direito aos poucos fregueses, não conseguia ler sequer: as letras dançavam diante de meus olhos, eu acabava adormecendo, e sonhava sonhos estranhos, voltava para a Rússia, e encontrava os índios reunidos com os cossacos em plena aldeia, era a celebração da primeira missa, mas quem celebrava era o schochet, e de repente o Noel aparecia com um macaco no ombro... Estranhos sonhos.

Posso lhe fazer uma pergunta, doutor? Se eu morrer — sim, eu sei que não vou morrer tão já, o meu problema não é tão grave, mas imprevistos acontecem, não é doutor, de repente se forma um coágulo na veia da perna e o coágulo se desprende e entra num vaso do pulmão, essas coisas acontecem, já li sobre isso; ou então a pneumonia, aquela antiga amiga dos idosos, os micróbios tomando conta do pulmão —, se eu morrer, doutor — sim, eu sei que não vou morrer, o senhor está cuidando bem de mim, este hospital é ótimo —, mas, se eu morrer, o senhor vai escrever essas coisas que estou lhe contando? Pergunto porque o senhor toma nota, toma nota, eu sei que os doutores fazem anotações, mas nunca vi doutor anotar tanto quanto o senhor, então eu acho que talvez o senhor esteja pensando em escrever sobre essas coisas que estou lhe falando, não é que me importe, se eu estiver morto nada mais me importará, mas se o senhor vai escrever, conte tudo, não vacile. Eu sei, doutor, que perto do Noel eu não tinha importância nenhuma, ele era um grande homem e eu um homem muito pequeno, ele era a luz e eu a sombra. Noel era o sol, nascendo ao Leste e marchando para o Oeste, marchando impávido, glorioso. Eu, o que era eu? Um modesto e desconhecido planeta gravitando em sua órbita. Planeta? Menos. Planetoide. Asteroide. Grânulo de poeira cósmica. Buraco negro. Buraquinho negro. Noel era um desbravador, um descobridor; Noel era o Novo Mundo, eu um barco à deriva tentando lá chegar. Noel era tudo, eu era nada. Nada.

Foda, esse discurso, hein, doutor? Essas metáforas — foda, hein? Modéstia à parte, doutor, um pouco de cultura eu tenho. Modéstia à parte, para algo adiantou aquela leitura toda. Só não adiantou para o que eu mais queria, para a bela carta que eu escreveria ao Noel dizendo você é o sol e eu um pequeno e desconhecido planeta gravitando à distância ao redor de você, aquecendo-me um pouco com o calor de sua glória, você é o meu orgulho, Noel. Mas já não poderei dizer isso a ele, doutor. Noel morreu. Noel, o cara exuberante, cheio de vida, morreu. Noel, que corajosamente marchou para o Oeste, Noel que cuidou dos índios, Noel, um herói brasileiro, Noel morreu. O Noel que era um homem da natureza, que era a energia personificada, morreu. Eu, que passava os dias numa loja pequena, abafada, sombria, uma loja que parecia um túmulo, eu sobrevivi. Para quê, doutor? Só uma resposta me ocorre: para falar do Noel, do meu amigo Noel. Eu, que sou nada. O senhor conhece a história, doutor? Do judeuzinho que era nada? É assim: estão dois judeus, um muito rico e um muito pobre, rezando na sinagoga. Diz o judeu rico, batendo no peito: Deus, eu sou nada! Eu sou nada, Deus! E o pobre, aproveitando a deixa, e também batendo no peito, um peito magro, cavo, peito de tuberculoso: e eu também sou nada, Deus! Ao que o rico respondeu, com desprezo: olhem só quem quer ser nada.

Olhe quem quer ser nada, doutor. Este, que aqui está deitado, este quer ser nada. Muita pretensão, doutor. Muita pretensão.

NOEL ENTRE OS ÍNDIOS.

São índios, mesmo. Índios de verdade. Não os comanches de filme, aqueles que atacam o forte em meio a horrível alarido e que a cavalaria, chegando no momento exato, dizima; não os índios dos blocos de carnaval, aqueles que sambam na avenida; não os comportados índios que aparecem no quadro da primeira missa; não, não, não. São índios de verdade que Noel vê, os índios do Xingu. Há milênios vivem na região, desde que, atravessando o estreito de Bering, chegaram da remota Ásia. Nus, o corpo pintado, penas de pássaro e batoques atravessados nas orelhas, no nariz, nos beiços, são criaturas da natureza, em harmonia com o cenário: com o mato, com o rio, com as borboletas que por ali voejam, com os pássaros pousados nas árvores, com o céu azul. Quem destoa do cenário é o Noel. O branco Noel, o bigodudo Noel, o citadino Noel, o judeu Noel — o que faz ali? Vai pra casa, Noel. Vai, anda de uma vez. Desaparece. Volta para o Rio, Noel. Volta para os bares, para os restaurantes. Melhor ainda — volta para Ananiev, Noel, lá é o teu lugar, judeuzinho.

Noel não voltará. O caminho que percorreu, e que continuará a percorrer, é irreversível. Ele não está fechado numa lojinha como eu. Ele não está encerrado na cápsula do tempo. Noel está livre. Verdade, é uma encruzilhada, o lugar onde ele está. Ali se encontram dois caminhos, o dos índios que vieram da Ásia, o dele desde Ananiev. Nesse ponto de intersecção, fora do espaço, fora do tempo, nesse entrecruzamento de destinos, Noel Nutels sente-se liberto. Respirando o ar puro, sutil do Xingu. O ar que os índios também respiram. É só isso que eles partilham no momento: o ar. Tênue conexão? Tênue, mas duradoura. Partilham o ar agora, breve partilharão a água, a comida, o futuro, Noel e os índios. Noel no Xingu. Para trás ficou a cidade do Rio de Janeiro: os prédios maciços, as ruas cheias de gente; a fumaça dos ônibus, os gritos dos vendedores ambulantes, a ansiedade, o frenesi. Para trás ficou o navio de emigrantes, para trás ficou Ananiev. Noel libertou-se. Está feliz.

Será? Será que Noel estava realmente desfrutando de felicidade, de liberdade, naquele momento? Será que não se sentia um pouco estranho, muito estranho? Será que não estava, naquele momento, falando consigo mesmo — em iídiche —, perguntando-se, Meu Deus, o que estou fazendo aqui, em que confusão me meti, o que quero com essa indiada? Será que não estava rezando, pedindo que Jeová o tirasse dali e o levasse de volta para a cidade — para o Rio, ou para Recife, ou para Laje do Canhoto, ou mesmo para a Ananiev de sua infância? Será que não estava com medo — ele só de calção, barriga à mostra — de dar ideias aos índios, todo gordinho tendo um medo atávico do canibalismo? Será que não receava transformar-se numa recordação gastronômica, ontem saboreamos um branco recém-chegado da capital, estava ótimo, a coxa, então, ultrapassou todas as expectativas? Não sei. Mas se tinha tais sensações, tais terrores, venceu-os; triunfou, o Noel alegre, o Noel sorridente, o Noel de quem todo mundo, índios inclusive, gostava.

Ai, Noel, Noel. Não tens abelhas mas vendes mel. De onde terá vindo essa rima, doutor, que os amigos dele tantas vezes recitavam? Não sei. É um dito popular, acho. Em realidade, não aludia especificamente a Noel Nutels, mas sim a um genérico Noel, um Noel que, não tendo abelhas, vendia mel — um judeuzinho esperto, talvez? Talvez. Esperto teria de ser, porque, mesmo para aqueles que têm abelhas, não é fácil vender o mel — nem é fácil consegui-lo. É preciso lidar com a colmeia; é preciso ficar imóvel, enquanto as abelhas, em enxame, zunem em torno, prontas a atacar — como os comanches dos filmes, não é, doutor? Prontas a atacar. E não basta enganar as abelhas, não basta subtrair-lhes o mel. É preciso vender esse mel, o que exige uma habilidade semelhante à de quem vende gravatas. Noel não vendia mel. Mas encantava as pessoas. Com os índios não foi diferente.

Rodeiam-no, os kalapalo, examinam-no de alto a baixo. Os brancos que vêm da cidade sempre são motivo de curiosidade — e de chacota. Como é que se pode ser tão pálido? Como é que se pode usar roupas tão ridículas? Mas a verdade é que gostaram desse branco, gostaram do Noel Nutels.

O intérprete o apresenta, diz que ele é médico do governo, que veio para proteger os índios de muitas doenças, para curá-los. Os kalapalo — uns trinta, homens, mulheres, crianças — ouvem, quietos, atentos. Doença é coisa séria, interessa a todos. O intérprete fala, fala. Quando termina, faz-se silêncio. Só o vento nas árvores, o rumorejar do rio, o pio de um pássaro na floresta.

O cacique, um homem baixo mas forte, de corpo bem proporcionado, diz alguma coisa em voz rouca, gutural. O intérprete ouve, atento. Depois, aproxima-se de Noel. Há uma menina doente na aldeia, diz, em voz baixa. Já fizeram de tudo, mas ela não melhora. Perguntam se o senhor pode curá-la. E acrescenta: querem ver se a medicina dos brancos funciona mesmo, é um teste, é bom o senhor saber disso.

Noel é médico. Não é muito médico, segundo os critérios habituais; trata-se de um sanitarista. Uma vez perguntei a um colega seu, doutor, e ele me disse que sanitarista é o médico que trabalha com o corpo social, não com o corpo individual. Confesso que não entendi muito bem. Corpo social? O que é o corpo social? Onde está o corpo social? A cabeça no estreito de Bering, os pés na gelada Patagônia, as costas sobre a mata amazônica, é lá que está o corpo social? E como se examina o corpo social? Galopando a cavalo pelo tórax, pelo ventre? E como se sente, o médico do corpo social? Como os homenzinhos diante do gigante Gulliver? Complicado, não é doutor? Complicado.

Verdade, Noel nem sempre foi médico do corpo social. Depois de formado, e movido pela necessidade de ganhar a vida, trabalhou — pouco tempo — no consultório de um colega, filho de general. Pelo menos numa ocasião, revelou surpreendente olho clínico. Um amigo estava doente, com um quadro febril, e já havia consultado vários médicos sem resultado. Noel foi à casa dele e fez, ainda da porta do quarto, o diagnóstico: você está com tifo, rapaz. A isso se resume, contudo, sua experiência em clínica particular, uma experiência que não pretende repetir. Toda vez que um amigo mostra intenção de obter uma consulta gratuita, corta o papo: chame um veterinário. É gozação, mas é impaciência também, e talvez frustração; é possível que Noel se ressinta por não ser o doutor que a gente vê nos filmes, aquele heroico doutor sentado à cabeceira do enfermo. Agora, porém, terá de se tornar esse médico. Não está diante do corpo social. Talvez até esteja, talvez os índios representem um pequeno e estranho corpo social, um corpo social bronzeado e pintado em cores berrantes, mas não é a esse corpo social que deve dar sua atenção, não no momento, pelo menos. Há alguém doente, os índios esperam dele uma resposta pronta, uma solução. O corpo social terá de ficar para depois.

Vamos lá, diz. Os índios levam-no à aldeia ali perto, fazem-no entrar numa oca, uma palhoça feita de capim. Ali, deitada sobre uma esteira, no chão, está a menina — dez, doze anos — doente. Não é preciso ser médico para ver que o seu estado é grave; tem o corpo coberto de suor, a respiração rápida, opressa, o ventre distendido. Sentada ao lado da menina, a mãe, assustada mas esperançosa, diz alguma coisa que o intérprete se apressa a traduzir: a doença começou há dias, mas piorou muito nas últimas horas.

Com dificuldade — é gordo, comer e beber fazem parte de seus prazeres — Noel se agacha. Fica olhando a índia. Nunca a viu, obviamente; mas o fato de que a menina lhe é desconhecida não importa, o que importa é o que está vendo: suor, respiração rápida, esses sinais ele conhece, viu-os muitas vezes nos pacientes das enfermarias em que teve aulas: doença é linguagem universal.

Vamos ver, murmura, e cautelosamente estende a mão, pousa-a no tenso ventre da menina. A branca mão sobre a pele cor de bronze. Quieta a princípio, a mão começa a se mover, explorando os quadrantes abdominais. O que anima essa mão? A ânsia do diagnóstico? A piedade pela enferma? Está, a mão, repetindo o ritual místico dos reis medievais, o toque real, supostamente capaz de curar a escrófula? Trata-se de encenação, trata-se de ciência — ou trata-se de uma mistura das duas coisas?

Noel termina o exame, mas não consegue chegar a uma conclusão. Não sabe exatamente o que a menina tem. Suspeita de pneumonia, mas, e se não for pneumonia? Se for outro quadro infeccioso? De qualquer modo é preciso fazer alguma coisa; é o que esperam dele, que faça alguma coisa, tantas vezes ele ouviu isso, faça alguma coisa, doutor.

Vou aplicar uma penicilina, anuncia. Vasculha a maleta, tira de lá um frasco com o pó branco, a ampola de diluente. A droga ainda é novidade no Brasil; no Xingu, então, nem se fala, nem seringa os índios conhecem. Observam, atentos, desconfiados, tudo o que o branco faz.

Noel termina de preparar a solução. Num rápido movimento, aplica a injeção no braço da indiazinha. A picada da agulha arranca-a ao torpor: com inesperada fúria, agarra a mão do médico — e a morde com vontade. Os índios riem. Não lhes desagrada ver um branco assustado, mas não é só isso, estão aliviados, felizes. Se mordeu o doutor, a menina deve estar melhor.

Noel pega uma gaze, limpa o sangue do dorso da mão. Como os índios, ele também se sente, de certa forma, aliviado. Morderam-no; aceitam-no. A menina tem agora, presos aos caninos, fragmentos de seus tecidos. Engolidas, digeridas, as células cederão suas proteínas, que fracionadas nos componentes mais elementares serão absorvidas e passarão a fazer parte do corpo dela. Uma míni, e até certo ponto afetiva, antropofagia. Tive mais sorte do que o bispo Sardinha, diz Noel ao sargento da Aeronáutica que o acompanha. O sargento não sabe quem é o bispo Sardinha e Noel tem de explicar que o religioso foi comido pelos índios. Quais índios, pergunta o sargento, olhos arregalados, estes índios? Vive instantes de sobressalto, esse homem ainda jovem, há pouco vindo do Rio de Janeiro: essa é a sua primeira missão no Xingu. Noel sorri. Não, diz, foram outros índios, e em outros tempos. Além disso — mira o franzino sargento — acho que você não seria exatamente o prato que eles escolheriam. O sargento ri. Gosta de Noel, acha-o engraçado. E o doutor é autoridade, é preciso rir das piadas das autoridades.

Já se sente à vontade na aldeia, o Noel, como se os índios fossem gente sua. O cacique convida os brancos para comer, eles aceitam. Sentam-se todos no chão, um dos índios traz um cesto; tira dali um punhado de uma coisa polvorenta e lhes oferece. Noel prova, acha bom. O sargento também prova, mas estranha o gosto: que tipo de comida é aquela? É gafanhoto torrado, explica o intérprete, eles gostam muito, os senhores não devem recusar, considerarão uma ofensa. O sargento tenta, bravamente, ingerir a exótica iguaria, mas não consegue, não lhe desce, parece-lhe sentir os gafanhotos ainda vivos arranhando-lhe a garganta. Numa tentativa de se recuperar, pede licença, vai até a barraca, volta com uma lata de bolachas cream cracker, oferece-as ao cacique. Agora são os índios que estranham a oferenda; o cacique prova uma bolacha, mastiga um pouco e cospe, enojado. Mostra-se porém fascinado com a lata, grande, reluzente. Arrebata-a das mãos do sargento, joga fora as bolachas, coloca ali os gafanhotos torrados — e continua a comê-los. Pelo menos a lata eles aceitam, suspira o militar, aliviado. A lata é a introdução ao processo civilizatório: depois da lata virão os pratos, os talheres, os móveis, os eletrodomésticos. Os índios deixarão de andar pelados, usarão roupas decentes, falarão português. Serão gente. E aí sim, valorizarão as bolachas cream cracker. Como o sargento, que durante toda a sua infância de menino pobre sonhou com essas bolachas e só no quartel teve acesso a elas. Os índios não sabem o que estão perdendo. Por alguma razão são índios.

Terminada a refeição, o intérprete se aproxima de Noel: parabéns, doutor, o senhor foi muito jeitoso, eles gostaram do senhor. É um homem nervoso, esse intérprete, um índio que ainda jovem deixou a aldeia e foi para a cidade, fascinado pelo modo de vida do branco: as casas, os carros, o rádio, a geladeira. Voltou, mas como funcionário do Serviço de Proteção ao Índio. Veste-se como os demais funcionários; como eles, se refere jocosamente aos indígenas, chamando-os bugres. No fundo, porém, continua um índio. Seu português tem forte sotaque, as roupas tolhem-lhe os movimentos, as botinas machucam-lhe os pés. E é um homem atormentado, tem maus pressentimentos quanto ao futuro. Se algum dia as tribos se revoltarem contra os brancos, seguramente estará entre os primeiros a serem executados; os índios o aprisionarão e o torturarão lentamente até a morte. Depois arrancarão seu coração e o jogarão na fogueira: coração de traidor não é para ser devorado por valentes, é para ser incinerado. Aos olhos do intérprete o doutor Noel é uma espécie de santo protetor; tem certeza de que esse homem bom e risonho o salvará de qualquer perigo.

Noel passa a noite ao lado da indiazinha. Tem de aplicar a penicilina a cada quatro horas e tem de verificar a temperatura. Seu prestígio está em jogo —, se a menina se salvar, será visto como um deus, se morrer, será um desastre —, mas não é em prestígio que pensa, ao sondar, ansioso, o rosto da pequena doente. De alguma forma ligou-se a ela, quer que se salve. Quando, ao raiar do dia, vê que ela começa a melhorar, sente-se invadido por uma onda de júbilo e alívio. Sai da oca, espreguiça-se, olha ao redor a magnífica paisagem, a floresta, o majestoso Xingu; já é parte daquela paisagem, ele. Aquele é o seu cenário. Sem pressa vai até o rio, lava-se; tira os sapatos, coloca-os sobre a areia e vai sentar-se numa pedra. Ali fica, os pés dentro d'água, fumando o cachimbo e olhando a correnteza.

Alguém lhe toca o ombro: é o intérprete. O cacique quer falar com o senhor, diz. Noel vira-se e ali está o cacique. À luz da madrugada, já não parece a esplêndida figura do dia anterior: nenhum enfeite, nenhuma pintura, nada, é bugre mesmo. Mas mostra-se grato: já esteve na oca, já viu a menina, já se convenceu de que sobreviverá, graças ao doutor Noel. Minha gente, diz, e o intérprete traduz suas palavras com evidente embaraço, sofreu muito por causa de vocês, brancos. Nós éramos fortes e saudáveis, agora andamos por aí, sem forças, e de repente começamos a emagrecer, e a tossir, e a escarrar sangue. O nosso povo está condenado, será que ninguém vai fazer nada por nós?

Começa a chorar. Um chorinho sentido, manso, as lágrimas correndo-lhe pelo rosto, caindo na areia da margem do rio. Noel olha-o, comovido e surpreso. Nunca imaginara ver um índio chorando. Lembra um velho judeu sentado nas ruínas da sua casa, depois do pogrom, em Ananiev, soluçando e perguntando, Até quando teremos de derramar nossas lágrimas, até quando.

Com a ajuda do intérprete, Noel tenta consolar o cacique. Trará outros doutores, trará remédios, os índios já não estarão entregues à própria sorte. O cacique parece não ouvir; fita, em silêncio, as águas do Xingu. Noel suspira. Suspeita que a pergunta do índio, como a do velho de Ananiev, ao fim e ao cabo ficará sem resposta.

Nos meses e nos anos que se seguem, Noel constata que o lamento do cacique tem razão de ser. O número de tuberculosos é grande, a tísica provoca verdadeira mortandade na tribo, muito maior que a da malária. Já existe tratamento para a doença, mas a questão não é de medicamentos, é de organização. Não basta generosidade, descobre Noel, é preciso conhecimento técnico e capacidade administrativa. Em 1951 faz o curso da Campanha Nacional contra a Tuberculose. Seu trabalho final é um plano de combate à tuberculose entre os índios. Propõe-se a trabalhar na região dos grandes rios, o Tocantins, o Xingu, o Tapajós. Mas como levar a esses remotos lugares os recursos necessários, o equipamento radiológico, o laboratório? Só há uma maneira: transporte aéreo. Noel não hesita em pedir, a quem quer que possa ajudar, aviões. Consegue primeiro um Lodestar com o Ministério da Aeronáutica, depois um Douglas com a Confederação Nacional das Indústrias. Em breve está dirigindo o Serviço de Unidades Sanitárias Aéreas, encarregado dos problemas de saúde dos índios. E suas campanhas ficam célebres. Chega num lugar, coloca uma faixa anunciando vacinas, exames, tratamento dentário, tudo de graça — e convoca a população para ser examinada. Aproveita festas, procissões, mobiliza cantadores populares. Sempre lutando com as dificuldades burocráticas, com a falta de verbas. Quando o dinheiro do ministério não vem, empenha as joias da mulher, compra combustível para os aviões.

Para o Noel, avião era um instrumento de trabalho. Para mim, era símbolo de status. E uma fonte de fantasias. Eu, que nunca entrei num avião, me imaginava voando na primeira classe. Comodamente refestelado, sorvendo um uísque e olhando as nuvens lá fora, vinha a linda aeromoça: acompanhe-me, por favor. Entrávamos no banheiro, ela abria a portinhola de um compartimento secreto dando acesso a uma espécie de grande bolha plástica, uma cápsula que se projeta no espaço, como as torres das metralhadoras nos antigos bombardeiros. Ali nós nos metíamos e ali trepávamos, suspensos no espaço, entre o céu e o mar. Lá embaixo, minúsculos, navios e jangadas, talvez caravelas. Lá em cima, a imensidão azul. E nós trepando, trepando sem parar. Por esses devaneios, o senhor já está vendo que minha vida sexual não era essas coisas. E não era mesmo. Não vou dizer que a Paulina fosse frígida, mas estava longe de ser uma atleta sexual. Sexo burocrático, com ela; cumprimento da obrigação matrimonial. Aeromoça em bolha plástica? Não a Paulina. Daí as fantasias, as minhas e talvez as dela. É possível que Paulina também imaginasse aventuras sexuais. Mas não na bolha plástica do avião: gordinha, ela ali não caberia.

Já o Zequi, doutor, era a alegria de minha vida. Lindo garoto, inteligente. Eu lhe falava muito do Noel, o doutor dos índios. Mais: inventava histórias, longas histórias que contava quando, à noite, colocava-o na cama, e cujo final ele nunca escutava, porque adormecia antes (o que não tinha importância: eram para mim, também, aquelas narrativas). Uma história passava-se no *Madeira*. Chefiando um motim, o foguista ucraniano apoderava-se do navio: o plano dele era vender todos os emigrantes como escravos e transformar o *Madeira* num barco pirata que percorreria os sete mares semeando o terror. Junto com o marinheiro russo, Noel e eu organizávamos a resistência: graças a um rato que, treinado, trazia-nos os revólveres dos bandidos, nós os surpreendíamos dormindo e — de pé, facínoras, vossa carreira termina aqui — os aprisionávamos, libertando todos os passageiros. Noutra história o Noel, já adulto, estava no Xingu, pescando. Aparecia um jacaré e dizia, Estou aqui com uma missão, tenho de te levar à Cidade Perdida, sobe em minhas costas, por favor. Noel era transportado rio acima para o fabuloso lugar, a cidade onde tudo era de ouro, os templos eram de ouro, as casas eram de ouro. O clima entre os habitantes era de consternação: tuberculoso, o rei estava muito mal, moribundo mesmo. Noel curava-o, em sinal de gratidão o rei nomeava-o primeiro-ministro e ele convidava a mim, seu melhor amigo, para ir morar na Cidade Perdida junto com a família.

Meu filho adorava as histórias. Adorava o Noel. Você é mesmo amigo dele, papai?, perguntava, maravilhado, e não deixava de contar para os amigos: meu pai é amigo do Noel, o doutor dos índios. Os meninos sabiam quem era Noel Nutels; muita gente sabia quem era o Noel Nutels. E todos gostavam dele.

O pajé da tribo não gosta de Noel. Evita-o como pode. Finalmente, e por insistência do cacique, vai conhecer o médico. Noel cumprimenta-o efusivamente: você vai me ajudar a tratar dos doentes, diz, eu dou os remédios e você espanta os maus espíritos. E ri gostosamente.

Mais uma vez embaraçado (embaraço é a regra na vida desse homem colocado numa fronteira de culturas, na terra de ninguém entre brancos e índios), o intérprete traduz o comentário.

Que o pajé não acha engraçado. Noel representa uma ameaça. Até então, cabia ao pajé o tratamento dos doentes; uns se salvavam, outros morriam, mas de qualquer maneira tinha ascendência sobre a tribo. Agora algo se rompeu, a delicada trama de crenças tecida através dos tempos. Antes a cura era feita através da invocação dos espíritos, da defumação do paciente com charutos de folhas, da administração de poções mágicas; rituais de que todos participavam, se não ativamente, então pela fé, a fé no poder dos deuses. Se a cura ocorria, todos celebravam; se o paciente morria, resignavam-se. Morrer era um evento esperado; morriam os que tinham de morrer. Mais que isso, morriam os que queriam morrer. Era normal que alguém, em algum momento, optasse pela morte como um fim natural da vida. As plantas morrem, não morrem? Os animais morrem, não morrem? Até o sol morre a cada dia, por que alguém cansado de lutar contra a doença ou a velhice não haveria de morrer? Já a cura era diferente: a afirmação do poder do pajé, mas também uma vitória da tribo, um triunfo da fé coletiva. Um doente se salvava se o seu sofrimento fosse capaz de mobilizar o instinto vital, a vontade de viver da tribo inteira, expressa nas preces e nas danças. Agora vinha o doutor branco com seus aparelhos e suas injeções e curava a indiazinha sem reza, sem dança, sem defumação, sem nada. O resultado é previsível: os doentes, os familiares, o próprio cacique, todos optarão pela medicina dos brancos. É possível que os velhos da tribo continuem a procurá-lo, mas os jovens, que olham os brancos com admiração, que querem se vestir como os brancos, que querem ir para a cidade dos brancos, viver como os brancos, os jovens não quererão mais saber de pajés. Mesmo que todos os feiticeiros das tribos se unam, mesmo que formem uma coligação no Xingu, não conseguirão reverter a situação.

Disfarçando o ressentimento, fingindo indiferença, o pajé quer saber que remédio Noel deu à índia. O intérprete traduz, pedindo desculpas: espera que o doutor não se ofenda com o pedido, afinal não é obrigado a revelar os seus segredos. Mas o bonachão Noel não se faz de rogado; tira da maleta um frasco com penicilina e entrega-o ao pajé — tome, é presente. O índio pega com cautela o frasco, examina com atenção o conteúdo.

É um pó branco. A aparência é inocente, mas o pajé não tem dúvida: ali está concentrada uma tremenda energia, uma energia superior à de todas as suas plantas, todas as suas rezas, todas as suas fumigações. E como sabe disso? Por causa da brancura, aquela implacável brancura. O pajé é obrigado a admitir: nunca viu algo tão branco. A lua não é tão branca quanto esse pó, as nuvens não são tão brancas quanto esse pó. A carne de peixe (e de peixe o pajé gosta muito, pagam-lhe em peixe muitas curas, peixinhos pequenos no caso de doenças pouco graves, peixes grandes quando recupera moribundos, e há um enorme peixe, capaz até de engolir uma pessoa, reservado para o grande milagre que ainda fará, ressuscitando um morto) não é tão branca. Nem o homem branco é tão branco, porque os brancos na verdade não são brancos, uns são morenos, outros mulatos, e Noel, a pele de Noel é rosada. O branco do olho talvez seja quase tão branco quanto esse pó — mas quem dá importância ao branco do olho? Para o pajé, o branco do olho nada diz, a não ser quando se tinge de amarelo, o que é mau sinal, sinal de doença grave.

O branco daquele pó é o branco absoluto. Nega todas as cores, nega o verde das folhas, o amarelo e o vermelho das flores, o azul do céu. Nega a natureza, nega as coisas que existem. Só poderia ter sido feito por brancos, aquele pó. Corresponde a um sonho deles, o sonho que se traduz também no branco açúcar, na branca farinha, nas brancas camisas como a que Noel usa. E que sonho é esse? Não é só o sonho da pureza ascética. É mais do que isso, é o sonho do nada absoluto: nada de doenças, claro, mas nada de corpos pintados, nada de bichos coloridos, nada de frutos saborosos, nada de nada de coisa nenhuma.

De imediato, o pajé se sente derrotado. O pó branco é a sua derrota. Daqui por diante é só o que os índios quererão: o remédio do branco, a penicilina (para sua própria surpresa, o pajé se dá conta de que já aprendeu o nome. Ele, que tem tanta dificuldade com a linguagem dos brancos. É mais uma demonstração do poder da substância demoníaca). Febre? Penicilina. Tosse, escarro? Penicilina. Manchas no corpo? Penicilina, penicilina, penicilina. Penicilina será a deusa que invocarão; e Noel será o sacerdote dessa deusa. Noel, o doutor branco, o doutor que não precisa assustar os maus espíritos com cantos e invocações, Noel tem a seu dispor uma mágica imbatível, a mesma mágica que faz voar o grande pássaro de metal em que desceu do céu. É a mágica do pó branco.

Que mágica é essa? Como funciona? Disso o pajé não tem a menor ideia. Olha o pó e não entende: como aquilo cura doenças? Para responder a essa pergunta precisaria de, num passe de mágica, tornar-se minúsculo como as partículas que compõem a substância e, agarrado a uma delas, entrar no corpo para ver como agem. Tal mágica não estando a seu alcance, pode considerar-se irremediavelmente derrotado, a menos que...

A menos que — liquide o branco, o doutor branco, o doutor Noel. Há um feitiço para isso, um feitiço para matar inimigos, um feitiço que o pai lhe ensinou quando era criança ainda. Deve, em certo lugar da margem do rio, recolher um pouco de barro; deve misturar esse barro com a polpa de certas frutas; deve modelar, com a mistura, a figura do inimigo; numa noite de lua cheia deve cravar um espinho no peito desse boneco. É um feitiço absolutamente garantido — para índios. Funcionará para brancos? Funcionará para o Noel Nutels? Será que o pó branco não é um antídoto contra qualquer feitiço? E se Noel continuar vivo? E se descobrir tudo? (Não é impossível; os brancos têm misteriosos aparelhos para falar à distância, quem sabe podem adivinhar pensamentos, intenções ocultas.) E se anunciar à tribo, o pajé de vocês não passa de um safado, de um incompetente, tentou me matar com seus feitiços mas não conseguiu, estou aqui vendendo saúde, sou muito mais poderoso do que ele?

Não. O pajé sabe que contra um doutor branco não tem a menor chance. Melhor é unir-se ao inimigo. Pode derrotar o adversário usando as armas deste: os medicamentos. Não como pajé, claro; tem de se tornar médico dos brancos, como Noel.

Empreendimento difícil, longo, arriscado, incerto.

Para começar, tem de aprender o arrevezado idioma dos brancos. Depois, tem de cursar a escola deles, aprender as coisas que aprendem, vestir-se como se vestem, comer o que comem. Tem de morar na cidade. E por último, o que seguramente será o pior, tem de estudar a medicina que praticam. Como? Em primeiro lugar, profanando o corpo morto, estudando-o por dentro. Os brancos não associam a enfermidade a espíritos, bons ou maus; para eles, é nas vísceras que está a doença. Então, primeiro aprendem como é o corpo, como funciona; depois, aprendem a usar aparelhos que mostram como estão as coisas lá dentro, onde está o problema. E aí tratam. Tratam com remédios, com pílulas, gotas, xaropes, injeções, pomadas, supositórios. Tratam aplicando certos aparelhos. E às vezes — mas isso representa para o pajé o suprassumo da violência — abrem a pessoa e tiram partes do corpo, partes que consideram doentes. O pajé terá de mudar, para aprender essa medicina. Terá de deixar de ser quem é para tornar-se outra pessoa, semelhante aos brancos. Isso tudo demandará longos anos — e já não é jovem. Mais: nada garante que sua disposição em tornar-se médico como os brancos lhe traga o respeito desses mesmos brancos. Será, isso sim, objeto da curiosidade geral, quando não motivo de franca chacota.

Mesmo que se torne médico como Noel, mesmo que possa usar o remédio do pó branco, mesmo que possa curar os índios, terá outros riscos a enfrentar, riscos cuja existência os brancos, incrédulos, negam, mas nos quais ele acredita firmemente e continuará a acreditar em qualquer circunstância. Riscos que representam um paradoxo: o pajé teme a vingança dos espíritos índios, inevitável se ele aderir à medicina dos brancos. Ressentidos, os espíritos o perseguirão sem cessar. Quando, ao vestir o avental, olhar-se no espelho, lá estarão os espíritos a mirá-lo zombeteiros por cima dos ombros. Quando olhar uma radiografia verá não a sombra dos órgãos, mas a carantonha dos espíritos. Espiando no microscópio: espíritos. Na urina do renal: espíritos. Nas fezes do colérico: espíritos. Nos seus próprios sonhos e devaneios: espíritos, espíritos, espíritos. Rindo, debochando: pensas que és doutor, bugre velho? Tu não és nada, bugre velho, não és mais o pajé dos índios nem és médico para os brancos. Os espíritos o perturbarão de tal modo que errará o diagnóstico e o prognóstico; na cirurgia, cortará artérias e órgãos vitais; amputará a perna direita num paciente portador de gangrena na perna esquerda. E quando, por fim, algum paciente lhe pedir a conta, uma voz gutural falará por sua boca: dê-me um saco de mandioca e dois peixes e estamos conversados.

Não, não pode deixar de ser pajé. Que Noel tire o seu lugar, não lhe importa. Continuará a tratar de enfermos, mesmo que sejam doentes imaginários. Será fiel à tradição de sua gente, uma tradição que vem de tempos imemoriais, dos tempos em que o homem branco estava longe. Um dia essa fidelidade será recompensada. Um dia os brancos cansarão da medicina das injeções e dos aparelhos e se voltarão para o pajé em busca de cura não só para os males do corpo como do espírito. E isso poderá ocorrer em função de um acontecimento totalmente inesperado: de repente, e por razões inexplicáveis, a penicilina começa a matar gente, por exemplo. (Aliás, por que não ajudar o destino? Certo veneno, colocado na água da fábrica de penicilina... Não, isso não. O pajé pode ser um ressentido, não é um assassino. Nem brancos ele mataria assim.)

Um dia Noel Nutels ficará doente; um dia, Noel Nutels ficará gravemente doente, tão doente que nem urinar poderá; nas vascas da agonia chamará por ele, pelo pajé do Xingu. Cura-me, pajé, ele dirá, só tu podes me curar, só tu podes mobilizar espíritos que me livrem da doença. E então ele cantará baixinho para Noel e Noel adormecerá e adormecido será levado pelos espíritos para além do grande rio, para os campos floridos onde cessa toda dor, todo sofrimento.

Não é só o pajé que tem problemas com Noel Nutels. João Mortalha também.

João Mortalha chama-se na realidade João Antonio Silva. Dado por morto depois de uma briga com desafetos, chegou a ser coberto com uma mortalha. Recuperou-se, mas a alcunha ficou. Ex-tuberculoso, João Mortalha é magro. É feio. E é, segundo os que o conhecem no Xingu, mau-caráter.

De onde veio ninguém sabe, nem ele diz. O certo é que já andou por todo o Brasil e por muitos países da América Latina. Já se envolveu em mil negócios e atividades; foi seringueiro e motorista de caminhão, dono de bordel e gerente de restaurante. As cicatrizes na cara mostram um passado de encrencas; de fato, segundo se diz, não foram poucos os que matou.

Veio para o Xingu decidido a se tornar grande proprietário de terras. Das terras dos índios, bem entendido. Sabe que não é difícil invadi-las; basta armar meia dúzia de jagunços. Os bugres não têm como resistir. Arco e flecha contra armas automáticas? Nenhuma chance. E João Mortalha não está para brincadeiras. Grileiro assumido, quer terras — sem índios. Nem como elemento decorativo: a esse respeito a experiência de um amigo, fazendeiro na região, é definitiva. O homem pretendia, aproveitando a presença dos índios, transformar sua propriedade em atração turística, uma espécie de parque ecológico: veja os índios em seu próprio habitat, fotografe-os, tenha uma recordação maravilhosa desse verdadeiro museu vivo. Queria ganhar dinheiro com isso, e até teria pagado alguma coisinha para a tribo — mas logo descobriu que os bugres eram absolutamente não confiáveis. Ele combinava com o cacique: amanhã vêm uns turistas americanos aqui, pessoas importantes, junte sua gente, encene uma guerra tribal, umas danças, um banquete de carne humana, qualquer coisa. No dia seguinte os turistas apareciam na hora marcada — e dos bugres nem sinal; totalmente irresponsáveis. O homem era forçado a mentir aos americanos, os meus índios estão doentes, com gripe, índio é muito sensível a isso. Sua paciência se esgotou, contudo, quando os bugres começaram a roubar as reses da fazenda. Ou seja: não cumpriam as obrigações e ainda faziam churrasco com o gado alheio. Safadeza pura.

João Mortalha não cometerá tais erros, mesmo porque seu negócio é outro. Não quer ser dono de parque ecológico coisa alguma. Quer é se tornar um grande proprietário e assim começa a cercar com arame farpado a área que considera sua. Avisa a todos: essas terras agora são minhas, quem botar o pé aqui toma bala. Todos sabem que fala sério. Todos, menos os índios. Não entendem português, não dão importância a avisos, e sobretudo não sabem o que é propriedade.

Não sabem? Aprenderão. Quando os selvagens começam a derrubar as cercas, João Mortalha decide que está na hora de dar um basta. Mandem bala, ordena aos jagunços. Três, quatro índios mortos servirão de exemplo.

Para surpresa dele, a operação fracassa. Os jagunços, cinco irmãos que trabalhavam para um fazendeiro nordestino, são matadores afamados, mas uma coisa é armar tocaia para inimigo político em estrada, outra é liquidar bugres, alvos elusivos que desaparecem no mato quando menos se espera. Depois de desperdiçar muita munição, João Mortalha resolve mudar de estratégia; a conselho de um garimpeiro, recorrerá a um método que funciona desde o período colonial. Trata-se de transmitir varíola aos índios. Varíola, doutor, essa doença o senhor só deve conhecer de livros, porque já não existe mais. Mas era uma coisa medonha: a pessoa ficava cheia de pústulas, que deixavam marcas horríveis. Isso quando não se tratava da bexiga preta, que liquidava de vez. É fácil, diz o garimpeiro, o senhor pega roupas de um bexiguento, deixa nas trilhas dos índios. Eles vestem, ficam doentes e morrem como moscas, não têm resistência nenhuma. Verdade: João Mortalha lembra-se de ter visto montes de cadáveres em clareiras da Amazônia, todos com as pústulas características da bexiga.

Por falta de familiaridade com essa forma de extermínio, João Mortalha defronta-se com alguns problemas logísticos. Roupa de varioloso não é difícil de conseguir, a doença é endêmica na região. Mas que tipo de roupa? Um pulôver de lã seguramente reterá melhor as crostas das lesões, seguramente se empapará melhor com a secreção purulenta; mas, com o calor que ali faz, quererão os índios vestir pulôver, ainda que elegante, ainda que comprado em São Paulo, em Buenos Aires ou mesmo em Paris? Para as índias o ideal seria sutiã, sutiã bem apertado, mas as bugras não usam sutiã, preferem andar com as tetas de fora. Outras dúvidas: a que distância devem ser colocadas umas das outras as peças de roupa? E quantas peças de roupa usar? Se duas camisas disseminam a varíola entre quarenta e dois índios com uma letalidade de sessenta por cento, quantas camisas (ou cuecas, ou calças) devem ser usadas para infectar duzentos e oito índios com uma letalidade de noventa por cento?

Problemas, problemas. Aos jagunços, parece que João Mortalha está hesitando; parece-lhes que o chefe está com pena dos índios. Ora, tal hesitação compromete o êxito da empreitada, na qual estão diretamente interessados: João Mortalha lhes prometeu uma parte das terras. Diante do risco de uma rebelião dos jagunços, João Mortalha decide agir. Um surto de varíola em Goiânia facilita as coisas; ele viaja até lá, consegue comprar guarda-roupas completos, uniformes escolares inclusive. Mas, quando vai espalhar as roupas nas trilhas, recebe uma notícia perturbadora: um médico, um tal de doutor Noel, está vacinando os índios. E parece que se trata de vacina antivariólica. João Mortalha manda o mais esperto dos jagunços investigar. Ele volta com a informação: sim, é a vacina contra a varíola que o doutor está aplicando. Protege durante dez anos no mínimo.

Dez anos? João Mortalha se assusta. Não pode esperar tanto tempo, precisa liquidar os índios logo, mesmo porque os bugres se reproduzem bastante. Mas o que pode fazer contra um médico? Não pode impedi-lo de aplicar vacina, o homem trabalha para o governo, tem militares junto com ele. Há uma esperança: o pajé. João Mortalha sabe que ele não gosta do médico dos brancos. Talvez algum presente, uma boa faca por exemplo, convença o feiticeiro a alertar a tribo contra a medicina dos brancos; mas é vã a esperança, segundo informa o jagunço, o pajé está até colaborando com o doutor Noel, incentivando os índios a se vacinarem. João Mortalha é forçado a desistir da empreitada. Esquece-se, porém, de se desfazer da roupa dos variolosos, que fica amontoada em sua própria casa. Desastrosa distração: poucos dias depois acorda febril, com manchas espalhadas por todo o corpo. É varíola. Ao contrário do que pensava, nunca tinha sido vacinado.

A doença se agrava. Sozinho na casa, João Mortalha, febril, delira. Pensa ver um homem gordo, de bigode, diante dele...

Há um homem gordo de bigode diante dele. Vim ver você, diz, avisaram que está com varíola. Quem é o senhor, pergunta o desconfiado João Mortalha. Sou médico, responde o homem, o doutor Noel.

Ah, então esse é o famoso doutor Noel. João Mortalha mira-o, entre curioso e agressivo. O senhor não parece brasileiro, diz, falando com dificuldade, tem cara de gringo. Noel ri, conta que nasceu na Rússia. E acrescenta: não sou só russo, sou judeu também. Agora João Mortalha não entende mais nada: um judeu russo sai de sua terra, forma-se em medicina — para acabar no meio do mato, cuidando de índios? Que história é essa? Nunca viu um judeu, mas só os imagina em lojas, ganhando dinheiro. Sempre pensei que judeu gostasse de grana fácil, murmura, não de índio. Noel solta uma gargalhada: pois aqui você está vendo um judeu diferente, um judeu pobre e burro. Pisca o olho: sorte sua, hein? Sorte sua eu estar aqui e não numa loja.

Examina-o, receita remédios para a febre. Mas então algo lhe ocorre, e pergunta, testa franzida: como é que você pegou varíola, se não há nenhum caso por aqui?

Por aquela, João Mortalha não esperava. Perturbado, gagueja uma explicação: contraiu a doença em Goiânia, onde andou a negócios. A explicação não convence Noel, que, obviamente desconfiado, mira ao redor, vê a pilha de roupas. Eu já deveria ter guardado essas coisas, diz João Mortalha, nervoso, mas aí fiquei doente, não deu. Noel vai lá, examina as peças de vestuário: camisas de homem, vestidos de mulher, uniformes escolares. Pelo jeito, você estava prestes a fazer uma grande doação de roupas, diz, sarcástico. Fecha a cara: vou te dar um conselho, rapaz: depois que você melhorar, desapareça daqui. Não quero ver você nunca mais perto dos índios. Nem você, nem grileiro algum.

O cotidiano de Noel era assim, uma aventura permanente. Minha vida, pelo contrário, resumia-se a uma insípida rotina: todos os dias eu acordava, tomava café e ia para a loja. Abria-a, espanava um pouco o balcão e as prateleiras — aquilo era o reino da poeira, doutor —, pegava um livro, sentava atrás do balcão. Lia o livro. E, teoricamente ao menos, ficava esperando fregueses. Que não vinham.

Para desgosto da Paulina. Ela estava cansando de ser pobre. Você precisa fazer alguma coisa, dizia, nosso filho está crescendo, nós temos despesas, você tem de ganhar mais. Dava sugestões: ponha um anúncio no rádio, invente liquidações, mexa-se.

Mas eu não queria me mexer. Eu queria ficar imóvel, lendo. Nada mais me interessava, a não ser a leitura. A única coisa que me animava um pouco era o Zequi. Inteligente, sensível — era a minha alegria, o meu orgulho, a cada triunfo dele no colégio eu vibrava, imediatamente escrevia uma carta imaginária ao Noel: caro amigo Noel, hoje é um dia glorioso para mim — para nós, Noel: eu contei ao meu filho Ezequiel, o Zequi, a nossa história, contei como a gente veio da Rússia num cargueiro, contei sobre a nossa chegada em Recife, e ele então escreveu uma composição chamada "O sonho do emigrante" e ganhou um prêmio, amigo Noel! Ganhou um prêmio contando a história de nossa gente, Noel! Não é bonito, amigo Noel? O sonho do emigrante, isso é muito bonito. É o nosso sonho, Noel, o sonho que a gente tinha no *Madeira*, eu meio que desisti desse sonho mas você não, você venceu, Noel, você é um homem importante neste país.

Você é importante, papai?, perguntou-me um dia o Zequi. Não, respondi, o papai não é importante, o papai não é nada, o papai é só um lojista; importante é o Noel Nutels. O que era verdade: naquele mesmo dia tinha aparecido no jornal uma foto dele. Está aí, na minha pasta, abra-a para mim, por favor. É, essa foto. O jornal é de 1953, veja como está amarelado. E olhe a legenda: "Presidente recebe grupo de pessoas notáveis ligadas à questão indígena". Notáveis. Entre essas pessoas notáveis está o Noel Nutels. Olha ele aqui, gordo como sempre, e com a mesma cara debochada, mas de terno e gravata, afinal estava no Palácio.

Este aqui é o marechal Rondon. Lembra do marechal Rondon, doutor? Lembra o que ele dizia em relação aos índios, morrer se necessário, matar nunca? O Rondon era um santo, doutor. Como o Noel, só que o Noel era um santo judeu, coisa meio esquisita. Estes aqui são os irmãos Villas-Boas, o Cláudio e o Orlando, grandes indigenistas. Este aqui é o Darcy Ribeiro, na época um jovem antropólogo... E aqui no meio está o Getúlio. Nessa época o Getúlio, que tinha sido eleito presidente, estava bem com a esquerda, o jornal do Samuel Wainer, a *Última Hora*, o apoiava. Os comunas tinham uma explicação, diziam que o Getúlio de 1953 não era o Getúlio de 1935, era outro, um presidente escolhido pelo povo, um nacionalista, um inimigo do imperialismo americano.

Figura impressionante, esse Getúlio. Num palanque era uma presença notável, apesar de baixinho. Sim, doutor, eu também sou baixinho, mas um imigrante judeu russo pode ser baixinho, agora um caudilho deveria ser alto, imponente. Verdade que o Getúlio era um caudilho diferente, olhe só a expressão dele, está sorrindo, é um sorriso enigmático, mas é um sorriso triste, resignado, o sorriso de quem sabe que as cerimônias no Palácio podem até dar fotos em jornais, mas não o salvarão: seu destino está traçado. No ano seguinte viria aquela crise, as denúncias de corrupção, acabou se matando. Nesse dia, contudo, o Noel fez o Getúlio rir. Na hora do discurso, ele se atrapalhou com o tratamento que deveria dar ao presidente, Sua Excelência ou Vossa Excelência, e disse, olhe, presidente, vou chamá-lo simplesmente de senhor, para não errar a concordância. O Getúlio soltou uma gargalhada. Talvez uma das últimas gargalhadas de sua vida. O Noel era assim, irreverente. Tinha umas tiradas engraçadas, como aquela história de que os índios comem gente, mas não por via oral. Muito boa, doutor. Quando me contaram essa — e no Brasil todo mundo contava histórias do Noel, o cara da banca de revistas, por exemplo, era fã dele — eu ri muito, achei gozadíssima a história, anotei, está aqui, anotada. O Noel tinha dessas sacanagens. Por exemplo: todo mundo sabia que ele colecionava inscrições de banheiro. Aquilo, francamente, me desconcertava: não ficava bem para um médico anotar coisas escritas por veados e punheteiros. O Noel dizia que as inscrições eram a linguagem secreta do país, criada pela tribo dos solitários de banheiro, gente que escreve coisas como o náufrago que manda mensagens na garrafa. Mensagens, sim — mas que caralho de mensagens eram aquelas? Versinhos do tipo, Neste recinto solene, onde a vaidade se acaba, todo covarde faz força, todo valente se caga; ou então, Merda não é tinta, dedo não é pincel, quando vier cagar, traga sempre papel — o que querem dizer essas mensagens? O que ensinam? É a verdade, o que ensinam? Será? Será mesmo que merda não é tinta e dedo não é pincel? E se um dia aparecer um grande artista fazendo quadros literalmente de bosta e usando o dedo como único instrumento? Não será arte, ainda que escatológica? A propósito, doutor, fiz uma versão desse poema dedicada ao colecionador de inscrições de banheiro: Merda não é tinta, dedo não é pincel, quando escrever um versinho, pense sempre no Noel. Não é boa, doutor? Merda não é tinta, dedo não é pincel, quando escrever um versinho, pense sempre no Noel. Aliás — será que o próprio Noel não escrevia versinhos nos banheiros? Sacana ele era, imaginação ele tinha. É capaz de ter escrito, sim, coisas nos banheiros. É capaz de ter escrito e de ter esquecido que escreveu. Um dia, entrando no banheiro do Serviço de Proteção ao Índio, vê uma frase interessante — os índios comem gente, mas não por via oral —, anota, e aí se dá conta: porra, mas fui eu que escrevi essa frase, rapaz, eu mesmo, já tinha até esquecido.

Esta foto é histórica, doutor. Parece uma consagração para o Noel, não parece? Mas repare nesse homem atrás do Getúlio, tipo papagaio de pirata — ser papagaio de pirata do Getúlio não era difícil, ditador baixinho proporciona essas facilidades. A legenda não registra o nome desse homem, deve ser um assessor qualquer, mas note um detalhe: todos estão olhando para o fotógrafo, menos ele. Ele está olhando para o Noel. Está olhando fixo o Noel. Sim, eu sei que numa foto todos os olhares são fixos, mas o dele é mais fixo do que o normal em fotos, é um olhar muito fixo, um olhar que, sem deixar de ser admirado, revela desconfiança: qual é o negócio desse comunista, desse russo, desse judeuzinho? Qual é o negócio do Noel Nutels? O que quer ele com os índios? Que sacanagem está tramando?

As dúvidas desse homem tinham alguma razão de ser, doutor. Poucos se aventuravam a penetrar no Brasil central por amor à natureza ou aos índios. Rondon era exceção, doutor. Os irmãos Villas-Boas eram exceção. A regra era o João Mortalha: o safado atrás de terras ou riqueza. Algumas vezes eram estrangeiros. O cara que está em busca da cidade perdida, conhece o tipo? Como o Fawcett.

O senhor provavelmente não sabe nada a respeito desse homem, doutor, mas eu sei. É que eu passava o dia inteiro lendo, doutor. E um dos livros que li foi uma biografia do coronel Percy Harrison Fawcett, militar e explorador inglês nascido em 1867. Fawcett era fascinado pela lendária Atlântida. Lendária, não; para ele a Atlântida realmente existira; tinha em sua casa uma estatueta, presente do amigo Rider Haggard, o autor de *As minas do rei Salomão*, e que era supostamente obra dos atlantes. O Brasil incendiava sua imaginação: os índios loiros, as minas de Muribeca, as cidades dos fenícios, o Eldorado, todas essas lendas do sertão brasileiro o atraíam irresistivelmente. Aqui seguramente estaria a Cidade Perdida com todas as suas fabulosas riquezas, à espera de um audacioso descobridor. Veio para o Brasil e, com base em alguns documentos e algumas informações, mas principalmente movido pelo desejo de viver a aventura de sua vida, embrenhou-se na selva e, em 1925, desapareceu. Nunca mais foi visto. Uns diziam que havia sido morto pelos kalapalo; outros garantiam que estava vivo, em algum remoto lugar do Brasil central. Uma recompensa de milhares de libras para quem o achasse com vida atraiu muita gente. O jornalista

Albert de Winston, por exemplo, pagou com a vida a intrepidez. Em busca de Fawcett chegou a uma aldeia dos kalapalo. Por alguma razão, os membros da tribo resolveram liquidá-lo: envenenaram-no, colocaram-no, agonizante, numa canoa, e o abandonaram no rio — que fosse morrer longe.

Na cabeça do assessor, Noel sabe onde está Fawcett. Como descobriu? Na cabeça do assessor, índios amigos encontraram o jornalista e levaram-no a Noel, que não conseguiu salvá-lo — veneno de kalapalo é foda, liquida mesmo — mas conseguiu extrair do moribundo o segredo: Fawcett está vivo, ainda que muito velho e caduco, é prisioneiro dos índios numa aldeia distante, muitos quilômetros rio acima. Sem perda de tempo, Noel organiza uma expedição. Sobe o rio e depois de uma jornada de vários dias encontra de fato a aldeia. Procura o cacique, pergunta pelo ancião. O cacique reluta, mas é Noel Nutels, o médico dos índios, e ele então o leva a uma oca e ali está o macróbio de longas barbas brancas, o velho vestindo andrajos. Tal como contou o jornalista, está demenciado, não diz coisa com coisa. Isso, no momento: nada impede que no futuro, Noel dando um jeito de reativar aquele cérebro esclerosado, Fawcett revele a localização da Cidade Perdida. E aí muito ouro, muita pedra preciosa, fama e fortuna.

Isso é o que o assessor imagina. Melhor: isso é o que eu imagino que o assessor estava imaginando, no instante em que foi batida esta foto. Agora: vamos supor que a suposição do homem tivesse fundamento. Se Noel encontrasse Fawcett, se Noel encontrasse as riquezas da Cidade Perdida, todo aquele ouro, todas as pedras preciosas — o que faria ele? Entregaria a riqueza aos índios ou diria chega de ser pobre, eu quero uma cobertura no Leblon, quero almoçar nos melhores restaurantes?

Pergunta ociosa. Noel continuou pobre, e porque continuou pobre, o assessor não descobriu se o médico dos índios era um judeuzinho esperto ou um judeuzinho sonhador.

Eu não tinha ambições, não tinha planos, não tinha nada. O que para minha mulher era uma fonte de frustração. Não vivíamos bem. Como outros casais, mantínhamos uma coexistência aparentemente pacífica que, no entanto, ocultava mútuos ressentimentos. Ela possuía motivos para queixas; poderia dizer, com razão, você não serve para nada, só sabe ficar sentado na loja lendo, e eu tenho de cozinhar e lavar a roupa e limpar esta casa que é um pardieiro. Não dizia. Mas pensava. E se frustrava. Em busca de compensações, voltou-se para a religião. Começou a frequentar a sinagoga e ninguém mostrava-se mais devota do que ela; não apenas rezava, como clamava a Deus em altos brados, chorava copiosamente — o rabino teve de chamar sua atenção várias vezes. Minha mãe ficava por conta, acusava a nora de fazer uma encenação para humilhar o marido em público. Já Ana enfocava a situação pelo ângulo psicológico. Paulina sempre teve uma fixação edipiana, dizia, como você é uma figura paterna fraca, ela teve de se voltar para Jeová.

Eu não contestava essa interpretação, embora achasse que não tinha nenhuma chance competindo com Jeová, que, sendo divindade, não precisava ficar numa loja o dia inteiro nem precisava sustentar a família. De qualquer modo, era mais uma razão para eu invejar o Noel. Eu tinha uma esposa convencional; o Noel tinha uma companheira. A Elisa acompanhava-o por toda parte, a Elisa não tinha medo de se meter no mato com os índios. Já a minha mulher podia ser qualquer coisa, podia até ser uma santa, mas para companheira não dava. Acusava-me, eu respondia, e aí começava o bate-boca, sempre difícil para mim, porque além de tudo ela ainda tinha Jeová a seu lado.

O Zequi ouvia essas discussões e é claro que a situação não lhe fazia nenhum bem. Foi se transformando num garoto irritadiço, sujeito a crises de raiva. Você vai ter problemas com esse menino, dizia minha mãe, e ela estava certa: logo eu estava sendo chamado no colégio, os professores queixando-se de que o Zequi desafiava a autoridade deles: é um líder negativo, diziam. E me advertiam: o senhor ainda vai se incomodar, faça alguma coisa. Eu não sabia o que fazer, não sabia nem o que lhe dizer. Que coisa, doutor, que coisa. O senhor é um homem jovem, se tem filhos eles devem ser pequenos ainda; mas crescerão e então o senhor descobrirá o que é isso, essa sensação de que o filho da gente é um estranho, o habitante de um país distante. Bem que eu gostaria de escrever ao Noel, caro amigo Noel, estou tendo problemas com o meu filho Zequi, me ajude, Noel, você pode me ensinar como proceder, você é médico, você entende de malária e tuberculose, não é muito mas já é alguma coisa, você não tem medo do mato nem do curupira, nem das onças, nem dos bugios, você se entende com os índios, os bororo, os gavião, os kalapalo, os caciques, os pajés, você é bom para essa gente, você até levou um indiozinho doente para o Rio, você arranjou tratamento para ele, você o alimentou e vestiu, você o hospedou em sua casa, que coisa, Noel, e se o rapaz fosse de uma tribo de antropófagos, imagine você acordar um dia e está o cara ao lado de sua cama, garfo e faca em punho e guardanapo no pescoço, bem-educado, sim, mas antropófago de qualquer modo, pronto para devorar sua perna, você nunca pensou nisso por causa da sua generosidade, de seu humanismo, você é comunista, você percorre caminhos de coragem e valor, você dialoga com intelectuais, você participa de protestos, você conhece as sacanagens dos banheiros, você tem um filho, Noel! Você tem uma filha, Noel! Quem sabe o destino ainda vai reunir o meu filho e a sua filha? Quem sabe ainda seremos compadres, Noel? Me ajude, então, porque eu não consigo falar com meu filho, meu próprio filho, o filho que carreguei no colo, o filho que alimentei, eu dava sopa para o Zequi, Noel você precisava me ver dando sopa para o Zequi, falam da mãe judia mas não se lembram que o pai judeu também pode ser alimentador, fiz o que pude mas não adiantou, o Zequi é um revoltado, minha mulher me acusa, diz que eu não resolvo os problemas do Zequi, como é que eu vou resolver os problemas dele se nem os meus eu resolvi, ela fala com Jeová, em altos brados, até, eu não tenho com quem falar, por isso peço sua ajuda, amigo Noel, nesta carta imaginária e ainda bem que é imaginária, porque eu estou chorando, Noel, chorando enquanto escrevo a carta imaginária, e se fosse uma carta verdadeira o papel ficaria molhado de lágrimas, você não poderia nem ler o que está escrito, ai, Noel, me ajude, Noel, me ajude, ajude o seu amigo, o seu irmão, Noel, Noel.

Noel estava longe, doutor. Noel estava no Rio de Janeiro, Noel estava no Xingu, Noel estava voando nos aviões do Serviço de Unidades Sanitárias Aéreas, Noel estava com os índios. Eu não era índio, doutor, ou melhor, eu até era um pouco índio, eu me sentia desamparado como um índio, estranho como um índio, mas índio com cara de judeu, índio assim não tem vez: com Noel eu não podia contar. Teria de pensar em outra coisa, numa solução, que, pelo jeito, só poderia ser mágica.

Comprei um televisor. O senhor acredita, doutor, que até então eu não tinha televisor em casa? Parte por dificuldades econômicas — com o que dava a loja eu não podia me permitir luxos, e naquela época televisor era luxo — mas parte, e aqui eu tenho de me penitenciar, por omissão mesmo: eu não me dava conta da falta que a televisão fazia à minha mãe, à minha mulher, a meu filho (à minha irmã não; ela não gostava de tevê. Tinha umas teorias a respeito, já não lembro quais, mas tinha alguma coisa a ver com o complexo de Édipo). Eu era um egoísta, doutor. Todo mundo no Bom Retiro via noticiário, via novela, via programas humorísticos — minha família não. As noites eram sombrias em minha casa. Faltava aquele clarão, tênue mas capaz de iluminar, e de aquecer, corações e mentes. Eu precisava comprar um televisor. E havia uma boa ocasião para isso: o aniversário do Zequi, ele ia fazer treze anos, bar-mitzva, data importante. A coisa religiosa não me interessava, mas achei que podia aproveitar a oportunidade para demonstrar ao Zequi o meu afeto, e assim um dia fui até o centro e voltei com um televisor — grandão, nem me lembro de quantas polegadas, mas era o maior da loja, e muito bom, marca famosa. Quando entrei em casa minha mãe começou a chorar, minha mulher começou a chorar: por fim eu estava provando que me preocupava com a família, que não estava só absorto na leitura. Até a Ana se congratulou comigo, acho que você está por fim superando seu conflito com papai, você está assumindo sua paternidade, eu não gosto de televisão, mas esse aparelho é simbólico, ainda mais desse tamanho, mostra que você conseguiu, ao menos nessa compra, superar seu complexo de Édipo. Emocionado, chamei o Zequi: meu filho, olha o que o papai comprou para você, é o seu presente de aniversário.

Agora, doutor: o senhor acha que o rapaz manifestou qualquer alegria, qualquer gratidão? Nada. Não fez um comentário sequer. Aquilo me deixou profundamente deprimido, doutor. E alarmado: aquela indiferença — não, aquela hostilidade —, aquilo era sinal de que alguma coisa muito grave se passava com o Zequi. Naquele momento tive certeza de que as advertências dos professores estavam certas. Breve eu iria me incomodar.

De qualquer modo foi bom comprar o televisor. Passei a acompanhar o que acontecia no país. E algumas vezes até vi o Noel: volta e meia havia problemas com os índios e então ele era entrevistado. Deus, como gostavam dele. Os repórteres babavam enquanto ele falava. Era um ídolo do Brasil, o Noel. Não como o Getúlio, não como o Pai dos Pobres, mas ídolo, sim. Eu chamava o Zequi: vem cá, Zequi, vem ver o Noel Nutels, o meu amigo Noel Nutels. Zequi nem respondia. Sempre fechado no quarto. Sempre ouvindo aquelas canções de protesto. Sempre de mal com a vida.

Mas havia uma pessoa de quem ele gostava: Sarita. Ela agora morava no Rio. Tinha rompido com o Samuel Wainer quando ele aderiu ao Getúlio, e com outros intelectuais também, mas continuava fiel ao Partido. Fidelidade comovente, admirável. De vez em quando vinha a São Paulo, e às vezes nos visitava — por alguma razão simpatizava com Ana —, e numa dessas vezes ficou conversando com o Zequi.

Foi uma coisa mágica. O garoto viu nela tudo aquilo que não encontrava em mim ou em Paulina ou nos professores. Sarita era para ele mãe, irmã, companheira, tudo. Não tenho dúvida de que estava apaixonado por ela. Sarita levava-o às reuniões do Partido, e logo ele estava lendo *O manifesto comunista*, e *O capital*, e as obras do Lenin e do Stalin. Inscreveu-se numa célula da Juventude Comunista no Bom Retiro, a célula Zumbi dos Palmares, uns dez ou doze rapazes e moças. Reuniam-se em minha casa, todas as semanas. As moças, quase todas de óculos, eram feias — duas eram até bonitinhas, mas faziam o possível para se enfeiar. Os rapazes eram espinhentos, alguns usavam barbas ralas. Como o Zequi, vestiam-se mal — odiavam paletó e sobretudo odiavam gravata, símbolo maior do capitalismo; havia um que usava botas, não botas elegantes, como as do conde Alexei, botas de camponês — russo ou não, não sei, não importa. Como Zequi, andavam sempre com um livro embaixo do braço e um caderninho no bolso, um caderninho em que anotavam tudo: a data e a hora das reuniões, os pensamentos de Marx ("A religião é o ópio do povo") e de Lenin ("Comunismo é o poder soviético mais a eletrificação"), os seus próprios pensamentos; e todos me olhavam atravessado. Paulina, que lhes levava café e sanduíches, tinha melhor sorte: ganhava uns grunhidos de aprovação. Comigo era diferente. Eu estava no patamar mais elevado da reação: era um lojista, um pequeno burguês explorador, um beneficiário da alienação obreira, no tribunal do povo sem dúvida minha pena seria pesada. Havia uma música que cantavam e que sempre me dava uma sensação desagradável: "Sabãozinho, sabãozinho/ de burguês gordinho/ toda vil reação/ vai virar sabão", dizia a letra, e eu não tinha dúvidas de que me viam exatamente assim, como o estágio preliminar a uma barra de sabão de segunda.

De repente, tudo mudou.

Uma noite voltei para casa e lá estavam eles, em nossa sala de jantar, sentados ao redor da mesa, discutindo em altos brados. Normalmente, eu passaria, cumprimentaria — não me responderiam, ou responderiam secamente — e iria para o quarto. Mas nessa noite chamou-me a atenção o tema da discussão. Falavam sobre os índios, o papel dos índios na revolução — tudo aquilo que, tantos anos antes, tinha sido objeto do documento do Comintern, e que eu imaginava superado. Pelo jeito não estava superado, e aquela conversa me deu uma ideia: o assunto dos índios podia ser o meu elo de ligação com eles e com o

Zequi. Criei coragem e me meti na conversa: os amigos conhecem o Noel Nutels?, perguntei.

A primeira reação do Zequi foi de irritação: como é que o pai dele, pequeno burguês, mínimo burguês, se atrevia a interferir numa reunião? Mas os amigos, pelo contrário, me olharam surpresos — agradavelmente surpresos. Claro, todos ali conheciam o Noel, todos admiravam aquela figura lendária. Zequi, desconcertado, viu-se obrigado a explicar, meu pai foi amigo do Noel Nutels, os dois vieram juntos da Rússia.

O senhor conhece, doutor, a história do sapo que vira príncipe? Naquele momento deixei de ser o reacionário e acomodado batráquio a coaxar numa lojinha; virei príncipe. Não: príncipe não, um príncipe ali seria execrado; virei um herói proletário. Aos olhos deles rodeava-me agora uma aura de esplendor progressista. Quem, sem o saber, tinha realizado esse milagre fora o Noel. A simples menção do nome fora suficiente para que eu mudasse aos olhos dos jovens militantes. Tinham tanta admiração por Noel Nutels que sobrava um pouco para mim. Não: sobrava bastante para mim. Pediram que eu sentasse, que falasse sobre o lendário Noel. Não me fiz de rogado. Contei tudo o que sabia (e várias coisas inventei. Pais desesperados estão autorizados a mentir um pouco). Na minha narrativa o *Madeira* transformava-se no equivalente do *Aurora*, aquele cruzador russo que, na revolução de 1917, bombardeou o palácio do tzar; um kolkhoz flutuante, um baluarte do socialismo, um reduto de sonhos: eu falava das reuniões que tínhamos, Noel e eu, com um jovem marinheiro que depois se tornaria grande líder soviético; eu falava do jovem Noel, revolucionário precoce, comandando uma rebelião contra o fascista que dormia no beliche embaixo do meu. Os jovens me ouviam, fascinados, bebiam minhas palavras. E o Zequi estava com os olhos úmidos. Pela primeira vez mirava-me com ternura, não com desconfiança; com respeito, não com hostilidade. E eu também estava emocionado, tão emocionado que cheguei a ficar com a voz embargada. Mas não parei de falar. Mesmo porque eles não me deixavam parar; sobre Noel queriam saber tudo. E perguntaram se eu não podia arranjar um encontro do grupo com ele.

Aquilo me assustou. Um encontro com o Noel? Como é que eu iria conseguir um encontro com o Noel? Mesmo que falasse com ele, mesmo que se lembrasse de mim, será que toparia receber o grupo? O Noel agora era um homem importante. Quando não estava no Xingu estava no Rio, às voltas com reuniões, congressos, entrevistas, ou até no exterior. Arranjar tal encontro era missão impossível.

Uma outra ideia me ocorreu. Uma ideia, doutor — modéstia à parte —, genial. Uma ideia daquelas que, aplicadas a um empreendimento qualquer, tornam o cara milionário. Só que eu não queria ficar milionário. Eu queria recuperar o meu filho, e esse era um desejo tão desesperado que acabou me inspirando.

Expliquei que um encontro com o Noel seria difícil. Mas, acrescentei, há uma alternativa: o Noel pode escrever para vocês.

Olharam-me, encantados. Uma carta do Noel? Uma carta do Noel Nutels? Seria o máximo. Uma carta dirigida à célula Zumbi de Palmares, uma carta que poderiam mostrar aos companheiros de outras células, uma carta que um dia seria um documento histórico, como as cartas que Gramsci escreveu na prisão. Uma carta do Noel justificava a existência deles como grupo revolucionário.

Bem, doutor, não preciso dizer que escrevi aquela carta. Aquela e várias outras que se seguiram. Eu agora tinha um objetivo na vida, compreende o senhor? Escrever aquelas cartas foi uma coisa que passou a me mobilizar por inteiro. Na loja não lia mais; só escrevia. O que, para minha surpresa, se revelou uma coisa extraordinariamente difícil. Eu pensava que a leitura tinha me familiarizado com a palavra escrita; pensava que as cartas imaginárias tinham me preparado para cartas reais. Estava enganado. Escrever era complicado; escrever como Noel supostamente escreveria, mais complicado ainda. Eu estudava as suas entrevistas, tentava incorporar o seu modo desabusado de falar, tentava traduzi-lo em cartas, pintar um retrato dele, por assim dizer. Árdua tarefa, doutor — merda realmente não é tinta, dedo realmente não é pincel. Fazia esboços, rascunhos, rasgava, começava tudo de novo. Quando finalmente completava um texto, era preciso datilografá-lo; porque, ainda que eu conseguisse simular o estilo de Noel, não poderia imitar sua letra (a assinatura não era problema; um jornal a reproduzira e eu a copiara com relativa facilidade). Provavelmente os garotos não fariam tal pesquisa grafológica, mas eu não queria correr o risco. Comprei uma velha máquina de escrever Underwood (o que melhorou um pouco a minha vida conjugal: Paulina achou que, por fim, eu estava ingressando na modernidade, o que poderia significar mais grana, e passou a me tratar melhor. Enganava-se, a pobre Paulina. Como de costume), tomei uma aulas de datilografia e meti mãos à obra.

Que cartas escrevi. Aliás: que cartas o Noel escreveu. Noel, Noel, não tens abelhas mas vendes mel, escreves cartas sem ter papel. Você foi antológico, Noel. Você foi lírico e foi irônico, você foi terno e foi corajoso, você mostrou indignação, generosidade, sabedoria. Guardei cópias de todas as suas cartas, Noel, de todas as cartas que escrevi, que você escreveu, que nós escrevemos, Noel — meu amigo, meu irmão. Na primeira carta você fala sobre sua infância em Ananiev, você descreve a viagem no *Madeira*. Você confirma, ipsis litteris, tudo o que eu tinha dito aos membros da célula Zumbi dos Palmares. Em particular, você elogia o seu jovem companheiro de viagem, você tem palavras bondosas para com ele: "Sei que o seu pai, companheiro Zequi, é hoje um lojista. Não o hostilize por causa disso. Nem todos podem estar na linha de frente no combate por um mundo melhor. Pense que, graças a seu pai, você foi à escola, você adquiriu cultura, a visão de mundo que hoje lhe permite entender o socialismo. Eu não vou dizer que a loja A Majestade é uma trincheira na luta por um mundo melhor, mas também não é nenhuma fortaleza tzarista. Um lojista não é necessariamente um reacionário. Quando o socialismo chegar, necessitaremos de lojas, sim. Claro: lojas supervisionadas pelo povo, lojas sob controle social. Mas lojas existirão, assim como existirá um lugar para seu pai". Quando a carta foi lida (eu escutando atrás da porta), Zequi não se conteve e prorrompeu em pranto, os companheiros consolando-o: tudo bem, Zequi, você errou condenando o seu pai, mas todos nós erramos, você pode fazer uma autocrítica e se reabilitar. Se o Zequi fez autocrítica eu não sei, mas a verdade é que passou a me tratar muito melhor. Chegou a ir até a loja, onde jamais punha os pés — aquele era território inimigo, minado pela mais-valia —, para me visitar, o que, aliás, me valeu um susto: apareceu bem na hora em que eu estava datilografando uma carta, o que me obrigou a esconder precipitadamente a papelada. Na hora das refeições já não se mantinha no rígido silêncio de antes; ao contrário, agora conversávamos, trocávamos ideias, falava dos livros que estava lendo. Até Paulina teve de se render à evidência: não sei o que você fez, confidenciou-me, admirada, mas o certo é que o Zequi está muito melhor. É claro que eu não podia contar a ela, mas tomei aquilo como um elogio. E, animado, continuei a correspondência.

Na segunda carta, Noel descreve a sua infância e a sua juventude no Recife. Aí o baluarte socialista passa a ser a pensão da dona Berta; todos os intelectuais que lá moraram são devidamente mencionados.

Foi um erro. Pequeno erro, mas erro. Não me dei conta de que os comunas faziam restrições a certos nomes. Verdade, Rubem Braga tinha um passado antifascista, e na época da ditadura era preso a todo instante — mas não era membro do Partido Comunista e ainda por cima escrevia umas crônicas suspeitas, líricas demais: gaivotas voando sobre o mar, o que queria dizer aquilo? Em relação ao mar, só um tema era permitido: a exploração de pescadores ou de marinheiros. Não era o caso com Rubem Braga, que preferia aves melancólicas — e foi devidamente condenado pela célula. Diante disso resolvi deixar de lado Samuel Wainer e o grupo da *Diretrizes* — quantos, lá, teriam a aprovação dos jovens? —, e passei direto para o assunto que, eu tinha certeza, seria o ponto alto da correspondência: os índios. Ah, Noel, você aí esteve no seu melhor. Não mencionei a história de Marcha para o Oeste nem a Fundação Brasil Central, para evitar problemas — seria coisa do governo, certamente despertaria críticas. Não: você foi para o Xingu, sim, mas por sua própria iniciativa, porque lá você tinha certeza de que se realizaria como médico, como ser humano e sobretudo como comunista. A cena em que você conta o seu primeiro encontro com os índios é de comover o coração mais empedernido. Você os descreve como seres puros, não corrompidos, "criaturas da natureza em harmonia com o cenário: com o mato, com o rio, com as borboletas que por ali voejam, com os pássaros pousados nas árvores, com o céu azul". É do caralho essa parte, Noel. Um tanto poético, talvez, mas vinha muito bem para aquele grupo de jovens urbanos que detestavam a cidade; sempre que podiam, iam acampar fora, no campo, viviam em barracas, bebiam água dos rios (uma vez o Zequi teve uma diarreia que durou dias), e à noite acendiam o fogo e ficavam entoando canções da Revolução russa: "Galopando por caminhos de coragem e valor/ ginetes voam como o furacão". Para eles, os índios representavam seres humanos perfeitos. Os famélicos da terra, os proletários, ainda que prontos para a ação, inevitavelmente trariam as marcas da sociedade em que tinham vivido, como o próprio Lenin admitia; já os índios não, os índios saltariam diretamente do comunismo primitivo para o comunismo científico, sem necessidade de passar pelas perigosas fases do feudalismo, com seus condes de botas sedutoras, e do capitalismo, com suas lojas a oferecer a tentação do consumo. Você reforça, nos jovens, essa ideia; você mostra como os índios estão prontos a assimilar os ideais do marxismo-leninismo.

Interessante é a parte em que você fala de suas longas conversas com o pajé. Você diz que, no começo, o pajé se mostrou desconfiado, e até hostil, em relação a você. Você percebeu, contudo, que o pajé era importante, e que, bem doutrinado, poderia se transformar num agente revolucionário. Muitas noites você conversou com ele, vocês sentados na oca ou caminhando nas margens do rio. De início, o pajé só ouvia, nada dizia. Uma noite, porém, veio procurá-lo e disse: Estou pronto para a luta. Para sua surpresa, aquele homem sem cultura revolucionária tinha elaborado um completo plano de ação destinado a acabar com o truste da indústria farmacêutica estrangeira. Em primeiro lugar, ele formaria um grande conselho, reunindo os pajés de todo o Brasil. Esses pajés não mais ficariam nas aldeias, iriam para as cidades explicar à população os benefícios da medicina natural, dos chás de cipó. O estabelecimento médico talvez resistisse, mas acabaria por se render à racionalidade progressista da medicina indígena. Que, a propósito, não rejeitaria o avanço técnico; a penicilina, por exemplo, estaria incorporada ao armamentário terapêutico, mudando a coloração para evitar a conotação racista do branco pó. Mas, Noel, você não fica só nesses detalhes táticos ou estratégicos. Você mostra que suas conversações com os índios são, em realidade, a base para uma filosofia revolucionária, para aquilo que você chama de ecomarxismo, o marxismo ecológico, abrangente. Você diz: Naquele momento compreendi que nós, seres humanos, queremos viver em paz conosco e com a natureza. Não queremos explorar os outros, não queremos oprimir ninguém, não queremos guerra. Queremos paz e igualdade, queremos alegria e fraternidade. O rapaz que lia a carta simplesmente não pôde prosseguir a leitura, tão embargada estava a sua voz.

Agora: você talvez tenha exagerado um pouco, Noel. Na reunião seguinte foram comentadas críticas feitas por camaradas de outras células, que haviam recebido cópia da carta. A célula Zumbi dos Palmares tinha sido acusada de retroceder historicamente — aparentemente havia certa analogia entre suas ideias e as de Rousseau, e Rousseau afinal tinha morrido quase dois séculos antes, além de ser considerado meio tresloucado. Outros falavam de semelhanças com textos dos socialistas utópicos. As discussões foram acaloradas, a ameaça de cisão era muito real: um grupo, chefiado pelo Zequi, continuava firme ao lado de Noel, outro grupo rotulava o ecomarxismo de desvio metafísico. Preocupado, fui ler Rousseau, fui ler os socialistas utópicos. Não vi nada de parecido, mas não podia arriscar; precisava criar urgentemente um inimigo, porque nada une mais um grupo do que um inimigo comum. De modo que, poucos dias depois, você enviou à célula uma carta falando de João

Antônio Silva, o João Mortalha, um grileiro, um ladrão das terras dos índios. Você narra aquele plano diabólico de contaminar os pobres bugres com varíola.

Devo dizer que você acertou em cheio, Noel. Os jovens ficaram simplesmente indignados com o João Mortalha. E resolveram passar à ação. Num velho mimeógrafo, imprimiram um longo manifesto, denunciando ao povo as pérfidas manobras do grileiro e ilustrado com uma caricatura de João Mortalha: ali estava o grileiro, com nariz adunco e mãos em garra, prestes a devorar uma criancinha indígena. O manifesto terminava com várias frases, em letras garrafais: "Abaixo o explorador dos índios! Abaixo o neocolonialismo! Morte aos grileiros! João Mortalha, seus dias estão contados!". Se o João Mortalha chegou a receber esse manifesto eu não sei, porque ele só foi distribuído no Bom Retiro e mesmo assim para umas poucas dezenas de pessoas — o papel naquela época era muito caro. Mas você se emocionou com a iniciativa da célula, Noel. Tanto que você mandou um presente: um belo tacape, todo ornamentado com penas. Os garotos deliraram. Sabiam que você tinha dado ao Prestes um arco e flechas — e imaginaram que você estava fazendo ao grupo a mesma homenagem. Não podiam saber, Noel, que eu tinha comprado o tacape numa loja de artigos para turistas na praça da República. O dono me garantira que não se tratava de imitação, que era um legítimo tacape indígena; agora, se era imitação, era uma imitação muito bem-feita, você não teria por que se envergonhar do presente. O problema foi: onde colocar o tacape? A célula não tinha sede ainda. O tacape ficou guardado em minha casa, para ser incorporado ao futuro Museu da Revolução Brasileira, que os jovens pretendiam criar.

Na carta seguinte você aproveita a indignação causada pela história do João Mortalha. Aí você teoriza um pouco, o que sempre é uma boa forma de baixar a bola: os garotos estavam muito exaltados. Você estabelece uma comparação entre os grileiros tipo João Mortalha e os kulaks, os proprietários rurais da Rússia. Você diz que, assim como a luta contra o kulak serviu de bandeira à época de Lenin, a luta contra o grileiro também poderá se transformar numa grande causa. Você vê os índios se conscientizando, os índios pegando em armas para lutar contra os opressores; você vê massas indígenas marchando sobre as cidades... Aqui devo confessar que plagiei um pouco a Sarita. Bem, eu não podia tirar todas as ideias da minha cabeça, podia? Nem dos livros. Nem das entrevistas do Noel.

Sarita. Eu jamais poderia imaginar que ela entraria nessa história — afinal, o seu caso com os índios já estava encerrado —, mas entrou, e aí foi um desastre. Apareceu um dia na loja, vermelha de raiva, os olhos arregalados — transtornada, completamente transtornada. É uma sacanagem, isso que você está fazendo, gritava, uma grossa sacanagem. Eu não estava entendendo, mas não demorei a decobrir: o Zequi tinha lhe mostrado as cartas. Massas indígenas marchando sobre as cidades, berrava, só você mesmo para enganar os meninos dessa maneira.

Ameaçou contar tudo ao Noel — e ao Zequi. O que me apavorou. Supliquei que não o fizesse: meu filho nunca me perdoará, Sarita, isso vai me matar, você verá. Acabamos chegando a um acordo: ela ficaria quieta, mas escreveria as cartas. Haveria mistificação, sim, mas mistificação justificada. Uma mentira progressista, sempre melhor do que a verdade reacionária. Eu tinha acabado de escrever uma carta, e já tinha até assinado, mas não a enviei: daí em diante Sarita passou a vir periodicamente à loja. Ditava-me os textos, eu os datilografava na Underwood.

Não era a mesma coisa, doutor. As cartas de Sarita não eram a mesma coisa. Sim, ela falava dos índios, e sim, procurava mostrar solidariedade com as minorias oprimidas, mas, francamente, não era a mesma coisa. Porque ela era muito chata, doutor. Mais chata nas cartas do que falando; chatíssima. Ler as suas ruminações comunistas não me entusiasmava nem um pouco; pior, não entusiasmava os garotos. O pessoal até bocejava, mesmo porque, em matéria de palavra escrita, Sarita não primava pela contenção: páginas e mais páginas de constante doutrinação. Revolucionário embora, Noel começou a ficar com fama de maçante. O Zequi irritava-se; exigia que os companheiros prestassem atenção, aquilo era importante. Coitado do Zequi, no fundo queria salvar o pai do naufrágio. Dentro dele, o pai afundava cada vez mais — e nada podia fazer. Tão inerme quanto eu, o coitado.

Fui salvo pelas engrenagens da história, das quais Sarita tanto gostava de falar. Era o começo dos anos sessenta, aquela época de agitações, e outras causas surgiram. Zequi e seus companheiros agora só falavam em reformas de base, em Ligas Camponesas. Os índios foram para o espaço. Noel Nutels também. As cartas já não interessavam; dei a máquina de escrever ao Zequi quando ele passou no vestibular (não de medicina ou direito, como Paulina queria, mas de ciências sociais). Isso foi em 1961, o ano em que começou o ciclo radical no país. Tão logo entrou na faculdade, Zequi se envolveu com política estudantil. Estava ligado à União Nacional dos Estudantes, e muitas reuniões foram feitas em minha casa. O que eu ouvia me deixava cada vez mais preocupado: falavam abertamente em guerrilhas, luta armada. Eu não sabia mais o que fazer. Se ao menos as cartas de Noel ainda fizessem efeito, eu pensava. Uma boa carta, bem ponderada, dando conselhos sensatos: vamos com calma, rapaziada, tudo tem seu tempo, aprendam com os índios, eles sabem esperar a ocasião propícia para pegar o peixe, para matar a caça.

Pobre Zequi. Acreditava num mundo melhor, mas aquilo não o tornava mais feliz. É só olhar as fotos dele nessa época para se dar conta disso. Magro, barba por fazer, cabeludo, o olhar meio alucinado — era uma figura lamentável. Além disso andava mal vestido, usava uma camisa suja, umas calças rasgadas, umas sandálias. As sandálias, aquilo era o que mais me incomodava. Sandálias franciscanas, do tipo que o Anchieta decerto usava quando ia escrever versos na areia, e num estado tão lamentável que meu pai, como sapateiro, teria de trabalhar um ano para arrumá-las.

Foram dois anos difíceis, doutor. De manhã o Zequi dormia; à tarde, acordava e ia para a faculdade, não para estudar, para fazer política. Àquela altura já tinha abandonado a Juventude Comunista e estava metido com um outro grupo muito mais radical. Esses nunca se reuniam em minha casa, mas os folhetos clandestinos que o Zequi trazia (e que eu lia quando ele não estava) falavam em luta armada, em guerrilha nas selvas do Xingu.

E aí veio o golpe de 64.

Se eu lhe disser que previ o golpe militar o senhor acredita, doutor? Pois previ o golpe, sim, senhor. Não vou dizer que previ o dia, mas previ o golpe. Gente como nós, gente que vive ou viveu sob ameaça constante, gente assim tem uma espécie de sismógrafo capaz de detectar convulsões históricas antes que ocorram. Minha avó percebia quando se aproximava um pogrom; não só os cossacos da vizinhança começavam a beber mais, como os cavalos deles se mostravam excitados, não havia égua que os satisfizesse. O pogrom vem aí, ela dizia, e, de fato, dois ou três dias depois os cossacos estavam invadindo aldeias e matando judeus. Tal como a velha previra. Odiava cavalos, minha avó. Babel cavalgava com os cossacos, mas minha avó odiava cavalos. Com certa razão.

Pois esse instinto acho que herdei. Coisa genética, sabe, doutor? Eu olhava aquelas demonstrações, aqueles comícios, os líderes da esquerda pedindo reformas radicais — e dizia comigo, isso não vai terminar bem. Não terminou bem.

No dia do golpe eu estava na loja, rádio ligado (o rádio eu tinha comprado uns dias antes. Por instinto, também). De repente edições extraordinárias começaram a anunciar deslocamentos de tropas e prisões em massa. De imediato pensei no Zequi. Corri para casa — e felizmente ele estava lá, dormindo. O Zequi era assim: ficava até de madrugada discutindo com os amigos ou rodando panfletos no mimeógrafo — mas de manhã dormia. Para ele a luta de classes não começava antes do meio-dia. O que, naquele dia, foi uma sorte. Se ele tivesse saído à rua para protestar, na certa acabaria na cadeia.

Foi um caro custo acordá-lo. Tonto de sono, não entendia direito o que eu lhe falava: golpe militar? Impossível. Golpe militar de que jeito, com toda a mobilização popular? Com os sargentos, os marinheiros rebelados? Com as Ligas Camponesas prontas para a ação? Com os índios apenas aguardando um chamado para saírem de suas aldeias e convergirem, qual bronzeada torrente humana, sobre as cidades? Impossível, eu estava inventando, aquilo era uma coisa saída da cabeça de lojista reacionário e medroso. Só se convenceu quando liguei o rádio. Ouvindo as notícias, caiu num choro convulso; o que vai ser do nosso sonho, soluçava, o nosso sonho morreu, desabou como um castelo de cartas, esses animais nos derrotaram. Consternado, eu não sabia o que fazer. Como consolá-lo? Não é nada, meu filho, esse golpe não vai durar, o papai arranja um regime socialista pra você? Minha mulher é que demonstrou um surpreendente espírito prático: tínhamos de tomar providências para que Zequi não fosse preso. Começamos empacotando todos os livros dele, as obras completas de Marx e de Lenin, os panfletos do partido. Eu queria queimá-los — até pensei no forno do hospital onde papai estivera, eu conhecia o administrador, ele me ajudaria —, mas Paulina foi contra: mesmo queimados, os livros poderiam deixar pistas. Você vai guardar isso na loja, disse-me ela, a loja é um lugar acima de qualquer suspeita (e de qualquer forma de negócio, poderia ter acrescentado. Não o fez. Não cabia, naquele momento). Levei os livros para a loja, escondi-os atrás de umas caixas velhas.

Decidimos que o Zequi deveria desaparecer por uns tempos. Iria para o sítio de uma amiga dela e lá ficaria escondido. Apático, os olhos vermelhos de tanto chorar, o rapaz não dizia nada. Preparamos a mala dele, acompanhei-o até a estação rodoviária. Quando o ônibus partiu, respirei aliviado.

E aí pensei no Noel. O Noel Nutels comunista, o Noel Nutels médico dos índios, o Noel colecionador de inscrições de banheiros, o Noel Nutels estava a perigo. Naquela época dirigia o Serviço de Proteção ao Índio; a indicação partira de Darcy Ribeiro, amigo do presidente João Goulart, apaixonado pelos índios como Noel, esquerdista como Noel — e muito visado. Nos dias que se seguiram, ouvi com ansiedade o noticiário, conferi as listas de presos que os jornais publicavam. O nome do Noel não aparecia. Depois li que tinha pedido demissão do Serviço de Proteção ao Índio e que estava respondendo a um inquérito policial militar, o que era alarmante. Os militares não acharam nada contra ele, porém, e acabaram por deixá-lo em paz.

De certo modo foi uma surpresa. Eu achava que o Noel era um alvo preferencial. Era também a opinião de Sarita, que, uns meses depois do golpe, apareceu na loja. Quase não a reconheci. Tinha emagrecido, estava com um aspecto horrível, e além disso se escondia atrás de descomunais óculos escuros. Naquele momento não sabia o que fazer. O pai queria mandá-la para a Europa, ela recusava: achava que tinha de ficar ao lado de seus camaradas. Perguntei pelo Noel. Ele teve sorte, suspirou, escapou por pouco da prisão, tinha um cara atrás dele. E aí falou sobre o homem que, segundo se comentava, tinha jurado acabar com o Noel Nutels: o major Azevedo.

Homem silencioso, enigmático, o major era expert em inteligência anticomunista, conhecido até nos Estados Unidos como um tenaz caçador de subversivos. Para descobri-los, usava qualquer método, desde a clássica espionagem até a adivinhação, o tarô, a astrologia. E fazia pesquisas, comparando estatisticamente a eficácia de vários métodos de persuasão, do choque elétrico à pressão psicológica. Os comunas são astutos, costumava dizer a seus subordinados, temos de ser mais astutos do que eles.

As primeiras semanas do golpe foram para o major um período de grande atividade. Até então tolhido em seus movimentos pelo governo populista do João Goulart, ele agora detinha suspeitos às dezenas: de imediato lotou uma ala inteira da prisão militar. Todos os dias visitava os prisioneiros; percorria o longo corredor como um general passando em revista as tropas. Nutria, por seus comunas, certo carinho; apinhados nas celas, davam testemunho de seu talento e de seu esforço. Nada de presos comuns ali, só gente importante, escritores, jornalistas, políticos, artistas. Fazia questão de que fossem bem tratados, principalmente aqueles que passavam por tortura. Não queria que a confissão resultasse da simples exaustão de um corpo massacrado, queria que brotasse espontaneamente, como resultado da rendição do torturado a um espírito superior. A tortura, para o major Azevedo, era apenas algo adicional, um plus a que recorria só em último caso, e sempre com alguma contrariedade; prejudicava esteticamente a investigação. O major considerava-se um artista; amava seu ofício. Quando, ao voltar para casa, a esposa perguntava, como tantas esposas pelo mundo afora, como foi seu dia, querido, respondia de forma vaga — evidentemente não podia entrar em detalhes —, mas o sorriso que lhe iluminava o rosto dizia tudo. O major era feliz.

Em janeiro de 1965 essa felicidade passou a ser toldada por uma sombra.

Tudo começou com as inscrições nos banheiros. Surgiram de repente e quase simultaneamente, em WCs públicos e privados, em cinemas e bares, em repartições e em escritórios. Sempre a mesma coisa: uma única frase, escrita em neutra letra de imprensa: "A mulher do major Azevedo tem cabelo no cu que dá medo". Só isto: "A mulher do major Azevedo tem cabelo no cu que dá medo". A história acabou chegando aos colaboradores do major, que, compreensivelmente, relutaram em reportá-la ao chefe. Depois de muita discussão, contudo, chegaram à conclusão de que pior seria o major tomar conhecimento daquela coisa através de terceiros. Prepararam um relatório com fotos e colocaram-no na mesa dele.

De início o major não deu muita importância ao dossiê, mesmo porque ele não era o único major Azevedo do país ou do Rio de Janeiro. Mas à medida que os dias passavam notou uma associação entre fatos aparentemente não correlacionados. O número de inscrições crescia paralelamente ao número de ações de protesto contra o movimento militar. Ora, sendo o major uma figura particularmente odiada pelos esquerdistas, não podia haver dúvida: as inscrições referiam-se a ele. Coisa de subversivo. Subversivo canalha, inteligente.

O pior é que esse misterioso subversivo tinha conseguido o que queria: abalara-o. Obcecado, não pensava em outra coisa: "A mulher do major Azevedo tem cabelo no cu que dá medo" — de onde teria se originado tal perfídia? O que se ocultava por trás dela? Inevitavelmente o major começou a mirar com suspeição a esposa, com quem estava casado havia pouco tempo. Era uma bela mulher, alta, morena. Alegre — na verdade, alegre demais para a esposa de um oficial do serviço secreto. Vestia-se de modo a chamar a atenção, saía muito. O major não queria que fosse como as matriarcas antigas, sempre em casa, sempre vestidas de preto — mesmo porque não tinham filhos —, mas será que ela não estava abusando? Será que não estava tendo um caso? Pior ainda, um caso com um tarado capaz de inspecionar o ânus da amante em busca de detalhes escabrosos, de inspiração para a frase obscena surgida nos banheiros da cidade?

Diante da situação, o major concluiu que só lhe restava investigar a vida da esposa. Perguntava, como quem não queria nada: o que é que você fez hoje, meu bem? O que é que você vai fazer amanhã? As respostas vinham de imediato: era uma agenda cheia, a dela. De tal a tal hora no dentista, de tal a tal hora na manicure, de tal a tal hora na fisioterapia... Mas haveria tanta necessidade de cuidar de uma dentadura perfeita? Existiria mesmo a manicure? Teriam as massagens caráter terapêutico ou seria outra a sua finalidade? Difícil responder: o major Azevedo constatava que era mais fácil interrogar comunistas do que descobrir a verdade acerca da própria mulher.

Havia, contudo, algo de que poderia partir. Algo muito penoso. Era o seguinte: teria, a mulher, cabelo no orifício anal em quantidade capaz de dar medo? Teria sido o sátiro movido não pelo desejo de desmoralizar, mas por genuíno espanto? A ser verdadeira a afirmação, e tendo a mulher uma atemorizadora quantidade de pelos no ânus, ele poderia confrontá-la com a verdade: escute, alguém anda dizendo por aí que você tem cabelo no cu que dá medo, como é que o cara sabe disso? Depois de um longo período de dolorosa hesitação, o major optou por essa linha. Assim, uma noite, os dois já na cama, comentou, em tom casual: impressionante, querida, a quantidade de gente que está com hemorroidas, lá no serviço já apareceram vários casos. Inquieta — era uma hipocondríaca assumida —, a esposa quis saber mais detalhes. Ele não se fez de rogado e deu longas explicações: é como se fosse uma epidemia, de repente, no ânus de pessoas que aparentemente não têm nenhum problema de saúde, brotam gigantescas hemorroidas, incomodam, sangram até, é um perigo. Será que eu não fui afetada, perguntou ela, aflita. O major ofereceu-se para olhar: não era médico, mas havia trabalhado como enfermeiro num hospital militar, alguma coisa de hemorroidas entendia. A pedido dele, a mulher deitou de bruços; ainda gracejou — espero que a posição não lhe dê ideias, Azevedo, você nunca foi dessas sacanagens, não vá começar agora —, mas estava evidentemente nervosa. Ele também. Com mãos trêmulas, afastou as generosas nádegas. O que viu quase o fez desmaiar.

A mulher tinha, sim, cabelo no cu, em quantidade de fazer medo, pelo menos aos mais timoratos. Mas, no caso do major, não se tratava de medo. Tratava-se, sim, de um misto de desgosto, de repulsa, mas também de fascínio. O que ele via ali era uma descomunal forração de viçosos pelos negros a guarnecer o orifício anal. Uma mata; como a mata amazônica onde o major estivera tantas vezes estudando meios para combater a guerrilha. Não seria de surpreender o achado, ali, de minúsculas jiboias, minúsculos jaguares, minúsculos bugios; minúsculos bugres, minúsculos pajés, minúsculos caciques; e até de minúsculas cidades perdidas que Fawcett algum acharia.

O major acabava de passar por uma dolorosa epifania. Dava-se conta de que, a rigor, não conhecia sua mulher, a rigor, jamais tinha explorado o território misterioso representado pelo corpo dela. Trepar, trepava, e com prazer — mas era só. O conhecimento verdadeiro vinha agora, sob a forma daquela visão dantesca. Tendo visto o que vira, o major já não seria o mesmo. Uma espécie de vertigem existencial apossava-se dele, tinha vontade de chorar, de derramar o pranto havia muito reprimido, de transformar o rego daquela bunda num vale de lágrimas.

Homem treinado para controlar as emoções, o major reagiu. Ainda tonto, pôs-se de pé. A mulher virou-se para ele, espantou-se com a palidez: o que houve, Azevedo? Tenho hemorroidas, Azevedo? Grandes, Azevedo? Não, disse o marido numa voz surda, você não tem hemorroidas, você não tem nada, a coisa é comigo. Pretextando dor de cabeça, saiu, foi se trancar no gabinete. Tentava pôr ordem na confusão que era sua mente, não conseguia. A reação da mulher indicava claramente que ela era inocente, que ninguém fizera antes aquela inspeção; ele fora o primeiro a constatar in loco a anomalia pilosa de que era portadora. Mas então — quem obtivera a informação? De que forma? E por que a divulgava?

A partir desse dia o major Azevedo mudou por completo. Andava como um sonâmbulo, mal cumprimentava os superiores, não falava com ninguém. O que deixou as chefias preocupadas; afinal, tratava-se de um elemento-chave, queriam-no na plenitude de sua energias. Era preciso motivá-lo para o trabalho, mas como? Talvez uma nova investigação despertasse o seu interesse. Encaminharam-lhe, pois, algumas fichas de subversivos para que as estudasse. Uma dessas fichas era a do Noel Nutels, que o major só conhecia superficialmente.

Começou a ler o material sem grande interesse. Verdade, havia detalhes comprometedores: o homem era russo, era comunista, era judeu, trabalhava em saúde pública. Nada excepcional, contudo, nada digno de nota. Mas uma lacônica anotação chamou-lhe a atenção: coleciona inscrições de banheiros.

Colecionava inscrições de banheiros, o Noel Nutels? O major franziu o cenho. Nunca ouvira falara em atividade semelhante. Colecionar inscrições de banheiros? E a troco de quê um judeu russo, comunista, médico de saúde pública, colecionaria inscrições de banheiro, versinhos tipo merda não é tinta, dedo não é pincel? Estranho, aquilo. Até como perversão, era estranho.

De repente, uma ideia ocorreu ao major — uma ideia que o fez estremecer. E se aquela história fosse um disfarce? E se, ao invés de anotar as inscrições, o Noel as escrevesse? Coisas como, a mulher do major Azevedo tem cabelo no cu que dá medo? Coisas capazes de desmoralizar não apenas a mulher do major Azevedo ou o major Azevedo, mas de desmoralizar as forças de repressão como um todo? Engenhoso esquema: o tal Noel entrava num banheiro, caderninho e lápis na mão, anunciando aos presentes no recinto solene, estou aqui, amigos, para anotar inscrições, é um estudo antropológico de repercussão internacional. Estudo antropológico, um cacete. Entrava no WC, fechava a porta e, deliciado, escrevia, em letra de imprensa: "A mulher do major Azevedo tem cabelo no cu que dá medo". Feito o quê, saía aparentando inocência.

A possibilidade enfureceu o major — e tirou-o da depressão em que mergulhara. Pela primeira vez em muitas semanas, mostrava-se disposto a investigar alguém. Ficha na mão, entrou no gabinete de seu superior, o coronel Lucas, bateu continência e foi direto ao assunto: peço permissão, coronel, para investigar este suspeito. O coronel, um homem de idade, bonachão, alegrou-se com a súbita recuperação de Azevedo — mas, ao ver a ficha, sua expressão mudou. Durante uns minutos não disse nada; ficou ali, refletindo, enquanto o major, ansioso e sem entender o silêncio do superior, aguardava. Por fim levantou-se, aproximou-se do major e, colocando-lhe a mão no ombro, disse: não, Azevedo, você não vai investigar o Noel, o Noel não se investiga. E explicou: talvez você não saiba, mas eu que andei pelo Xingu conheço o Noel, é um verdadeiro patrimônio deste país, o que ele faz pelos índios só o Rondon faria igual.

O major não podia acreditar no que estava ouvindo. Então estava acima de qualquer suspeita, o tal Noel? Russo, comunista, judeu — mais, possível autor de inscrições imorais e subversivas —, não podia ser investigado? Só porque trabalhava com índios? Aquilo era o fim, era a derrota moral da luta contra a subversão. Isso foi o que teve vontade de dizer ao coronel. Mas era um militar, antes de tudo, e militar disciplinado. Dominou-se e, sem dizer nada, saiu.

No dia seguinte, pediu transferência; queria ir para qualquer lugar, queria fazer qualquer coisa — desde que ficasse longe dos corruptos, dos subversivos, dos tarados — e de seus protetores. Há um posto no Xingu, informou um colega, mas você não há de querer, aquilo é lugar de índio, até banheiro falta naquelas bandas, o normal é cagar no mato e limpar-se com folhas.

Mas o major queria, sim, ir para o Xingu. Por uma razão simples: lá trabalhava um doutor chamado Noel Nutels, um doutor que ele queria vigiar de perto. E seria fácil vigiá-lo num lugar de poucos banheiros. Um dia, vencido pela tentação do deboche, da canalhice, o Noel acabaria por escrever a maldita frase, e, quando o fizesse, o major estaria lá para pegá-lo. Noel descobriria o que é o medo, o que é o terror. E não precisaria ver cabelos em cu para isso.

Noel estava aparentemente livre de perigo, o Zequi não. Quando saía à noite — e saía todas as noites —, não dormíamos. Eu ficava quieto na cama, mas Paulina andava de um lado para outro, torcendo as mãos e gemendo, eu quero o meu filho, eu quero o meu filho. Acusava-me constantemente, você é um pai omisso, você não faz nada, o Zequi corre perigo e você fica na loja lendo seus livrinhos.

Ah, doutor, foram tempos difíceis, aqueles, tempos sombrios. Apático, eu me arrastava de casa para a loja, da loja para casa. Não encontrava prazer na vida, doutor. Nenhum prazer. Pois foi justamente naquela época que eu vivi a minha grande aventura.

Uma tarde entrou na loja uma mulher bem-vestida, com uma pasta dessas de executivo. Apresentou-se: meu nome é Iracema, sou representante de uma fábrica de tecidos, gostaria que o senhor desse uma olhada nas minhas amostras.

Olhei-a. Era bonita, a Iracema. Beleza um tanto vulgar — loira oxigenada, maquiagem excessiva —, e já meio passada, mas ainda bonita, corpo bem-feito, decote tentador. E sorria. Sorriso cordial ou sorriso aliciante? Marketing — ou convite ao prazer? Estremeci, tive o pressentimento de que algo iria acontecer. E, ao contrário do que costumava fazer com outros representantes comerciais (obrigado, não estou interessado, o movimento da loja anda fraco), convidei-a a sentar. E ali ficamos, conversando sobre várias coisas. Doutor, eu nunca fiz sucesso com mulheres — como o senhor pode imaginar, para don Juan eu não sirvo, baixinho, nariz grande, meio careca —, mas com Iracema a coisa revelou-se fácil, encantadoramente fácil: quando vi, minha mão estava sobre o joelho dela, e do joelho foi para a coxa, uma coxa macia, com uma pele lisa, acetinada. Ela sorriu: pelo visto, você não quer só a mercadoria, quer a vendedora também. Eu quero tudo, disse, a voz estrangulada de tesão. Vai me fazer um bom pedido?, indagou ela. Eu disse que sim, agarrei-a, levei-a para dentro, para a minúscula saleta do escritório, onde existia um velho e rasgado sofá. Acho melhor você fechar a porta da loja, sussurrou ela. E foi o que eu fiz. Num dia de semana, um dia útil, de movimento, eu fechei a porta da loja, uma coisa com que o velho Isaac jamais sonharia. Mais: não só fechei a porta como coloquei o cartaz de “Fechado para balanço”. Que sátiro dentro de mim teve aquela ideia? Não sei. Só sei que eu estava com uma tesão de garanhão de cossaco, a tesão que antecipava a grande foda da minha vida.

E foi a grande foda da minha vida. As caixas de botões jamais presenciariam uma trepada assim, nem os novelos de lã, nem a fita métrica (a fita métrica, não? Bem, a fita métrica talvez. Tinha algo de safadeza, aquela fita métrica. Com fitas métricas nunca se sabe). Que trepada, curupira, que trepada! Onças e jiboias, que trepada! Bugios, que trepada, bugios! Eu a cavalgava como uma cossaco enlouquecido, e, se os caminhos que percorria não eram de coragem e valor, eram, pelo menos, de muito prazer, e depois trocávamos, ela por cima, eu por baixo, uma posição que a Bíblia condenaria severamente. Essa era a versão arrebatada da foda. Havia outra, mais tranquila — sobre as molas do sofá balançávamos suavemente, não como o *Madeira* nas agitadas águas do Atlântico Norte, mas sim como uma jangada nas mansas águas do mar do Nordeste. Fechado para balanço eu estava, mas que balanço, doutor, que balanço, o balanço da paixão, o trampolim do qual eu mergulhava nas águas tépidas do prazer. Por que nunca trepei assim?, eu me perguntava. Questão penosa, mas de resposta não muito difícil. Como diria o profeta Daniel, na balança do desejo faltara-me peso; e me faltara porque eu estava seco, estava vazio. Agora, porém, enchia-me o peito um júbilo como eu jamais experimentara. Onde é que estava esse macho, eu me perguntava, esse poderoso macho, esse lascivo macho, esse tremendo fodedor que se escondia dentro do judeuzinho narigudo, como a esplêndida borboleta no casulo? Mas o macho não queria especulações, o macho queria prazer, e ela também, mal eu me acabava e já queria de novo, e eu me acabava de novo, gritando de prazer, pouco me importava o que os vizinhos estariam pensando, esse aí grita quando faz balanço, deve ter descoberto que os lucros eram muito maiores do que imaginava — mas que lucros, vizinhos abelhudos, que lucros? Lucro ali só o do prazer, mas que lucro, vizinhos metidos, que lucro, lucro imenso, lucro imune a imposto de renda.

O que via em mim, a fogosa Iracema? Não sei. É certo que fiz, como havia prometido, um generoso pedido de tecidos, um pedido que provavelmente tornaria ainda mais precária a situação da loja; mas não se tratava só de vendas; ela voltou na semana seguinte, e na outra, e na outra, e aí não se tratava só de transação comercial, tratava-se de sexo puro e simples. Eu estava completamente transtornado. Nada mais me interessava, doutor, nada. E nem me importava correr riscos. Uma tarde, nós em meio a uma trepada, bateu à porta — fechada — da loja uma daquelas freguesas, chatas mas fiéis, que me garantiam a parca renda. Fiquei possesso: *ne dali konchit*, não me deixaria terminar, a velha? Hoje não posso atender, dona Raquel, gritei lá de dentro, estou de balanço. Mas já é a terceira vez que eu venho, protestou ela, o senhor está sempre de balanço e preciso daqueles botões de madrepérola que o senhor me vendeu, não encontro botão igual em lugar nenhum, por favor me atenda, tenho de terminar um vestido de casamento, a freguesa está esperando. Eu ia mandar a velha à merda, mas a Iracema intercedeu: vai lá, disse, rindo, primeiro a obrigação, depois o prazer. Levantei-me, e sem sequer me vestir, peguei a caixa de botões, entreabri a porta e entreguei à mulher: leve, dona Raquel, pode levar, não precisa me pagar nada, é oferta do mês de balanço.

Ah, se Noel pudesse me ver! Ali estava eu, explorando, como o Noel, regiões distantes — mas eram as regiões do prazer que eu explorava. Ele descobrira os índios, eu descobria Iracema. Olha para mim, Noel, olha para o teu amigo, aquele judeuzinho assustado que tinha medo de saltar do cesto do *Madeira*, aquele judeuzinho não existe mais, Noel, ele agora é o rei da paixão, Noel, como o Salomão, o rei que tinha mil mulheres no seu harém.

Agora: não só sexo. O sexo era o melhor, claro, mas também era bom ficar conversando com a Iracema. Eu falava sobre a Rússia, e sobre a nossa viagem ao Brasil, e sobre Noel, aquele famoso médico dos índios, e sobre a nossa amizade, e as cartas que trocávamos — em matéria de cartas eu já mentia com toda desenvoltura. Aliás, falando em carta, lá pelas tantas aconteceu uma coisa estranha. A última carta do Noel, escrita antes que Sarita, de forma totalitária, assumisse a correspondência, desapareceu. Durante meses ficara em cima de minha mesa, no escritório. De súbito, sumiu. O que não chegou a me incomodar: naquele momento, Noel nada tinha a dizer, a visão de um mundo melhor tinha sido adiada sine die, eu deveria até ter jogado fora a carta, só não o fizera porque era desorganizado mesmo. O fato, aparentemente insignificante, teria consequências imprevistas.

Assustado pela advertência de Noel — o homem tinha prestígio no governo e entre os militares —, João Mortalha resolveu que o melhor era não comprar briga. Fez a mala e se foi — não sem antes levar uns bofetões dos jagunços, furiosos com o que consideraram uma traição; só não bateram mais porque João Mortalha ainda estava com as pústulas da varíola e tinham medo de pegar a doença.

Mortalha deixou a região dos índios jurando que não queria mais nada com os bugres — e radicou-se em Aragarças, a cidade mais próxima. Abriu um bar — não era dos piores, tinha até uma cantora — e acabou prosperando. Poderia ter se acomodado; amigos não lhe faltavam e a cantora, ainda que pouco afinada, era fogosa na cama; mas a história das terras lhe ficara atravessada. Por Noel, nutria um ódio especial. De alguma forma associava a varíola ao médico: vacinou os índios, sobrou para mim ficar doente. O rosto magro, chupado, agora estava todo marcado pela doença: pequenas crateras, e no fundo de cada uma delas o olhinho do ressentimento espiando. Mas nada perdia por esperar, o Noel Nutels. Na primeira oportunidade, Mortalha acertaria as contas com o russo. Com o movimento militar de 1964 o cara estava na alça de mira. Em algum momento faria uma bobagem. Em algum momento mijaria fora do penico. E aí João Mortalha daria o golpe. Mas a vingança podia esperar. Agora o interesse de João Mortalha voltava-se para outra direção: grandes oportunidades, grandes negócios surgiriam em breve, disso ele estava certo. Estava na hora de aproveitar, de ganhar dinheiro.

Em meados de 1965 fez amizade com um americano chamado Chisholm, um homenzarrão ruivo, simpático, que todas as tardes aparecia no bar para um uísque. Aventureiro, Chisholm tinha vindo ao Brasil atrás de Fawcett e das riquezas da Cidade Perdida; não encontrara o explorador e nem a Cidade Perdida, mas, apaixonado pela região, resolvera ali permanecer. Vigarista esperto, sabia como fazer bons contatos: um golpe aqui, uma picaretagem ali, ia vivendo.

Homem de grandes ideias, de planos grandiosos, Chisholm encontrou no dono do bar um ouvinte atento — uma alma irmã, para dizer a verdade. Você está enganado com esse negócio de terras, dizia o americano no seu português de sotaque pitoresco, não é grilagem que vai dar dinheiro no Brasil.

E o que dará dinheiro, queria saber o Mortalha. Sobre isso, Chisholm tinha ideias bem definidas. Tecnologia era a palavra-chave: produtos eletrônicos, televisores, calculadoras, aí estava o futuro. O exemplo do Japão provava-o: um país derrotado pelos Estados Unidos emergia como uma grande potência. Por quê? Petróleo? Minério atômico? Produtos agrícolas? Não. Tecnologia. Num futuro muito próximo empreendimentos tecnológicos dominariam a economia. Chisholm estava se preparando para essa nova e excitante conjuntura. Já tinha um projeto pronto a ser implementado. Consistia na compra de fábricas completas nos Estados Unidos — um irmão dele, empresário em Denver, estava cuidando disso — e de sua montagem no Brasil, mais especificamente na região do Xingu. A maquinaria toda viria em grandes barcaças: do golfo do México, chegariam ao Amazonas, desceriam o trecho navegável do Xingu e seriam levadas depois até o local definitivo da instalação. Por que no Xingu, região tão distante do eixo Rio-São Paulo? Bem, para isso Chisholm apresentava duas razões. Em primeiro lugar, a América Latina se tornaria uma coisa só, e o Xingu estava mais próximo do centro geográfico do continente. A segunda razão, contudo, era mais importante: mão-de-obra. O exemplo japonês, e de outros países asiáticos, mostrava que o êxito de empreendimentos desse tipo dependia de mão-de-obra abundante e barata. Chisholm pretendia botar os índios a trabalhar nas fábricas.

Índios trabalhando em fábricas? João Mortalha mostrava-se incrédulo: para ele, bugre não era do batente, os portugueses sabiam disso havia séculos. Chisholm discordava, citando exemplos da própria história do Brasil: os jesuítas das Missões, por exemplo, tinham conseguido introduzir os indígenas no trabalho. Verdade que se tratava de agricultura rudimentar, artesanato — baixa produtividade, escassa competitividade —, mas afinal os padres não eram empresários, estavam interessados na salvação das almas, não em lucros. Agora: utilizar o trabalho dos índios na empresa exigiria estratégia. Porque, continuava, há muita coisa que não sabem ou não querem fazer. Índio abrir estrada? Claro que não. Índio trabalhar na construção civil? Claro que não. Não está no sangue dos índios trabalhar nessas coisas; aliás, muitos achavam, como Mortalha, que não estava no sangue dos índios trabalhar, que eles só queriam andar pelo mato nus e pintados, caçando e pescando, ou então dançando aquelas danças deles. Mas isso, argumentava Chisholm, é uma ideia antiga, ultrapassada: o que os índios têm de fazer é o que os japoneses fazem, o que os coreanos fazem, montar aparelhos eletrônicos, instrumentos de precisão. Era a oculta vocação deles, uma vocação embutida em seus genes, uma vocação que estava literalmente na cara: aquela gente de olhinho puxado, japonês, coreano, índio, era tudo a mesma coisa, aliás, quem são os índios senão asiáticos que vieram para a América? Não era possível que, tendo atravessado o estreito de Bering, houvessem perdido uma vocação natural. A essa conclusão, Chisholm chegara quase por acaso, olhando os membros de uma tribo entregues à tarefa de confeccionar artefatos de penas. Ali estavam todos, homens, mulheres, crianças, lado a lado, entregues à tarefa com uma concentração assombrosa. Era só substituir penas por transístores e a coisa estaria feita: questão de atualização, de colocar os índios em dia com os progressos da técnica. Se os japoneses tinham progredido, por que os índios não poderiam fazê-lo? Obviamente seria preciso motivá-los (com incentivos do tipo índio que montar mil rádios ganha um espelhinho), educá-los; o projeto previa engenhosas atividades de treinamento: por exemplo, o ritmo de montagem das peças seria marcado por aquelas monótonas mas cadenciadas canções indígenas, repetidas sem cessar pelos alto-falantes das fábricas.

Dessas, duas eram de aparelhos eletrônicos — rádios, gravadores, calculadoras; a terceira, de artigos ópticos. O que ele julgava muito significativo: você já imaginou os índios fabricando lunetas? Você se deu conta do significado simbólico disso, meu amigo? Durante quase quinhentos anos — desde que Cabral descobriu o Brasil — os brancos os olharam pelas lunetas; agora, eles chegarão aos brancos e dirão tomem, amigos, lunetas, para que vocês enxerguem longe, para que vocês percebam os erros que cometeram — não é uma glória? O Fawcett estava errado, concluía. A riqueza aqui nesta região não está em nenhuma Cidade Perdida. Está nos índios.

João Mortalha gostaria de se associar ao projeto. Aquilo, sim, era coisa fina; ele se relacionaria com empresários estrangeiros, não com jagunços. Não lhe seria difícil conseguir algum apoio do governo; e, quanto aos índios, conhecia um pajé que, bem conversado, poderia convencer a bugrada a trabalhar nas fábricas. Noel Nutels acabara com a clientela do homem, o pajé certamente faria qualquer coisa para se vingar.

Noel Nutels. Aí estava o grande problema. Tão logo ouvisse falar do projeto, trataria de sabotá-lo. Em primeiro lugar, porque era comunista, antiamericano. Mas também porque, para ele, índio tinha que continuar vivendo como sempre, naquelas aldeias sujas. Enquanto Noel andasse pelo Xingu, Chisholm e João Mortalha não teriam chance alguma. Era preciso tirá-lo do caminho — mas como? Nos seus ainda recentes tempos de grileiro Mortalha não vacilaria em encomendar o serviço a um jagunço. Agora, porém, estava em vias de tornar-se empresário internacional; não podia recorrer a meios tão primitivos para afastar um virtual inimigo. Além disso, a sua reputação com os jagunços locais estava em baixa. Bem provável que, ao invés de cumprir a tarefa, avisassem o Noel.

Não. A solução era outra. A solução era denunciar Noel Nutels como subversivo. Verdade, Noel tinha amigos entre os militares, mas se fosse possível provar a associação dele com os esquerdistas a coisa estava feita. Agora: onde arranjar tais provas? Aí o destino, doutor, a Mão Negra do destino, ajudou. João Mortalha conversou ao telefone com a irmã, Iracema, que andava muito no eixo Rio-São Paulo. Contou sobre o projeto, disse que poderia dar muita grana desde que aquele judeu comuna, o Noel Nutels, não atrapalhasse, aquele cara é um pé no saco, uma pulga na minha camisola. Noel Nutels, disse Iracema, ouvi falar. Depois de vacilar um instante, acrescentou: e acho que posso ajudar. Dias depois, João Mortalha recebia uma carta de Noel, dirigida à célula comunista Zumbi dos Palmares, de São Paulo. Leu-a encantado: o conteúdo era suficiente para encerrá-lo nas grades pelo resto da vida.

Não hesitou. De posse da carta, foi procurar um militar de Aragarças, o major Azevedo, chegado havia uns meses do Rio de Janeiro. Não o escolheu por acaso: na região dizia-se que o major estava de olho em Noel Nutels desde o início do golpe e que só precisava de um pretexto para prendê-lo. A carta era mais que um pretexto. Era uma sentença pronta e acabada.

Dos detalhes da conversa não sei, doutor, mas o certo é que o major não apenas não atendeu o pedido do João Mortalha como ainda rasgou a carta, jogando os pedacinhos pela janela — e botou-o para fora da sala. Como é que eu sei disso? Porque, mordida pelo remorso, a Iracema me contou a história toda. Uma tarde, eu no banheiro (a próstata começava a incomodar — e funcionou no caso como instrumento do destino, até a próstata se presta para isso), o olho dela bateu na carta do Noel, esquecida em cima da mesa: as coisas em meu escritório estavam sempre assim, espalhadas. Curiosa, leu. Não deu muita bola, mas quando o irmão telefonou falando dos problemas com o Noel a ideia lhe ocorreu, a ideia de roubar a carta da loja e enviá-la a João Mortalha. Afinal, era seu único irmão; órfãos, ele cuidara dela com excepcional carinho. Acusavam-no de mau caráter, mas seguramente não merecia as desgraças pelas quais tinha passado, a tuberculose, a varíola. Agora: quem poderia imaginar que o major, um conhecido caçador de subversivos, reagiria como reagiu? Mistério, o que tinha acontecido com aquele homem. Será que o Xingu o mudara tanto? Será que a plácida paisagem mobilizara nele ternos sentimentos? Será que, vivendo na região, se convencera da importância do trabalho de Noel? Será que o puxão de orelhas de seu superior, o coronel Lucas, fora eficaz? O certo é que, sem o apoio do major Azevedo, João Antonio Silva, o João Mortalha, estava fodido e mal pago. Chisholm impacientou-se, disse que arranjaria outro sócio; não arranjou, o Projeto Xingu nunca decolou, mas ele acabou abrindo uma lanchonete na Zona Franca de Manaus.

Eu traí a tua confiança, disse-me Iracema em lágrimas, e o pior é que nem posso te devolver a tal carta, aquele major rasgou, uma coisa que nem era dele, desrespeito assim nunca vi, só lá naquele fim de mundo mesmo. Eu disse que não tinha importância, que a perdoava, como certamente também a perdoava o signatário da missiva, agora disseminada, verdade que sob forma fragmentária, pela região do Xingu; afinal, somos todos humanos, podemos cair em tentação. Ela, porém, decidiu que não tinha mais condições de me ver, que estava na hora de terminar o nosso caso. Certa dignidade nesse gesto, mas a verdade é que meus pedidos também estavam diminuindo de valor — a conta bancária estava quase a zero. Não importa, o certo é que o amor acaba, não acaba, doutor? É como o estoque de uma loja: se a gente não repõe, ele se vai. E as prateleiras da loja A Majestade estavam quase vazias.

Agora: não vou dizer que aquela história toda não me abalou. Abalou, sim. Afinal, terminara o grande romance de minha vida; eu já não galopava pelos caminhos da paixão. Destino, doutor. Mão Negra. Ne dali konchit, o que eu podia fazer? Os dias que se seguiram trouxeram, contudo, boas notícias. Zequi ganhara uma bolsa de estudos para a França. A princípio hesitou em aceitá-la, deixar o país parecia-lhe uma traição, afinal o momento era de resistir à ditadura; mas os companheiros acharam que deveria ir, já tinha feito a sua parte, agora corria um risco muito grande. Que desaparecesse por uns tempos — quando voltasse, com doutorado, seria uma figura intelectualmente importante, capaz de combater de forma mais eficiente a repressão. Zequi acabou concordando. Terminou o curso de sociologia e viajou. Na noite anterior à sua partida fomos todos jantar num restaurante do bairro.

Foi bonita a festa, doutor. Nós ali todos juntos, eu me sentia um patriarca bíblico, um digno substituto do meu pobre pai (verdade que ele nunca tinha fechado para balanço, nunca tinha galopado por certos caminhos do prazer. Ou tinha. Quem sabe dos segredos dos pais? Jeová sabe. E mais ninguém). Que longa trajetória, aquela, da Rússia até o Bom Retiro. Não era exatamente uma jornada triunfal; eu não podia me considerar um vencedor. Tínhamos vindo a pé ao restaurante — carro foi coisa que nunca consegui comprar — e também me preocupava a despesa com o jantar, não podia estourar o mirrado orçamento. Tirando esses detalhes, contudo, o momento era de felicidade completa. Olhava minha mãe, tão velhinha, e Paulina, minha esposa apesar de tudo, de todos os desentendimentos; olhava minha irmã Ana, serena e sábia, olhava por fim meu filho Zequi, cujas fraldas tantas vezes eu trocara e que agora estava ali, homem feito, formado em sociologia, pronto para partir para a França — e pensava, não me saí de todo mal.

Fomos para casa, as mulheres à frente, eu e o Zequi um pouco atrás. Falávamos sobre algo de que já não lembro quando de repente ele colocou a mão em meu ombro e segredou-me ao ouvido: era tudo mentira sua, papai.

Não precisei perguntar: falava, claro, das cartas do Noel. Como é que você descobriu?, perguntei. Ele riu: adivinhe.

A máquina de escrever. Não era preciso ser detetive para descobrir que nela tinham sido datilografadas as cartas do Noel. Você escreve muito bem, papai, disse o Zequi, para quem veio da Rússia sem saber português, você tem um texto ótimo, o Noel sem dúvida assinaria embaixo. Parei, ele parou também, olhamos-nos. Não, não estava sendo agressivo nem irônico; não estava dizendo, que pai de merda eu tenho, tentou me enganar com uma história idiota. Não; já tinha me perdoado. Mais que isso: agora me compreendia. O homem quis conquistar o filho, o seu único filho, e para isso mentiu um pouco — qual é o problema, a ficção ajuda a viver. Tinha crescido, o Zequi, tinha se tornado adulto. Naquele momento senti-me pequeno diante dele, não só porque ele era muito mais alto do que eu, mas também porque de certa forma tornava-se meu pai. O menino não é o pai do homem, doutor? Pois é. Puxou-me para si, abraçou-me, lágrimas nos olhos: quero que você me escreva, papai, não precisa imitar o Noel, quero que você escreva para mim como meu pai. À mão ou à máquina, tanto faz, me escreva.

No dia seguinte partiu. Conforme prometido, comecei a lhe escrever. E escrevo até hoje, doutor — ou melhor, escrevia, não sei se depois desta terei forças para isso, o senhor é que me dirá —, porque ele não voltou mais: terminado o doutorado, foi contratado como professor — sabe onde, doutor?, em Limoges, veja só, o seu Cesário ficaria feliz, ou talvez não, talvez sentisse inveja, porque, afinal, de Limoges tudo o que conhecia era um penico, jamais sonharia em ir para lá, quanto mais em lecionar naquela cidade de tão gloriosa tradição. Em Limoges o Zequi casou com uma francesa; tem dois filhos lindos, o Michel e o Léon. Eu acho que a foto deles está aí, junto com a pasta... É, essa mesma. Não são bonitos, os garotos? O Michel está com dez anos, o Léon com oito. Uma vez eles vieram ao Brasil visitar o avô. E aí me dei conta de que não podia conversar com eles, só falam francês. O Zequi me sugeriu que eu escrevesse a eles contando minha vida, ele, Zequi, traduziria. Nunca fiz isso. Talvez o senhor faça por mim, não é, doutor? Talvez o senhor coloque no papel essas coisas que estou lhe contando. Querido Zequi. Se eu avisasse que estou doente, no hospital, pegaria o primeiro avião. Mas não quero incomodar, doutor. Só chamarei o pessoal da minha família quando estiver na merda, como o Noel estava quando os generais o visitaram. Nisso, aliás, sigo o exemplo dele. O Noel era corajoso, até fazia brincadeira com a doença. Um dia ele mostrou a um amigo a sonda urinária que saía pela perna da calça do pijama e disse, isso é o pior no câncer de bexiga, a gente tem de fazer xixi pela perna. Não é boa, doutor? A gente tem de fazer xixi pela perna — não é boa, doutor?

Pensando bem, talvez não seja tão boa. Pensando bem, talvez o Noel, o bondoso Noel, estivesse só querendo poupar ao amigo o sofrimento de vê-lo alquebrado, destruído: olha só, amigo, morrer não é tão ruim, posso até fazer piada com a morte. Agora — será que o Noel às vezes não fraquejava? Talvez. Talvez pensasse em pedir socorro ao pajé, quem sabe o feiticeiro dispusesse de um chá milagroso. Talvez acordasse à noite gritando, Me salva, mamãe, me salva, estou morrendo, me salva — pedido aliás inútil, porque as mães não nos salvam, as mães também morrem, não é, doutor? Morrem moças, morrem velhas, morrem de câncer, morrem do coração, morrem, morrem, morrem. As mães judias, as mães índias, as mães brasileiras, as mães russas. Morrem. Minha mãe morreu num asilo de idosos, onde nós a tínhamos colocado logo depois que o Zequi viajou. Era muito apegada ao neto, sofreu demais com a partida dele. E aí começou a ter uma conduta estranha. Um dia confidenciou-me que a grande paixão de sua vida havia sido não o meu pai, mas Isaac Babel. Isaac Babel, doutor, que tinha visto só algumas horas: perturbava-me ouvir aquilo, perturbava-me constatar que meu pai tinha sido potencialmente traído, mas o pior eram os detalhes, o pior era ela dizendo, arrebatada, tudo o que eu queria era cair nos braços dele. Naqueles bracinhos curtos? Comecei a achar que estava caducando. Estava mesmo: uma noite, verdade que quente, de verão, saiu para a rua sem roupa. Não dava mais, não é, doutor? Mãe judia, pelada — mesmo no Bom Retiro, mesmo em noite quente —, não dava. Até Ana, que era muito ligada à velhinha, concordou: tínhamos de colocá-la num asilo. Lá ela viveu uns dois ou três anos, completamente demenciada. Passava o dia gritando, Cuidado com os cossacos, cuidado com os cossacos. E aí morreu. Segundo a Ana, morreu para escapar a seu pogrom interior. Será, doutor? Será que mamãe morreu tentando fugir de cossacos imaginários? Quem sabe ansiava ir ao encontro do Babel, dos braços curtos do Babel? Quem sabe morreu porque tinha de morrer? O senhor não tem resposta para essa pergunta, tem, doutor? Nem para essa, nem para outras. Compreendo. Um médico não pode saber tudo sobre a vida; nem sobre a morte. De qualquer modo, era boa, a explicação da Ana.

Que profissionalmente estava se saindo muito bem. Tinha se tornado psicanalista; não me pergunte de qual corrente, isso não sei, mas não devia ser das piores porque o consultório dela estava cheio de pacientes, e não era pouco o que cobrava. Comprou um apartamento de luxo, oitocentos metros quadrados, com piscina, jacuzzi, som ambiental, tudo. Vivia com um ex-paciente, um rapaz de vinte e poucos anos, gói ainda por cima — ainda bem que minha mãe não chegou a saber disso.

O êxito de minha irmã me alegrava, claro, mas, devo confessar, doutor, me dava também certa inveja. Como eu, Ana era quieta, gostava de ler; diferente de mim, fazia render seu silêncio e seu conhecimento, transformava aquilo em ajuda para seus pacientes (e em grana também, mas todo mundo tem direito ao ganho honesto). As leituras para mim se haviam tornado completamente inúteis; sugadas por meu faminto, não raro perplexo e às vezes cansado olhar, as palavras impressas passavam pelo cérebro mas, ao invés de ali se depositarem sob a forma de um precioso acervo de cultura, de um tesouro como o que Fawcett procurava, viravam poeira, poeira tão inútil como aquela que cobria as prateleiras da loja, mas que, diferente dessa, era levada pelo impiedoso vento do olvido para alguma região distante — o Xingu, quem sabe, ou quem sabe o estreito de Bering, ou a Patagônia. Pior que um buraco negro, era a minha memória; ali, tudo sumia. Eu já não lembrava a fórmula da relatividade, nem a lei dos rendimentos decrescentes, nem o mito da caverna, nem a lenda dos centauros, nem a letra da Internacional: se esperassem por mim, os famélicos da terra nunca se poriam de pé, eu os esquecera por completo. Já não tinha prazer em ler. Ir à loja e ver os livros empilhados atrás do balcão era para mim um desgosto; acusavam-me, aqueles livros: você nos abandonou, você é um ingrato, um egoísta. Nos meus pesadelos as pilhas de livros desabavam sobre mim e — o descomunal peso do conhecimento — esmagavam-me lentamente. Eu acordava sobressaltado, com dor no peito. Tinha sombrios pressentimentos. Que não tardaram a se tornar realidade, e da forma mais surpreendente.

Uma noite estávamos jantando, Paulina e eu, naquela sala de jantar que agora se tornara grande e vazia, quando ela anunciou, num tom quase casual: vou para Israel.

Nada de inusitado: tinha família lá, irmã e irmão morando num kibutz. Não os via fazia muito tempo, e seria de esperar que quisesse encontrá-los, era muito apegada aos irmãos. O único problema era o da passagem, mas nisso, com financiamento, eu daria um jeito. E também poderia visitar o Zequi, que sentia muitas saudades da mãe. De modo que eu disse, ótimo, Paulina, dou força, pena que não posso ir junto, mas você nos representa.

Perguntei quando queria viajar. Na semana que vem, respondeu, e aquilo sim, era estranho: decisões rápidas não eram o forte da Paulina, sobretudo uma decisão sobre viagem ao exterior. Mas as pessoas mudam, não mudam, doutor? A velhice ensina que as decisões não devem ser adiadas por muito tempo, e a Paulina tinha uma aguda, e dolorosa, consciência da idade. Não recorria a cosméticos nem a plásticas (para o que não teríamos grana, de qualquer modo), mas sabia que a juventude estava ficando para trás. Compreensível.

E quando é que você volta?, perguntei.

Não respondeu. Baixou a cabeça e começou a chorar. Durante uns minutos ficamos ali, imóveis, o silêncio rompido apenas pelos soluços dela e pelo tique-taque do velho relógio de pêndulo que minha mãe, por alguma razão, fizera questão de trazer da Rússia. Finalmente pegou o guardanapo, assoou ruidosamente o nariz, mirou-me, os olhos ainda vermelhos, e disse, Não sei quando volto. Nem sei se volto.

A primeira coisa que me ocorreu foi que ela havia descoberto o meu caso com a Iracema (lojas com o letreiro de "Fechado para balanço" não são inteiramente indevassáveis) e queria se vingar. Mas não, não se tratava disso. Decidi mudar de vida, disse, e começou a falar, a princípio hesitante e logo entusiasmada, de seus planos. Sempre pensara em viver em Israel, no kibutz; nunca me falara a respeito porque sabia que tal ideia eu não encamparia. E havia o Zequi para criar, e a sogra a exigir cuidados... Agora, porém, a situação mudara por completo; já não se sentia obrigada a nada. Além disso, o kibutz passava por um período difícil, muita gente indo para a cidade ou deixando Israel, e queria estar lá, ao lado dos irmãos. Há lugar para mim no kibutz, ela disse com fervor, há lugar nem que seja na cozinha, fazendo a comida e lavando pratos. Fazer comida lá, lavar pratos lá, dá sentido à minha vida; aqui, não.

Olhava-me, esperando que eu dissesse algo, mas eu não sabia o que dizer, doutor. Aquilo tudo me parecia absurdo. Mais: parecia-me loucura. Passado o impacto inicial, tentei argumentar: você não está mais em idade para essas coisas, eu disse — e ela imediatamente respondeu, o que importa não é a idade, o que importa é o ideal. Você vai passar necessidade, continuei (ela: passei muita necessidade na minha vida, estou acostumada), você vai se sentir estranha lá (não, estranha não, estarei no meio de minha gente). E os terroristas, perguntei, já desesperado, você quer se meter num lugar que está cheio de terroristas? Não, não temia o terrorismo. Se é para morrer, replicou, tanto faz morrer pela bala de um assaltante como pela de um terrorista. Lembrei-me, doutor, do Isaac Babel nos doutrinando: a mesma necessidade de acreditar em alguma coisa. Só que na Paulina aquilo era totalmente inesperado. Era aquela a mesma mulher que reclamava mais conforto, mais grana? Na verdade, doutor, eu pouco conhecia a minha mulher. E agora era tarde: ela se aprestava a cavalgar por caminhos de coragem e valor.

Esgotados todos os argumentos, fiz a última, e desesperada, objeção: e eu, Pau? (Pau. Ela achava o apelido carinhoso, mas eu só o usava em ocasiões especiais, quando tinha de lhe pedir alguma coisa muito difícil.) Você vai me deixar aqui, Pau? Ela pôs-se a chorar de novo. Por fim, enxugando as lágrimas, disse que tínhamos de ser honestos: nosso casamento tinha acabado havia muito tempo, melhor era cada um seguir o seu caminho.

Aquilo foi um choque novo e demolidor. Ouvira bem, eu? Falara ela em separação? Por quê, separação? Como, separação? Não me entrava na cabeça tal ideia. Ninguém se separava, na Rússia; os casais viviam mal, brigavam — mas continuavam juntos. Por causa da pobreza, talvez, ou por vergonha, sei lá, o certo é que as famílias nunca se desfaziam. Agora, a Paulina, a minha Paulina, a Pau, anunciava que estava indo embora, que queria viver sem mim. Supliquei, chorei — foi inútil. Ela estava decidida. Na semana seguinte levei-a ao aeroporto e lá nos beijamos pela última vez. Com carinho, devo dizer. Com nostálgico carinho. Estou com medo, ela disse, nunca viajei de avião. Não deve ser mais perigoso que aqueles navios que nos traziam da Rússia, ponderei. Ela riu, entrou na sala de embarque — e nunca mais a vi.

Agora eu estava sozinho, e tinha o resto de minha vida pela frente. Resolvi que não me entregaria, que lutaria contra a depressão. Tratei de arranjar amigos, o que, depois de uma certa idade, não é fácil; tratei de sair mais, de ir ao cinema, ao teatro. Comecei até a ler aqueles anúncios de solitários procurando companhia. Porque é dura a solidão, doutor. À noite... Um homem sozinho numa cama de casal é um náufrago abandonado à própria sorte em águas tempestuosas; ele não sabe quando vai avistar terra, ele olha para Leste e Oeste, e nada; ele sonha com praias de areias alvas cheias de nativas sorridentes... Ele sonha, mas quando acorda está só. Para não acordar só, eu frequentava uma casa noturna chamada Aquarela do Brasil. As moças eram de diferentes regiões do país e vestiam trajes típicos. Eu preferia a gaúcha, uma moça muito interessante, com suas bombachas, suas botas e suas esporas — nostalgia de certas cavalgadas? Talvez. Mas ela não era Iracema, não era ardente como Iracema — talvez porque era paga em espécie, não através de pedidos comerciais. Não havia necessidade de fechar para balanço, eu agora era livre, mas que sentia falta do sofá e da paixão clandestina, ah, isso eu sentia.

Às quartas eu jantava com Ana e o juvenil namorado. Ele era muito gentil, muito culto. Mas tinha dois hábitos desagradáveis: primeiro, achava que todo mundo sofria de complexo de Édipo; depois, falava de mim na terceira pessoa, como se eu fosse um paciente sendo examinado: "Note, querida, o claro componente edipiano que se manifesta quando fala da mãe morta...", ou: "Interessante, querida, a força do componente edipiano quando ele menciona a comida iídiche...". Eu fingia que não escutava; mas um dia contei-lhe a história de Noel Nutels, e de como Noel tinha ido para o Xingu cuidar de índios — e quando ele disse, essa atração do Noel pelo primitivo, pela natureza, resulta de um componente edipiano, explodi de vez: enfia no rabo esse teu componente edipiano, gritei, e não enche mais o saco. Levantei-me e fui embora.

Voltei, claro. O que mais podia fazer, senão voltar? Na quarta-feira seguinte lá estava eu, pedindo desculpas pelo ataque de nervos. Quem ficou satisfeita com a reconciliação foi a Ana. Boa irmã, ela. Fazia o possível para me ajudar, comprava-me presentes, perguntava se eu precisava de dinheiro. Componente edipiano, em sua relação comigo? Talvez. Mas eu me sentia agradecido, reconfortado. E não ficou só nos presentes, a Ana, ou no jantar das quartas. Preocupada com minha solidão, queria que eu refizesse a minha vida, não com Paulina, de quem não gostava muito, mas com Sarita, por quem tinha antiga admiração. Seria difícil — depois da história das cartas do Noel, nossas relações tinham ficado estremecidas. Mas Ana tratou de promover uma aproximação; escreveu a Sarita, que ainda morava no Rio, onde trabalhava como secretária num escritório de advocacia, convidou-a a passar uns tempos em São Paulo — cidade que evitava por causa do pai: nunca o perdoara. Sarita veio e nos encontramos algumas vezes. Mudara muito, ela. As atribulações pelas quais passara — fora detida e interrogada várias vezes — haviam deixado suas marcas; precocemente envelhecida, tinha contudo algum encanto. Talvez aquele ar de desamparo, não sei. O certo é que eu me sentia bem junto dela; além disso, a falta de mulher... Um dia, num bar, criei coragem e convidei-a a ir até meu apartamento. Um lampejo de esperança brilhou-lhe no olhar, mas em seguida desapareceu; sou virgem, disse, amarga, nunca tive relações, agora é tarde para começar, vamos continuar bons amigos. Perguntei se podia beijá-la, ela disse que sim, e me ofereceu o rosto, mas era como beijar pergaminho, sabe, doutor? Pergaminho.

A pessoa mais importante em minha vida não era nenhuma dessas. Era o carteiro. Por causa das cartas de Zequi, claro — que falta eu sentia dele! —, e também, melancólica surpresa, por causa das cartas de Paulina. Zequi não era de escrever muito, Paulina, que talvez se sentisse culpada, sim: longas missivas, parecidas com as de Noel — provavelmente fora influenciada pelas entusiastas leituras que ouvia ao servir sanduíches para Zequi e os camaradas. De início falou da chegada a Israel, da extraordinária vivência que significava andar pelos caminhos outrora percorridos pelas matriarcas do povo judeu, Sara e as outras (patriarcas não mencionava, talvez porque sua experiência a respeito não fosse das mais entusiasmantes; o patriarca que tivera a domicílio continuava, pouco patriarcalmente, no balcão de uma lojinha do Bom Retiro). Nas cartas seguintes falava da experiência do kibutz. Aqui, estamos criando uma nova sociedade, dizia, um verdadeiro modelo para o mundo. Por enquanto trabalhava na cozinha, mas pretendia engajar-se em tarefas políticas, por exemplo no movimento pela paz com os palestinos. Também havia iniciado, com outros voluntários do kibutz, um trabalho junto aos beduínos no deserto do Negev. Tratava-se de introduzir esse antigo grupo nômade à civilização, sem prejuízo de sua milenar cultura; tarefa que exigia habilidade e dedicação. E que, entre parênteses, a fez mudar de ideia com relação ao Noel. Durante anos ela o detestara: não sei por que você fala tanto nesse cara, repetia a todo instante, você diz que ele é seu amigo, mas ele não faz nada por você, bem que podia lhe dar uma mão, afinal é ligado ao governo. Agora, porém, admitia: o trabalho de Noel em relação aos índios não apenas era digno de admiração como até podia servir de modelo a ela própria: índios e beduínos tinham um drama em comum, o conflito com a chamada civilização. Desse drama queria participar, mas não seria fácil: teria de renunciar à própria individualidade, teria de mergulhar num verdadeiro magma de emoções às vezes muito primitivas. Disposta a enfrentar o desafio, passava dias com a tribo, às vezes morando numa barraca. E então aconteceu uma coisa inesperada: um velho sheikh chamado Yussuf se apaixonou por ela, queria comprá-la por qualquer quantidade de ovelhas. E pensar que você não ofereceu sequer um cordeiro por mim, concluía com humor, mas não sem certa amargura, aliás justificada. Mandou-me uma foto junto com o Yussuf, um homem trigueiro, de olhar feroz. Ali estavam os dois, empoleirados num camelo, em meio à imensidão do deserto.

Confesso que mexeu comigo, aquela foto. Em primeiro lugar, Paulina estava agora num plano superior. Em matéria de quadrúpedes montáveis, o mais alto que eu tinha chegado era a sela do impertinente cavalo de Isaac Babel, e mesmo assim apenas por alguns segundos. Além disso, aquela história de camelo me parecia uma clara sacanagem. Por que camelo, e não dromedário? Simples: porque o dromedário tem uma corcova só. E sobre essa corcova poderia estar Paulina ou o velho beduíno de olhar feroz — os dois ao mesmo tempo seria impossível. Mas não, tinham escolhido um camelo. O camelo tem duas corcovas — e entre elas uma espécie de vale, que pode ser um vale de lágrimas para quem não sabe montar tal animal, mas que pode ser também um vale de paixões incontidas, paixões transculturais. Paulina estava agarrada à cintura do homem. Por quê? Medo de cair? Ou gesto terno? Se gesto terno, gesto terno de amizade — chefe beduíno, eu, como judia do Bom Retiro trago-te aqui o meu afeto, bem-aventurada seja nossa convivência — ou gesto terno de safadeza? Da cintura aos genitais é só um passo, doutor, mesmo em se tratando dos caídos genitais de velho (notando-se, contudo, que o trotar do camelo bem pode ser afrodisíaco, ao menos para um beduíno). Ou seja: tudo indicava que estavam se preparando para galopar por caminhos de paixões exóticas, que eram também caminhos históricos e de históricas paixões exóticas: por exemplo, o caso de Salomão e da rainha de Sabá — verdade que Paulina não estava muito para rainha de Sabá, mas também o beduíno não estava muito para Salomão, o que importava era eles se acreditarem, respectivamente, rei Salomão e rainha de Sabá. Nessa condição estariam galopando pelo deserto, sob um céu recamado de estrelas, rumo à tenda do amor — enquanto eu só ia de casa para a loja, da loja para casa, com algumas incursões noturnas à Aquarela do Brasil.

Suspeitas à parte, eu não deixava de admirar a Paulina, que agora vivia um momento transcendente. No Oriente Médio, encruzilhada do mundo, ela procurava encontrar-se consigo. Quem sou, ela se perguntava, o que desejo da existência? Devo aceitar as limitações que me impôs o destino, Mão Negra, ou posso alçar voo rumo a regiões desconhecidas? Questões cruciais, que sem dúvida exigiam longa elaboração. Eu a imaginava, à noite, sentada à porta da barraca, meditando; da escuridão do deserto, olhos a contemplavam, os olhos dos chacais, os olhos dos terroristas — e os meus próprios olhos. Ali estava eu, saudoso, um sinistro terrorista de um lado, um fétido chacal de outro; trio de solitários na fria noite do deserto. O terrorista e o chacal esperavam uma ocasião propícia para atacar; eu não esperava nada.

Melhor: esperava o carteiro, o seu Rufino, homem de meia-idade, tez bronzeada, forte, troncudo. Tornou-se meu amigo — e confidente: sabia tudo de minha vida, do Zequi na França, da Paulina em Israel. Um dia falei-lhe do Noel. Arregalou os olhos: não me diga que o senhor é amigo do Noel Nutels, o médico dos índios. A seu pedido, contei mil histórias sobre o Noel, umas reais, outras nem tanto. Não cansava de ouvir: que homem, repetia, que grande homem.

Uma coisa, porém, deixava-o intrigado: se eu era tão amigo de Noel, por que nunca recebia cartas dele? O Nutels não é de escrever muito, expliquei, prefere telefonar. Pena, suspirou o carteiro, gostaria de ser portador de uma carta escrita por um homem tão importante. Além disso, acrescentou, para o senhor seria uma coisa ótima.

Explicou que a venda de cartas de pessoas famosas tinha se tornado, nos últimos anos, um grande negócio. Mostrou-me uma notícia de jornal: um bilhete — um simples bilhete, escrito às pressas, numa letra quase ilegível — do Graham Bell, inventor do telefone, fora vendido num leilão da Sotheby's por cento e oitenta e três mil dólares. O senhor vê, argumentou, se o Graham Bell se limitasse a telefonar, e ninguém mais autorizado que ele para recorrer ao telefone e apenas ao telefone, seus familiares, colaboradores e amigos ficariam privados de uma importante fonte de renda. Falou-me de pessoas que escreviam para gente famosa só para receber uma resposta, qualquer resposta, umas poucas linhas, e, naturalmente, a assinatura. Era uma forma de investimento, de poupança: a morte de um ator, de um cantor conhecido, instantaneamente valorizava qualquer bilhete que tivessem escrito. Eu mesmo, disse, guardo várias cartas de um escritor de minha terra; por enquanto é um desconhecido, mas isso pode mudar, outro dia perguntei numa livraria e me disseram que só naquela semana tinham vendido quatro exemplares do último livro dele, um romance muito bom, o nome esqueci, mas é muito bom. Quer dizer: o cara está subindo. Amanhã ou depois ganha um prêmio importante, fica famoso, morre — essa gente sempre morre quando vem a fama, deve ser a bebida, a cocaína — e estou feito. No caso do Noel — bateu na madeira: que Deus o conserve com saúde — nem seria preciso esperar. Carta de Noel já era dinheiro vivo, melhor que dólar, que marco alemão. (E cartas do amigo de Noel? Cartas tão autênticas que o próprio Noel assinaria embaixo? Disso não falou, mas obviamente a cotação não seria a mesma — moeda forte, então nem pensar. No máximo o desvalorizado dinheiro nacional. Não teria de que se queixar, o amigo de Noel: descarado fabulador, merecia o castigo da inflação.)

Tinha boas razões para admirar o Noel, o carteiro: sua família era de origem indígena. O doutor Noel, declarava, solene, é dos poucos a reconhecer os direitos dos índios. Nossa gente, acrescentava, era dona desta terra, de tudo o que existe por aqui. E os brancos simplesmente nos expulsaram, sem a menor consideração, sem o menor respeito, sem respeitar sequer os locais em que estão enterrados nossos mortos.

Aquilo era uma coisa curiosa, e tétrica: seu Rufino falava constantemente nos cemitérios indígenas. Havia muitos no Brasil, mas o que fora feito deles? Mistério. Os brancos se haviam apropriado dessas terras antes sagradas; sobre elas estavam agora as cidades brasileiras, como São Paulo. Esta loja, dizia, pode estar em cima de um cemitério de índios, o senhor já pensou nisso?

Não, eu não tinha pensado naquilo. Mas talvez fosse aquela uma boa hipótese para o meu fracasso como lojista: maus eflúvios. Que deveriam estar se adensando, porque as coisas iam de mal a pior.

Uma tarde — eu estava justamente pensando nessas coisas — apareceu na loja um desconhecido, um homem ainda jovem, baixo, moreno, vastos bigodes, usando terno e gravata. Apresentou-se: Armando Queiroz, corretor, especializado na compra e venda de imóveis comerciais.

Tenho interessados em adquirir lojas aqui no Bom Retiro, disse, o senhor não estaria disposto a vender este ponto?

A coisa me pegou de surpresa. Vender a loja? Vender A Majestade? Nunca tinha pensado naquilo. Era uma lojinha pequena, o movimento continuava minguado — mas era dali que eu tirava meu sustento. Mais: lá passava os meus dias — lá passara minha vida —, não tinha outro lugar aonde ir, não tinha outra coisa a fazer. O corretor percebeu a minha reação e apressou-se a explicar a proposta. Contou que passava por ali seguido e sempre me via no balcão, lendo; coisa boa, ler, ele mesmo gostava muito da leitura, era fã do Harold Robbins, mas ler por ler eu poderia ler em casa com mais conforto, sem medo de assaltos. Sacou uma calculadora e não teve dificuldade em me mostrar que, com os rendimentos do dinheiro da venda eu viveria confortavelmente. Poderia investir em imóveis, ou em terras, ainda me sobraria uma boa grana para gozar a vida. Viajando, por exemplo: o senhor poderá, disse, visitar seu filho na França ou sua mulher em Israel.

Como é que você sabe dessas coisas?, perguntei, intrigado. Ele riu, piscou o olho: um bom corretor tem de saber tudo sobre os clientes, mesmo os clientes potenciais. Sei tudo sobre a sua situação, e é por isso que lhe aconselho, como amigo: venda a loja e venda logo, enquanto o mercado está bom; se o senhor estiver de acordo, eu o coloco em contato com um comprador, gente finíssima. Quis saber quem era, sorriu de novo, misterioso: o nome não posso lhe dizer por enquanto, o segredo é a alma do negócio. Posso lhe adiantar apenas que é um imigrante, como o senhor. Veio há pouco tempo da Ásia, trouxe muito dinheiro em dólares. Quer começar um negócio, pagará bem por este ponto. Acredite, oferta assim o senhor não receberá tão cedo.

Imigrante asiático. Nada de surpreendente nisso: à época estavam chegando ao Bom Retiro os coreanos, os vietnamitas; muitos eram refugiados de guerra, vinham — como nós tínhamos vindo — em busca de uma vida melhor. Gente séria, trabalhadora. Estabeleciam-se com pastelarias, tinturarias, restaurantes, lojas de artigos eletrônicos, trabalhavam dez, doze horas por dia.

Pedi um tempo para pensar. No dia seguinte liguei para a Paulina e para o Zequi, falei com a Ana e até com o carteiro. Mostraram-se surpresos, mas não muito; todos achavam que um dia eu teria de vender a loja, aquilo não tinha futuro mesmo. Zequi, que acabara de se tornar pai do Michel, foi enfático: você trabalhou bastante, agora chega, você já é avô, pegue o dinheiro, compre uma passagem e venha conhecer o seu neto.

Vacilando ainda, decidi que pelo menos falaria com o tal asiático. Avisei o corretor, que marcou um encontro na loja. Na hora exata lá estavam eles. O comprador, um coreano de nome complicado, era um homem pequeno, magro, de idade indefinida, fisionomia inescrutável. Acompanhava-o um amigo, também coreano, mas radicado em São Paulo havia mais tempo; era o intérprete. Sentamo-nos todos no apertado escritório, os dois no sofá em que eu tinha trepado com a Iracema, eu e o corretor em cadeiras. Perguntaram sobre o movimento da loja, eu respondia, o intérprete ia traduzindo em voz baixa. Aquilo estava me deixando ansioso; eu não queria falar sobre negócios, ou não queria falar só sobre negócios; queria ir mais além, queria abrir meu coração — mesmo para um desconhecido —, queria contar como tinha vindo da Rússia, como tinha vendido gravatas junto com meu pai no centro, como tinha começado naquela loja ainda criança; mais, queria ficar amigo do coreano, queria lhe contar dos livros que lera ali, como haviam enriquecido minha mente tais leituras. E por último, mas não menos importante, queria lhe falar da Iracema e da arte de cavalgar pelos caminhos da paixão inesperada: amigo, se a oportunidade se criar e você quiser trepar aqui, faça-o, o sofá é ótimo, sobretudo para um cara pequeno como você, você pode experimentar todas as sacanagens do *Kama sutra*, não tem problema, só não esqueça de colocar o aviso de fechado para balanço e também não atenda freguesa alguma, por chata que seja, caso contrário, você — *ne dali konchit* — terá de lamentar um coito bruscamente interrompido.

Sobre isso eu teria com prazer falado, mas o homem não estava para tais digressões — para tais confissões. As perguntas que fez através do intérprete eram muito objetivas: queria saber sobre possíveis dívidas, queria saber se havia alguma ação judicial em curso contra a empresa (que empresa?). Não estava nem um pouco interessado na loja como melancólica biblioteca ou mesmo como cenário de paixões súbitas. Essa implacável frieza impressionava-me — e me deixava intrigado. Quem era, afinal, o misterioso comprador? De onde vinha a sua férrea determinação em adquirir a loja? Mais tarde, sozinho, olhando a chuva que caía lá fora, uma ideia me ocorreu. Uma ideia que me fez estremecer.

Não era coreano, o homem. Tinha nascido na Coreia, tinha aparência de coreano, nome de coreano, passaporte de coreano — mas não era coreano. Era um índio. Um índio que, depois de várias gerações, estava voltando à sua terra.

Um antepassado desse homem, um cacique, talvez, desiludido com a miséria e a degradação que os brancos haviam trazido à sua gente, dissera a Anchieta: padre, vou voltar às nossas origens. E partira para uma espantosa jornada, refazendo em sentido inverso a trajetória dos ancestrais que, vindos da Ásia pelo estreito de Bering, haviam chegado à América. Lá vai o homem, atravessando florestas e cruzando rios, transpondo montanhas e vencendo desertos, sempre em direção ao Norte. Tardará anos, décadas, em chegar a seu destino, mas isso não lhe importa; sabe que essa grande marcha corresponde a uma inflexão da História e que o tempo histórico não se conta por dias, mas por anos, por décadas, por séculos. Finalmente chega à Ásia, e no lugar que um dia se chamará Coreia ele se estabelece e constitui família; de geração em geração, a narrativa da jornada heroica vai sendo repetida. Implica um imperativo: alguém terá de voltar um dia ao Brasil, terá de recuperar a terra dos indígenas; nem que seja a terra dos antepassados mortos, o cemitério. Movido por essa pulsão irresistível, um dos descendentes do andarilho — o homem que havia pouco sentava-se diante de mim — emigra, vem direto para São Paulo, e, guiado pelo instinto (ou por algum antigo e secreto mapa, traçado na pele de um animal?), chega à loja para reconquistar o seu território. Não vem vestido como índio, obviamente: não vem de tanga, não vem de cocar, não usa batoque no beiço — mas é índio. Não vem pintado para a guerra — mas é guerra. Não guerra de tacape; guerra de calculadora, mas guerra de qualquer forma. Guerra mortal. O vencido não será comido pelo vencedor em banquete ritual, mas não poderá esperar nenhuma mercê. É assim, quando se trata de terra sagrada.

É isso. Na loja, caminho sobre mortos. Sobre caveiras e vértebras, sobre fêmures e costelas, sobre perônios e falanges. Sobre sonhos e terrores. Não só eu, claro: quem sabe do mal que se esconde sob o assoalho das casas brasileiras? Ninguém sabe, a ninguém ocorreu tal pergunta. Mas eu — o judeuzinho russo que atravessou o Atlântico no *Madeira*, o homem que aqui casou e aqui teve um filho —, eu tinha de me fazer essas indagações. Eu tinha de fazer sondagens imaginárias no chão que outros pisam sem maiores problemas. Eu tinha de me meter em perigosas, ainda que teóricas, prospecções. E o que me sugeriam tais especulações? Coisas assustadoras, coisas de desestabilizar o mais cético dos mortais

Os cadáveres ali enterrados não se haviam, sem resistência, despojado da carne que envolvia seus ossos; no processo, sutil fluido exsudara dos corpos, fluido esse que durante décadas, séculos talvez, impregnara e saturara a terra. Um dia essa terra é violentada; um cano d'água nela é introduzido. Presença afrontosa, mas não invulnerável; mesmo canos enferrujam, sobretudo canos em terra sacra. Pertuitos minúsculos neles se abrem. São causa de vazamentos, causa de excesso na conta d'água, mas são causa de um fenômeno ainda mais perturbador. A água do cano sai sob pressão, em finíssimo esguicho — mas a essa água mistura-se, insidiosamente, o ectoplasma índio. Contra todos os princípios da física — contra a corrente da água que vaza — insinua--se nos canos, dissemina-se na rede hidráulica. Resultado: toda vez que eu abria uma torneira na loja, toda vez que dava descarga no vaso (eu usava muito o WC da loja; recinto sagrado, segundo o versinho — mas quem o imaginaria tão sagrado?), os espectros ficavam à solta. Daí a tênue nuvem que às vezes saía do vaso e que eu rotulava como vapor da urina. Vapor da urina! Só se fosse da urina do diabo. Almas penadas vagavam pela loja e se apossavam de tudo o que ali fosse vivo. Uma tarde, ao crepúsculo, vi um rato balançando sobre as patas traseiras, como se estivesse executando uma dança. Era uma dança, doutor: uma dança indígena, dança de guerra. No dia seguinte — cinco aranhas andando em círculo ao redor de uma mosca agonizante. Aranhas? Não. Guerreiros preparando-se para executar o prisioneiro e devorá-lo. E depois formigas em fila — entre os carretéis ou entre as frondosas árvores do Xingu? E besouros alvoroçados — saudando a chegada de Anchieta, de Rondon, de Noel Nutels? Essas perguntas eu deveria ter me feito. Optara por ignorar fenômenos inexplicáveis — exatamente por serem inexplicáveis — e agora me arrependia. Rato dançarino, um caralho. Aranhas em círculo, um caralho. Formigas em fila entre carretéis, um caralho. Besouros alvoroçados, um caralho. Índios, sim. Bugres, sim. Fantasmas de índios, sim, fantasmas de bugres, sim. A loja era domínio deles. O que explicava o meu fracasso como negociante. Digo mais: explicava a minha obsessão de leitura. Obsessão, sim. Porque eu lia Machado, lia Buber, lia Kafka, lia todos esses autores como se estivesse hipnotizado. E eu estava, sim, hipnotizado. Agindo no meu cérebro, o fluido mandava que eu lesse, e eu lia. Lê Machado: eu lia Machado. Lê Buber: eu lia Buber. Lê, lê, lê. Eu lia, lia, lia. Claro: lendo, lendo, lendo, não prestava atenção no que se passava a meu redor. Lendo não me ocorreria progredir nos negócios. Para o que seria necessário reformar a loja. Ou seja: mexer nas fundações, no terreno. Mexer no cemitério dos índios. Eu estava sob o controle deles, doutor. E nem me dava conta. Agora: mesmo que me desse conta, mesmo que atinasse com a presença dos espectros, o que poderia ter feito? Chamar um caça-fantasmas? Capaz de caçar fantasma de índio? E onde eu acharia tal figura?

O Noel. Se eu tivesse atinado com o que acontecia, teria um bom motivo para ligar para ele. Mataria assim dois coelhos de uma cajadada: restabeleceria laços de amizade e obteria orientação segura sobre como proceder em inusitada e perigosa situação. Alô, Noel, é o seu velho amigo do *Madeira*, lembra de mim, Noel?, claro que você lembra, a nossa viagem foi inesquecível e um dia a gente tinha de sentar e recordar os velhos tempos, quem sabe tomando um uísque, sei que você gosta — mas não foi por isso que liguei, a minha ligação não tem caráter nostálgico, nostalgia é coisa do passado; a razão é outra, é o seguinte, estou morando em São Paulo, tenho uma loja no Bom Retiro, e é a propósito disso que queria lhe falar, amigo Noel, trata-se do seguinte, surgiu um problema, meu estabelecimento comercial está sendo invadido por seres do além, quero crer que se trate de espíritos de índios mortos, parece que por aqui havia um cemitério de bugres, digo, de indígenas, e eu me lembrei de você, Noel, você é médico dos índios — pena que não seja patologista, se fosse saberia me dizer se o cadáver de um bu-, digo, de um silvícola, pode gerar certos fluidos negativos — mas o certo é que você está mais familiarizado com essa gente do que eu, pensei que talvez pudesse me indicar um caça-fantasmas especializado em ectoplasma de bu-, digo de nativos da América, será que não existe uma figura assim? Ah, não conhece. Pena. Vem cá, Noel: será que o teu pajé não faz esse serviço? Olhe que eu pago bem, Noel, não sou rico mas tenho uma grana destinada especialmente a isso, na rubrica de manutenção & conservação, o cara que trabalhar para mim não vai se arrepender. Ah, você acha que não é coisa para o seu pajé. Se você diz, eu tenho de aceitar, quem entende de pajé é você, quem se meteu no meio dos bu-, dos ameríndios, foi você, eu segui outro caminho, não pude me formar em medicina como você, não fiquei amigo dos intelectuais como você, então tive de me tornar lojista, claro que também é uma ocupação digna, mas eu reconheço minhas limitações, pajé eu conheço só de livro, leio muito, Noel, leio Alencar, leio Franz Boas, leio Darcy Ribeiro, mas a prática é mais importante que a teoria, você tem a prática, eu não, então o que você diz é lei para mim, eu sigo suas ordens como seguia quando estávamos a bordo do *Madeira*, você dizia vamos para a proa, e eu corria para a proa, vamos para a popa, eu corria para a popa; você diz que o negócio do pajé é outro, então é outro, aceito o que você diz. Só uma coisa não me entra na cabeça: se o pajé expulsa maus espíritos de um doente, por que não pode fazer o mesmo numa loja do Bom Retiro? Uma construção pode ser comparada ao corpo, os canos de água são as artérias, o esgoto é o intestino, as janelas são os olhos, a porta é a boca... Ah, você acha que não vale a comparação. Bem, você conhece mais anatomia do que eu, já dissecou cadáveres, apesar de que, dizem as más línguas, como estudante de medicina você não foi grande coisa; mas respeito sua opinião. Só me fica uma dúvida: se fosse uma grande loja de departamentos às voltas com espectros de índios, será que o pajé não iria? Se fosse um supermercado, um banco, um ministério, será que ele não estava lá, fazendo suas fumigações, entoando suas cantorias? Nem sei se não tem um pouco de antissemitismo aí, Noel, claro, você vai protestar, vai dizer que os índios podem até ser nossos patrícios, fala-se que eles são as tribos perdidas de Israel que vieram para a América, os índios mexicanos até faziam circuncisão, para aguentar circuncisão algo de judeu o cara deve ter. Como é que você falou? Seu pajé só quer saber de penicilina? Convenhamos, Noel, essa é forte, pajé que está mais a fim de antibióticos que de espíritos, é forte, leva-me a pensar que já não se faz mais pajé como antigamente, a modernidade é foda — penicilina, quem diria? Quê? Perdão, não ouvi. Quê? Rabino? Mas você acha que rabino consegue exorcizar ectoplasma de bu-, de bronzeados guerreiros mortos? Sim, seria válida a tentativa. O problema é que o rabino vai me cobrar os olhos da cara, é certo que tenho uma verba para isso na rubrica de manutenção & conservação, agora, vai ser um rombo no orçamento; mas enfim, se o rabino der conta da situação, menos mal, o dinheiro aí é secundário, vou seguir seu conselho, você sempre deu bons conselhos, você é um líder, Noel, sempre foi, desde os tempos do *Madeira* — bons tempos, Noel, bons tempos. A gente se divertia. O futuro era incerto, não sabíamos o que ia ser de nós no Brasil — mas a gente se divertia. E a verdade é que não nos demos tão mal, não é Noel? Você médico, eu empresário — bom, eu não sou muito empresário, mas você também não é bem médico, sanitarista não é médico, além disso você tem essa coisa de colecionar inscrições de banheiro, merda não é tinta dedo não é pincel, neste recinto solene onde a vaidade se acaba, a mulher do major Azevedo tem cabelo no cu que dá medo — e isso para doutor não fica muito bem, fica? Não vem ao caso, o importante é que você está feliz. Você está feliz, Noel? Está? Muito feliz? É? Que bom. Quê? Se eu estou feliz? O que é que você quer dizer com estar feliz? Ah, é isso? É assim que você entende felicidade? Curioso o seu conceito, eu nunca tinha pensado assim, mas se há cara com ideias originais é você, não é, Noel? Desde pequeno você sempre foi original, você se orgulhava de sua cicatriz, lembra? Qualquer garoto procuraria esconder uma marca como a que você tinha, você não, você a mostrava para todo mundo. Verdade que em adulto você deixou crescer o bigode para disfarçar, mas isso foi depois, quando a cicatriz já não tinha importância; ademais, àquela altura você não precisava da cicatriz, você podia mostrar sua originalidade em outras coisas, no trabalho com os índios, e nas unidades sanitárias aéreas — original, muito original. Como esse seu conceito de felicidade. À luz desse seu conceito eu sou feliz. Razoavelmente feliz. Pelo menos não sou infeliz, não sou muito infeliz. Claro, tenho uns problemas, meu filho está longe, minha mulher me deixou para ir para Israel, optou pelo kibutz, anda com beduínos, monta em camelo, pode até casar com um chefe de tribo — mas não estou infeliz, de todo infeliz não estou não. Sempre penso assim: escapamos do pogrom, escapamos dos fornos crematórios dos nazistas, então tudo é lucro, não é mesmo? Esta loja, por exemplo, não é um grande estabelecimento, mas eu gosto do que faço, vender não é de todo mau, é uma forma de contato humano, não é o mesmo contato humano que você tem com os bu-, com os caiapós, mesmo porque os fregueses não entram aqui pelados, mas é uma troca emocional, sim, quem diz não sou eu, é minha irmã Ana que é psicanalista, boa psicanalista, está sempre com o consultório cheio, é uma profissional de prestígio, a única coisa que eu lamento em relação a ela é que vive com um rapazinho metido a sebo, outro dia ele disse que você tem um componente edipiano — você tem, Noel? Tem? O Xingu é a mãe para você? Aquele rio, é o líquido amniótico em que você se banhou quando era feto? E os matinhos, são os pentelhos de sua mãe? De sua mãe judia, Noel? Acho que não, Noel. Não sei o que você pensa, mas acho que não. Eu pelo menos tinha muito respeito por sua mãe. Mulher corajosa, sinto saudades dela, acho que você foi bom filho e ela foi boa mãe, meteu a unha em seu lábio, mas aquilo foi num instante de perigo, ela não queria machucá-lo, queria só que você ficasse quieto, eu não acredito que isso tenha marcado você emocionalmente, e se marcou não foi uma marca edipiana, o rapazinho que me desculpe, eu tive de dizer umas verdades a ele, fiz isso em seu nome, Noel, em nome de nossa antiga amizade, muita coisa fiz em nome de nossa antiga amizade, falo bem de você para todo mundo, até para o carteiro, o seu Rufino, que aliás o admira muito, tudo o que ele queria era ter uma carta sua, diz que suas cartas são dinheiro vivo, será que são, Noel? Suas cartas são dinheiro vivo? Bem, se são, se você é tão importante assim, é mais uma razão para que se lembre de seu velho amigo, para que o ajude. Mas, voltando à loja, gosto muito daqui, mesmo porque foi a única coisa que me restou, esta loja, e no momento estou num dilema, tem um cara querendo me comprar o estabelecimento, ele diz que é coreano, mas eu acho que ele é índio disfarçado, acho que está querendo comprar exatamente por causa dos fantasmas dos bu-, dos brasileiros bronzeados, o ectoplasma deles está entrando pelos canos e saindo pelas torneiras e está causando muita confusão aqui no estabelecimento, até os ratos se comportam de maneira estranha, você deve achar que isso é fácil de resolver porque rato você e o Rubem Braga sabiam matar, até canudo de diploma usaram para isso, mas aqui nem o flautista de Hamelin ajudaria, o problema aqui não é matar rato, portanto não se soluciona com canudo de diploma ou com flauta mágica; flauta mágica talvez até resolvesse, dependendo da flauta e sobretudo da mágica — estou precisando de mágica, sim, porque os negócios não vão bem, eu podia estar milionário, não estou por razões incompreensíveis, ou melhor, por razões que me pareciam incompreensíveis, agora acho que sei o que está acontecendo, esta loja tem caveira de bu-, caveira de habitantes autóctones da região — não, perdão, o que eu queria dizer é que a loja tem caveira de burro, de vez em quando faço essas confusões, sou bom no português, Noel, muito bom, mas às vezes tropeço, são os eflúvios — é uma loja construída sobre terreno minado, literalmente minado, não se trata de minas explosivas, é muito pior, são minas espectrais, por causa disso minhas vendas nunca foram grande coisa, mas até aí tudo bem, eu ia levando. O problema é que o coreano — ele diz que é coreano, eu acho que ele não é, acho que ele é um bu-, um autêntico povoador destas terras, mas isso não vem ao caso — está me pressionando, o corretor também, e no fim eu sou capaz até de ceder, mas não vou ceder sem fazer uma sacanagem, você sabe que eu não era disso, Noel, mas abrirei uma exceção para esse falso coreano, uma sacanagem farei e lhe direi qual. Em primeiro lugar, mando arrancar todos os canos de chumbo e trocar por cano plástico. Plástico, Noel. Material à prova de corrupção, de vazamentos. O ectoplasma dos bu-, dos antecessores dos lusos, entrava pelos furos nos canos de chumbo — mas quero ver entrar no plástico, quero ver, plástico é à prova de ectoplasma, é coisa moderna, com plástico esses fantasmas arcaicos não têm vez, eles pensam que a terra é deles, e talvez seja, mas só a terra, os canos que estão na terra não, esses canos conduzem não apenas água, mas o progresso, não foram feitos para levar espectro de bugre — de bugre, eu disse, e vou repetir, de bugre, de bugre, que me importa que a palavra seja ofensiva, foda-se quem se ofende, este mundo não foi feito para os delicados, para os seres inefáveis, este mundo foi feito para quem enfia cano de plástico na terra. E não vou tirar só os canos de chumbo, não; arranco tudo, assoalho, contrapiso, tudo, mando remover a terra com osso e tudo, coloco outra terra, e nessa terra planto árvores, umas árvores especiais, eu sei que existem árvores assim, na Europa se falava disso, árvores que crescem mais rápido que as do Xingu e cujas raízes são capazes de sugar qualquer coisa, até ectoplasma de bugre — ectoplasma de bugre, eu disse de novo, e vou repetir mais uma vez, de bugre, de bugre, de bugre — e esse ectoplasma se mistura com a seiva e, não tendo outra alternativa, se concentra nos frutos, e aí a gente arranca esses frutos, queima, sai uma fumacinha, e adeus fantasmas. Mas a fumaça, você perguntará, a fumaça da queima dos frutos, será que essa fumaça não carrega nenhum resíduo, por etéreo que seja, dos fantasmas? Pode ser, mas fumaça não falta aqui, a fumaça da poluição, e aí a fumaça civilizada acaba com a fumaça selvagem. Ou então o vento a leva. Para o Xingu, Noel. Para o Xingu, que é o lugar dos fantasmas, você respirou o ar do Xingu, sabe que esse ar aceita muito melhor resíduo etéreo de fantasma índio que o ar poluído de São Paulo. Eu vou fazer isso, Noel, em sinal de protesto, mas de antemão já sei que será inútil, não são só os fantasmas, Noel, é a terra também, a terra sob este assoalho emite vibrações negativas, capazes de me ejetar daqui, de me jogar para o espaço. Ou seja: estou liquidado, Noel. Nem o pajé, com toda a penicilina do mundo, me salvaria, nem a verba de manutenção & conservação. Você talvez pudesse me ajudar, Noel, mas não quero lhe pedir isso, fomos amigos um dia, mas a vida nos separou, a vida é assim mesmo, a gente se separa, um galopa por caminhos de coragem e valor, outro é derrotado por fantasmas de bugres. De qualquer modo agradeço, Noel, a sua atenção. Você foi gentil, Noel, ouvindo esta choradeira toda. Você é gente, Noel. Eu não sou nada, mas você — você é gente, Noel.

A negociação continuou por mais uns dias. É como um jogo de xadrez, havia dito o corretor, você avança uma peça, ele avança outra, você ameaça a torre dele, ele ameaça o seu cavalo. No fim, concluiu, animado, você vence.

Xadrez, eu conhecia. Como não haveria de conhecer, sendo judeu e sendo russo? Foi o primeiro jogo que ensinei ao Zequi — e como era bom naquilo, o garoto. Teria dado um campeão, mas a verdade é que ele não gostava de xadrez, jogava para agradar o pai.

Em xadrez eu não era mau. Só que ali se tratava de um outro tipo de xadrez, um xadrez no qual as peças eram ossos de defuntos, mandíbulas, cúbitos, fêmures — e dos quais o meu adversário tinha um estoque inesgotável. Ossos secos não faltavam no meu passado, os ossos dos mortos em pogroms e em campos de concentração; mas esses ossos estavam longe. Longe demais. Os ossos com que jogava o enigmático comprador estavam ali, debaixo mesmo de nossos pés — uma ameaça suficiente para minar qualquer disposição para o jogo que eu por acaso tivesse.

O corretor se dizia surpreso com minha apatia nas negociações. Onde está a energia do lojista, indagava, jovial, onde a milenar arte da barganha? Negociar não é mais verbo pejorativo, acrescentava, não é mais coisa de judeu. Negociação é coisa de gente respeitável; e vender — que mal há em vender? Quando se fala em venda ninguém mais pensa em Judas e em suas trinta moedas. Vender é uma técnica, há milhares de livros sobre o assunto, há cursos, há seminários, há o que você quiser.

Tudo certo — mas me faltava ânimo. Concordei com tudo o que o coreano impunha. Em consequência, a venda da loja foi rápida. Tive de fechar para balanço uns dois dias — mais um balanço sentimental do que qualquer outra coisa, porque o estoque era quase nada; levei tudo para casa, e pronto, o estabelecimento estava vazio, uma que outra aranha andando pelas prateleiras (sentiriam falta de mim, as aranhas, e os ratos, e as formigas. Ainda que tivessem, na composição de seus próprios líquidos vitais, os fluidos dos indígenas mortos, não poderiam esperar muita consideração do novo proprietário. A desinsetização estava em marcha, a desratização idem, e não se tratava de lúdica caça ao ratão com diploma de Rubem Braga, nem sequer se tratava da técnica do flautista de Hamelin — seria extermínio puro e simples, sem piadas e sem música. O coreano tinha toda a pinta de cara obcecado pela higiene). Que resistissem, se quisessem, aqueles antigos habitantes da loja. Que formassem batalhões de aranhas, brigadas de formigas, que chamassem, em seu auxílio, o Rei dos Ratos com suas sete cabeças coroadas; inútil, ele nada poderia fazer agora que a realeza se acabara naquele recinto sagrado, agora que A Majestade tinha sido deposta. Ou seja: fim de papo. Fomos ao cartório, assinamos a papelada, recebi o cheque, que pelo menos era polpudo, e pronto, não havia mais o que fazer.

O novo dono mandou imediatamente reformar as instalações. Mandou é força de expressão: ele próprio empreendeu a tarefa. Junto com os operários, desmanchava prateleiras, arrancava as tábuas do assoalho (em busca dos ossos? das caveiras e caveirinhas?). Pintaram a fachada, colocaram uma nova vitrina, enfim, montaram uma loja moderna. Decoração de gosto um tanto duvidoso — mas quem era eu para avaliar o gosto deles? Eu, que deixara a loja se encher de poeira, roedores e insetos? Fizeram como acharam mais bonito, e fizeram rápido: em breve estavam vendendo lá despertadores, leques orientais, radinhos de pilha, calculadoras, essas coisas. O proprietário e a família: a mulher e os dois filhos, um rapaz e uma moça. Muitas vezes passei por ali e, mesmo quando não havia fregueses, estavam todos de pé, atentos, o olhar fixo — em quê?, não sei, não importa, o que importa é que não estavam lendo, não estavam escrevendo as imaginárias cartas do Noel Nutels, estavam reunindo energias para a cotidiana luta pelo sustento.

Uma luta que para mim já não era problema. Eu tinha no banco o equivalente a 200 mil dólares; fiz o cálculo de que, gastando mil dólares por mês, o que era muito, eu poderia viver mais vinte anos com aquela quantia. Para quem estava com cinquenta e seis, não era uma má expectativa de vida; ao contrário, superior à do meu pai, do meu avô e de todos os parentes de que podia lembrar, sem falar dos brasileiros. Aos setenta e seis eu chegaria. Depois, Jeová teria de decidir.

Comecei mudando para um apartamento pequeno. Contratei uma empregada chamada Josileia, uma moça disposta que alegrava o ambiente cantando músicas do Roberto Carlos e da Jovem Guarda. Brejeira, esperta, logo entendeu que era parte de suas atribuições atender a certas demandas do, aliás pouco exigente, patrão. No que, entre parênteses, se revelou ótima. Não era nenhuma Iracema, doutor, com ela eu não galopava pelos caminhos da paixão arrebatada; e também não era nenhuma aeromoça introduzindo-me na cápsula do prazer de um avião de luxo; mas quebrava bem o galho, melhor inclusive do que a gaúcha da Aquarela do Brasil.

Nessa época iniciou-se uma nova fase em minha vida. Que consistia sobretudo em caminhar. Era recomendação do médico: você tem uma cardiopatia isquêmica, ele disse, é bom que caminhe bastante. Dediquei-me a explorar o centro, os bairros, os subúrbios. Como se fosse território desconhecido, sabe, doutor? Noel no Xingu, eu em São Paulo. Noel entre os índios, eu entre brancos, mulatos, japoneses, italianos, eslavos. Entre as tribos das cidades: tribos de adolescentes em bares, tribos de travestis em avenidas, tribos de miseráveis sob os viadutos, tribos de executivos em restaurantes. Gente que me mirava, às vezes com indiferença, às vezes com simpatia, às vezes com desconfiança, às vezes com franca hostilidade. O ônus do explorador. Que pode ser pesado, como descobriu Fawcett; felizmente, eu não estava atrás de nenhuma Cidade Perdida, de nenhum Eldorado, de nenhuma tribo de índios loiros. Estava apenas seguindo recomendações médicas.

Caminhar, doutor, não é galopar, por caminhos de coragem e valor ou por outros caminhos. Galopar é impulso, é emoção liberada; caminhar é arte, e é também ciência. Caminhar é avançar, mas avançar regradamente, com método, com contenção. É preciso administrar a caminhada. Providências prévias incluem, por exemplo, o estudo das condições meteorológicas em rota. Na véspera eu escutava atentamente as previsões do tempo fornecidas por várias rádios da capital. Queria saber de todos os detalhes: massas frias aproximavam-se vindas do Sul? Sopraria o vento em rajadas? Entre que extremos variaria a temperatura? Qual o significado de uma nuvem semelhante a um velho barbudo, de fero olhar? Essas coisas todas informariam a decisão crucial: levar ou não guarda-chuva. É possível caminhar sob a chuva, mas — o senhor concordará comigo, doutor —, a menos que o caminhante seja Gene Kelly naquele filme, não convém expor-se ao risco de uma gripe ou mesmo de uma pneumonia.

Caminhava, caminhava. O que, apesar dos sapatos folgados, não era de todo fácil. Porque eu carregava muito peso. O peso da culpa, em primeiro lugar. Coisa antiga: eu tinha sobrevivido enquanto tantos haviam morrido, de tuberculose, de varíola, nos pogroms, nos fornos crematórios. Eu passeava pela cidade enquanto Paulina, pobre Pau, trabalhava a terra e se sacrificava pelos beduínos, submetendo-se talvez a fazer sexo numa barraca entupida de gente ou em cima de um camelo. Eu estava vivo enquanto meu irmão, meu pai, minha mãe já tinham morrido: culpa, muita culpa. E, além disso, espectros se agarravam a mim, espectros que eu tinha de arrastar pelas ruas. Espectros com outros espectros acoplados, complexos espectrais. Por exemplo, o espectro do meu pai tinha preso a si o espectro do conde, e este o espectro de um camponês russo que Alexei privara de suas terras, e ao espectro do camponês estava ligado o da filha por ele próprio violentada... Muito espectro para um homem só. Dificultava a caminhada, aquilo, mas mesmo assim eu marchava. Para o Oeste, para o Leste, para o Sul; só hesitava um pouco em marchar para o Norte. O Norte em verdade me bloqueava, doutor. Talvez por me lembrar Bering e os asiáticos descendo rumo à loja. A Bering eu não chegaria. Para encontrar o espectro do navegador dinamarquês? Não. Já me haviam bastado os espectros locais.

Não era isenta de emoções, a jornada diária. Uma vez fui assaltado: dois rapazes se aproximaram de mim numa rua deserta, os dois com facas, e disseram, Passe o dinheiro, senhor. Instantaneamente tive aquela dor no peito e passei mal, mas eles não deram a mínima, queriam a grana e só me largaram quando lhes dei o que tinha no bolso. Outra vez fui atropelado por uma bicicleta — nada sério, apenas escoriações —, uma terceira vez tropecei numa pedra solta, quase quebrei a perna... Isso sem falar nos encontros, alguns corriqueiros, outros surpreendentes. Foi assim com o vendedor de gravatas que conheci no centro, um judeu russo que conseguira um visto para Israel e acabara em São Paulo como vendedor ambulante. Falamos em russo e em iídiche e terminei por convidá-lo para jantar em minha casa. É que eu me via naquele imigrante, sabe, doutor? Eu via a mim mesmo acompanhando meu pai no centro da cidade, apregoando as gravatas.

Josileia, que cozinhava bem, fez um excelente jantar, um estrogonofe que o homem devorou como se não comesse havia muito tempo. Barriga cheia, ficou loquaz: contou-me sobre a vida na Rússia e sobre as peripécias de sua vinda para o Brasil, um país que de certa forma o decepcionara: todos diziam que ficaria rico em dois tempos e a única coisa que conseguira fora o trabalho de vendedor ambulante. Que detestava. Não tinha o menor prazer em vender gravatas. Queria ganhar dinheiro, sim, mas para montar um negócio em que outros trabalhassem para ele. Queria ser patrão, enfim; na Rússia fora um pequeno funcionário em uma repartição e cansara de ser mandado. Aquilo lá está desabando, garantiu, servindo-se de mais vinho — já esvaziara três garrafas; os únicos que acreditam no regime são uns comunistas velhos, caducos, que às vezes andam pela Praça Vermelha carregando uns cartazes.

Dava-me certa irritação ouvir aquilo, aquelas histórias que aliás nada tinham de novo. Irritação por quê? Talvez fosse verdade, aquilo. Talvez o comunismo estivesse mesmo acabando. O homem tratara de salvar o couro. E daí? Quem era eu para condená-lo — Noel Nutels? O velho marinheiro comunista? Isaac Babel — ne dali konchit? O que eu tinha a fazer era ficar quieto, olhando-o acabar com o meu vinho. Lá pelas tantas levantei para ir ao banheiro (velha próstata, doutor, velha próstata). Enquanto estava ali, observando com desgosto o minguado jato, ouvi gritos. Corri para a sala de jantar e lá estava o homem agarrado na Josileia, tentando arrancar-lhe a roupa. Consegui libertá-la; fugiu, chorando, enquanto o russo vociferava: que eu era um egoísta, que tinha de dividir a minha empregada com ele, fazia mais de um ano que não via mulher. A custo, e recorrendo à ajuda do zelador, consegui botá-lo para fora. Saiu cambaleando rua abaixo, gritando desaforos. Que gritasse desaforos, que reclamasse, ne dali konchit, não me deixaram terminar. A mim não importava.

No dia seguinte li no jornal uma pequena notícia informando que o sanitarista Noel Nutels estava internado num hospital do Rio de Janeiro em estado muito grave.

De repente todos aqueles anos que nos separavam da viagem no *Madeira* deixavam de existir. De repente Noel tornava-se uma presença, agora avassaladora, em minha vida, em meu resto de vida.

Noel morrendo. As pessoas morrem, não morrem, doutor? O senhor sabe que morrem. Quantas pessoas o senhor já viu morrer? Para nós, que não somos médicos, ou enfermeiros, ou sacerdotes, essa experiência é diferente, é menos frequente. Há o Fulano, amigo de infância, que a gente não vê por muitos anos, e um dia abre-se o jornal e lá está o convite para enterro, ou a notícia de que foi atropelado, ou assassinado, ou que morreu num desastre de avião. A gente não vive o processo da morte, aquela marcha inexorável que vocês, doutores, acompanham: a pressão está caindo, a ureia está subindo, o pulso está fraco, está no fim, pode desligar o aparelho. A gente leva sustos.

Noel estava morrendo e nós não tínhamos nos encontrado. Em todos aqueles anos, não tínhamos nos encontrado. Por quê? Em parte por causa de meu medo: medo de que me rejeitasse, que nem sequer me reconhecesse — você viajou no *Madeira*? Qual *Madeira*? —, afinal eu tinha sumido da vida dele. Ou medo de que eu não o reconhecesse: você é o Noel? O Noel atrás de quem eu corria no navio? Pois você não parece o Noel, mostre a cicatriz sobre o lábio. Medo, finalmente, de que nós dois não nos reconhecêssemos, que nada mais houvesse de comum entre nós, nem mesmo as lembranças de infância.

Medo, doutor. Por causa desse medo eu passara a confiar no destino: esperava que o acaso nos reunisse, que o acaso mobilizasse o sentimento de amizade porventura ainda existente em nós. Exemplo: Noel vem a São Paulo, talvez para dar uma conferência, como muitas vezes fez; resolve ir ao Bom Retiro para comprar um presente para a esposa, passa por uma loja, vê um homem no balcão, lendo, e algo nesse homem lhe parece familiar, ele entra, desculpe amigo, mas algo em você me parece familiar, você não é o-? Claro, respondo, claro que sou o-, e você é o Noel, meu amigo Noel. Por cima do balcão nos abraçamos, os dois pequenos amigos do *Madeira*, os dois judeuzinhos que vieram juntos da Rússia, uma freguesa que entra não se contém e diz, que bonito, ainda existe amizade entre as pessoas neste mundo desumano, e os ratos aplaudem, e as aranhas aplaudem, e as formigas aplaudem, e até o ectoplasma dos índios, na intimidade da terra, aplaude.

Não tinha acontecido. Nenhum acaso tinha nos reunido. E agora isso não mais aconteceria.

Decidi: tinha de ver o Noel antes que ele morresse. Ou antes que eu morresse: cardiopatia isquêmica, doutor, quem me garantia que não teria um enfarte nas próximas horas, nos próximos minutos? Tinha de ver o Noel. Precisava reencontrar o meu passado enquanto ainda tinha algum significado, enquanto fazia algum sentido.

Naquela mesma noite tomei o ônibus para o Rio. Viagem melancólica, doutor, bem diferente daquilo que se chama viagem de sonho. Muitos dormindo no ônibus, alguns roncando, alguns falando coisas confusas no sono agitado. De vez em quando eu adormecia também e até sonhava, sonhava que estava na Rússia, sonhava com cossacos em negros corcéis cavalgando céleres nas estepes, sonhava com o pogrom — sonhos aflitivos, sonho de ônibus não é a mesma coisa que sonho em primeira classe de avião, um sonho que inclui sexo com aeromoça em compartimento secreto; a verdade é que de avião eu não iria, não que não pudesse pagar, agora eu podia pagar, mas precisava de tempo, doutor, algumas horas ao menos para colocar a cabeça em ordem, para me preparar emocionalmente para o difícil encontro.

Cheguei no Rio, embarquei num táxi, dei o nome do hospital; durante o trajeto o motorista foi me contando as doenças que grassavam em sua família, malária liquidando um, câncer liquidando outro; quando a hecatombe chegou ao apogeu — o homem prestes a revelar o nome da enfermidade que iria liquidá-lo em seis meses —, chegamos. Na portaria, fui barrado por uma funcionária gigantesca; eu não poderia ver o Noel, as visitas estavam restritas. O que quer dizer restritas, perguntei, e a minha dúvida era sincera, de repente eu não sabia o significado da palavra *restritas*, de repente o português começava a me abandonar. Deus, o que estava acontecendo comigo? Sou irmão dele, respondi, e pus-me a chorar. Com o que se condoeu — são bons, os brasileiros, doutor, são sensíveis — e disse, lamento pelo senhor e lamento principalmente o que está acontecendo com o doutor Noel, ele é um grande homem, fez tanto pelos índios, é um orgulho a gente tê-lo aqui no hospital, pena que seja nessas circunstâncias, se fosse apêndice ou hérnia tudo bem, mas é câncer, é uma doença horrível, imagino como o senhor deve estar se sentindo.

Pediu um documento, entreguei-lhe minha carteira de identidade. Mas não é o mesmo sobrenome, constatou, olhando-me com suspeição. Expliquei que éramos filhos da mesma mãe, mas não do mesmo pai. Então são meios-irmãos, disse. Mas na religião judaica, eu disse, o que conta é a mãe, não o pai. Aquilo era complicado e ela ficou imóvel, pensando sobre o assunto; depois abanou a cabeça: bem, isso não importa, o que importa é o sofrimento, se o senhor está sofrendo pelo Noel, pouco importa se é meio-irmão ou irmão inteiro. Pode subir.

Tomei o elevador. A meu lado, um jovem médico, vestindo jaleco branco. Tinha ouvido a conversa: quer dizer que o senhor é meio-irmão do Noel Nutels, disse. E continuou: admiro muito o seu irmão — o seu meio-irmão —, quando eu era estudante de medicina ele era a figura que me servia de exemplo, eu queria me formar e ir para o Xingu trabalhar com os índios, mas depois casei e vim trabalhar neste hospital, me acomodei... Suspirou, e — já estávamos chegando ao andar — concluiu: mas é assim mesmo, a gente vai renunciando aos sonhos, agora está aí o pobre Noel morrendo, e quem vai cuidar dos índios? Me diga, quem?

A pergunta ficou sem resposta: eu já estava no corredor. Procurava o quarto de Noel quando avistei os generais. Cinco: dois altos, dois baixos, um mais ou menos. Dois gordos, dois magros, um nem gordo nem magro. Dois trigueiros, um menos trigueiro, dois claros, e, desses dois, um francamente loiro. Três de ombros largos; outros dois, não... Não de ombros largos, não. Dois corpulentos, um obeso, dois nem obesos nem corpulentos. Um até magro. Até bem magro. Rosto chupado, de tanta magreza. Cinco generais. Todos de farda. E todos com ar aborrecido. Todos vinham na direção do elevador; claramente todos pretendiam ir embora. Um chamou o elevador mas o elevador não veio logo, então os cinco ficaram esperando o elevador e os cinco continuavam com ar aborrecido. Diante do posto de enfermagem, esperando que a enfermeira do andar me atendesse, eu escutava o que diziam. O Noel não poderia ter falado aquilo, resmungava um deles, depois de tudo o que a gente fez por ele, arranjamos aviões, equipamento, não tinha o direito de nos xingar. O que você quer, ponderava outro (o conciliador do grupo, decerto), o homem está nas últimas, quase inconsciente, não sabe o que diz. O primeiro não se conformava. O que Noel pretendera com aquela de estou como o Brasil, na merda e cercado de generais? Os generais, afirmou, não estão cercando o Brasil. Os generais estão no Brasil, no meio dos brasileiros, os generais são brasileiros, se tivemos de usar violência em uma ou outra ocasião foi por causa desses comunas traidores, desses caras vendidos para Moscou. Nós somos patriotas, nós nos sacrificamos por este país, o Noel sabe disso, sabia que, se podia contar com alguém no Xingu, era com os militares, os outros sacaneavam o tempo todo, os grileiros, por exemplo, aquele João Mortalha quis até denunciá-lo, o Azevedo foi quem segurou a barra do Noel, e isso que tinha sérias restrições a ele por causa daquela história das inscrições nos banheiros — mas sabia que o trabalho com os índios era importante, botou aquele grileiro safado a correr. E concluía: o Noel não podia ter falado aquilo, nem mesmo um moribundo tem esse direito.

Cinco generais. Um de óculos de grau, um sem óculos — e três de óculos escuros. Impressionava-me, aquilo, os óculos escuros que os generais usavam: olhar indevassável. Desígnios indevassáveis. Faces enigmáticas. E de repente — mas por que teria acontecido aquilo, por quê? Por causa do Noel? Por causa daquela história de estou como o Brasil, na merda e cercado de generais? —, um deles tirou os óculos. Por causa talvez de uma furtiva lágrima levou um lenço, muito branco, aos olhos. Ao olho, a um olho, porque o outro não existia, era um olho seco, desativado por acidente ou doença. Deu-me enorme pena, aquele olho que um dia vira e já não via; o olho que mirara os pais do general, seus irmãos, sua mulher, seus filhos. Esse olho se fora, precedera o dono no vale das sombras da morte. Mas o outro olho, ah, o outro olho era bom e brilhava, feroz como olho de ciclope. Teria calcinado Noel Nutels, aquele olhar, verdadeiro raio laser de ódio. Só não o fizera por causa da lágrima. Ou dos óculos escuros.

Cinco generais. Cinco olhos normais, quatro olhos ocultos por óculos escuros, um olho morto, morto.

Chegava o elevador. Eles entraram; a enfermeira terminou de preencher um prontuário, voltou-se para mim, indagou o que eu queria. Quando lhe perguntei pelo quarto do Noel, fechou a cara: não vá incomodar o paciente, ainda há pouco esses generais entraram lá sem avisar ninguém, o resultado é que deixaram o pobre do Noel muito agitado, tive de lhe dar um sedante.

Indicou-me onde era o quarto. E ali estava eu, diante de uma porta, e do outro lado da porta, a poucos metros de mim, estava o meu amigo Noel Nutels. Fiquei imóvel uns segundos. Por fim, respirei fundo e bati à porta. Eu esperava que uma voz, ainda que fraca, me dissesse, entre rapaz, não precisava bater, pode entrar, você é amigo, é irmão, há anos esperava por sua visita, entre logo.

Nada.

Bati de novo, a essa altura uma leve dor me apertando o peito. Não só bati, como chamei: Noel. Não gritei, não bradei, vamos lá, Noel, abre logo essa porra, vim de longe para te ver, deixa de sacanagem e abre a porta. Não; chamei baixinho: Noel. Depois um pouco mais alto, não muito mais alto, uns dez decibéis a mais, se tanto: Noel, Noel, repetindo-lhe o nome, Noel, Noel.

Nada.

Levei a mão à maçaneta, experimentei-a: a porta não estava trancada. Abri-a e entrei. De imediato envolveu-me o cheiro, doutor. Minha mãe dizia que a morte tem cheiro: estava certa. O cheiro que eu sentia não era o cheiro de urina, de suor, de remédio, de desinfetante; era isso também, mas era um outro odor, pungente, melancólico, cheiro de morte, mesmo.

Estava escuro naquele quarto. O sol brilhava lá fora, era um dia quente de verão carioca, mas as persianas estavam abaixadas, de modo que tive de esperar algum tempo até que meus olhos se acostumassem à semiobscuridade.

E então vi, sobre a cama, o Noel Nutels. Estava morrendo. Morrendo, o Noel. Deitado, imóvel, os olhos fechados, a respiração estertorosa, Noel morria. Morria, o Noel, naquele quarto escuro de um hospital, num décimo andar, um lugar que parecia estranhamente desconectado, um lugar solto no espaço e no tempo. Ali estava o Noel, longe de Ananiev e longe do Xingu. Longe das onças e das sucuris, longe da paca e longe da cutia, longe do caapora e longe do curupira, longe dos índios, bem longe dos índios, Noel morria.

Aproximei-me. Diante de mim, um corpo brutalmente devastado pela doença, uma carne translúcida que eu olhava e olhava, como se pudesse ver algo através daquela carne, como se tivesse esperança de avistar, sob o triste envoltório, o Noel, o menino Noel. Mas eu não via nada, doutor, porque nada havia para ver, e se houvesse eu não veria: as lágrimas me turvavam os olhos. Mirei-lhe o rosto. O bigode ainda era basto, como mostravam as fotos; quis ver se ainda descobria, por sob os brancos pelos, a cicatriz que em um tempo tanto me mortificara. Não, não vi nenhuma cicatriz. Mas estava escuro. Escuro demais para que eu a visse.

De sob a bata que vestia saía um tubo de borracha, a sonda vesical, ligada — a um penico de ágata? Não, a um frasco de vidro. Ali pingava melancolicamente a urina, gota após gota: clepsidra a registrar inexoravelmente a fuga do tempo, do tempo que lhe restava, do tempo que a mim restava. De repente, a urina se tingiu de sangue... Em prantos, joguei-me sobre ele, não me abandones, Noel, não abandones teu amigo, Noel, levei tanto tempo para te encontrar, não me deixes agora, eu preciso de ti, Noel, acorda Noel, faz de conta que estamos no navio, Noel, no *Madeira*, vamos correr pelo navio, Noel, você gostava tanto de correr pelo navio, vamos procurar um rato para botar na mala do açougueiro.

Ele abriu os olhos. Não me reconheceu, claro; murmurou algumas palavras — em iídiche? Em idioma indígena? Em russo, ne dali konchit? —, mas não eram dirigidas a mim, as suas palavras, e sim a outros, os que estavam ali. E quem ali estava? Todos estavam ali. Estavam Salomão Nutels e o padre Anchieta, o schochet e o foguista ucraniano, o marinheiro russo e Fawcett, o pajé e Getúlio, seu Cesário e o rato da pensão, Rondon e o João Mortalha, o cacique e o major Azevedo, os caiapós e os carajás, as onças e o curupira, os canibais e os bugios. Todos imóveis, a fitar Noel.

Falta alguém, Noel. Entre aqueles que queres junto a ti nestes derradeiros momentos falta alguém, alguém cuja imagem se tornou imprecisa demais para ti: eu. Agora, aqui estou. Cheguei tarde e não cheguei a galope, como Isaac Babel, mas cheguei. E vim, Noel, para te agradecer, Noel. Tu cuidaste de mim. De longe, cuidaste de mim, como cuidaste do indiozinho. Não adiantou muito, mas cuidaste de mim, fizeste o que estava a teu alcance, até cartas escreveste para o meu filho, belas cartas, Noel, cartas que me ajudaram a tornar-me o pai que eu não conseguia ser. Vim para te agradecer, Noel, Noel, não tens abelhas mas vendes mel.

A porta se abriu. Era uma atendente. O senhor vai me dar licença, disse, eu tenho de limpar um pouco o doutor Noel.

Saí, enquanto lá dentro ela o repreendia mansamente: que vergonha, doutor Noel, fez cocô de novo no lençol.

Durante todos esses anos, doutor — dez anos já —, a lembrança de Noel me acompanhou. Não; durante todos esses anos — dez solitários, tristes anos — minha vida girou em torno à lembrança de Noel. Eu queria fazer alguma coisa por ele, algo que, de alguma forma, mantivesse viva a sua memória. O quê, exatamente, eu não sabia. Chegava às vezes a pensar que aquilo era mania de velho — caduquice, para falar bom português. Até que uma noite acordei com uma ideia. Ideia? Não, era mais que uma ideia, era revelação, um alumbramento.

Eu tinha de continuar a obra de Noel Nutels. Onde tu foste, Noel, eu irei; onde tu moraste, eu morarei, a tua casa será a minha casa, a tua gente a minha gente. Eu iria para o Xingu, trabalhar com os índios. E, trabalhando com os índios, eu recuperaria aquilo que, eu descobria agora, era na verdade o meu sonho.

Uma loja.

A Majestade do Xingu.

A meio caminho entre a gélida Patagônia e o misterioso estreito de Bering, em pleno trópico brasileiro, eu abriria a minha loja. De início uma lojinha modesta — modesta, porém autêntica, reproduzindo, na medida do possível, minha loja do Bom Retiro, ratos e aranhas inclusive, poeira também —, mas não livros. Livros, não. No Xingu eu não mais leria. Para que ler, se a vida estaria ali, esplendorosa, à porta mesmo de meu negócio? O caudaloso rio, a floresta, os bu-, os bugios pulando de galho em galho, as araras gritando, as sucuris coleando. Venderia tudo o que havia vendido antes e tudo o que o asiático vendia agora, a tradição e a modernidade: novelos de lã e minicalculadoras, cortes de fustão e rádios de pilha, carpins e gravadores. Venderia para colocar esses artigos ao alcance dos índios, naturalmente, mas venderia sobretudo pelo prazer de vender, prazer que seria reforçado pela pureza da paisagem, pela inocência dos clientes. Venderia sem pressa, saboreando cada transação; a cada potencial comprador descreveria longamente as vantagens da mercadoria que porventura o tivesse interessado. As vendas seriam feitas em moeda corrente do país, mas eu também aceitaria o escambo, recebendo, em troca de uma lanterna elétrica, arco e flechas como aquele arco e aquelas flechas que Prestes recebera de Noel Nutels. Cinco pirarucus equivaleriam a um relógio eletrônico, seis pacas (vivas) a um carrinho de controle remoto. Os canibais não seriam bem vistos no estabelecimento, mas, insistindo, poderiam levar frigideiras de teflon; ao menos minimizariam os riscos da antropofagia, ingerindo carne sem muita gordura. Promoções seriam realizadas com frequência; mais que isto, a loja realizaria um trabalho educativo, de defesa do consumidor indígena. Cursos seriam dados com regularidade, cursos, seminários, workshops. Como é que você escolhe uma calculadora, pajé? Como é que você descobre, atrás da máscara impassível do vendedor recém-chegado de Bering, os sinais que evidenciam a trapaça, a má-fé? Com o tempo, e de acordo com uma evolução natural, A Majestade do Xingu iria crescendo, transformando-se num grande estabelecimento. Departamentos especiais seriam criados, um deles homenageando Noel Nutels — verdadeiro museu, com abundante memorabilia: a miniatura do *Madeira*, fotos dos emigrantes (e uma especial, com o marinheiro russo), fotos de Laje do Canhoto, objetos da loja de Salomão Nutels, incluindo, e mesmo que isso chocasse alguém, um penico de ágata; o canudo com que Rubem Braga matou o rato na pensão de dona Berta; cartas do Noel, tanto as verdadeiras como outras, a ele atribuídas, e escritas num estilo praticamente idêntico ao seu; a réplica de um banheiro com as paredes cobertas de inscrições ("A mulher do major Azevedo tem cabelo no cu que dá medo") e versinhos ("Merda não é tinta, dedo não é pincel, quando vier cagar, traga sempre papel"); fotos dos índios, e — grande atração — o primeiro Lodestar do Serviço de Unidades Sanitárias Aéreas. Nesse avião, os visitantes poderiam entrar e sentar-se ao comando, e se um casal desejasse, depois do expediente, fazer amor ali, isso até seria concedido, mediante licença especial, pois voar estimula as fantasias. No departamento especial os visitantes ganhariam camisetas com fotos do Noel, com frases tais como Noel, Noel, não tens abelhas mas vendes mel e Ne dali konchit.

O grande objetivo da loja, a sua razão de ser, aquilo que faria dela uma instituição exemplar e original, seria a iniciação das tribos à arte da compra. Não a compra voraz, canibalesca, mas sim a compra como sinal de reconhecimento e aceitação do trabalho alheio, como forma de inserção na imensa cadeia de produção e consumo, cadeia essa formada ao longo do tempo — e do espaço, do estreito de Bering à Patagônia. Não uma cadeia de solidariedade (talvez no futuro pudesse ser isso, cadeia de solidariedade) mas uma cadeia de realidade, a cadeia à qual os seres humanos vêm se integrando ao longo dos tempos, plantando e colhendo, fiando e tecendo, martelando e serrando, fundindo e moldando.

À Majestade do Xingu eu dedicaria os últimos anos de minha vida; seria uma missão que justificaria minha passagem sobre a terra. Uma obra com sólidas bases. E mesmo que não tivesse bases sólidas, mesmo que fosse construída sobre um antigo cemitério indígena, sobre areia impregnada de ectoplasma — que importância teria? Que entrassem no encanamento, os espectros dos índios mortos, e depois na loja. Que penetrassem no recinto sagrado do consumo, aquele recinto onde a vaidade nunca se acaba. Seriam bem-vindos, seriam até considerados atração adicional, receberiam desconto extra nas vendas a vista e cupons para concorrer ao sorteio de automóveis zero quilômetro. Na

Majestade do Xingu haveria lugar para o real e para o imaginário. A conjugação perfeita do prático e do mítico.

Cansado — longa, a viagem que eu tinha feito —, acabei adormecendo. E, como esperava, sonhei: sonhei com o Xingu, que nunca tinha visto, um lugar de uma beleza arrebatadora. Ali estava eu, à porta da grande loja recém-inaugurada. Multidões de índios, massas bronzeadas, aguardavam a cerimônia de inauguração, brincando e dançando sob o alegre sol dos trópicos. Eu estava feliz naquele sonho, doutor. Mais feliz do que estivera em qualquer momento de minha vida. Feliz, feliz. O que eu entendo por feliz? Bom, isso é um conceito a ser discutido, e eu acredito que as opiniões a respeito variem, mas acho que posso dizer com razoável grau de segurança que estava, sim, feliz. Numa escala de zero a dez, o meu grau de felicidade seria oito. De zero a cinco estrelas, quatro. Felicidade quatro estrelas.

De repente, o tropel de um cavalo, e era ele, o cossaco: vestido de negro, longos bigodes, olhar feroz — o chefe do bando que invadira a nossa aldeia num sangrento pogrom. Havia quantos anos galopava? Havia muitos anos, sem dúvida: escapando de Budyonny e dos bolcheviques ele cruzara a Sibéria, a China, atravessara o estreito de Bering, descera pelo Alasca, pelo Canadá, os Estados Unidos, o México, as florestas da América Central e as matas da Amazônia; galopando por caminhos de ódio e terror, voando como furacão, acabara por me descobrir e agora chegava para terminar a tarefa. Estacou, saltou do cavalo: por fim te encontro, judeuzinho de merda, persigo-te há anos, mas agora te achei, terás o privilégio de um pogrom só para ti, é o teu fim, o Noel Nutels podia te salvar, mas ele acabou de morrer e tu vais junto.

Empurrou-me, caí, e pisou em meu peito com a bota, e estava me esmagando, e se ao menos eu afundasse na terra, na generosa terra brasileira, se ao menos eu sumisse terra adentro, mas não, a terra resistia, teimosa, não era a macia areia da praia ou a do Xingu, era uma terra dura, seca, uma terra que o ectoplasma dos índios não tinha impregnado, uma terra pétrea; e o tacão da bota, um tacão maciço, pesado, um tacão que não era oco e que nada continha, esse tacão esmagava meu tórax, e era uma dor horrível, a dor mais forte que eu já havia sentido, e de repente acordei gemendo, e a Josileia me socorreu, boa Josileia, e eu vim para cá; e é tudo, doutor. Isso que eu lhe contei é tudo, é a minha história, que só tem importância porque é um pouco, muito pouquinho, a história de Noel Nutels, o médico dos índios.

Posso lhe fazer uma pergunta, doutor? Posso?
Essa dorzinha aqui no braço — o que será isso, doutor?

MOACYR SCLIAR nasceu em Porto Alegre em 1937. É autor de oitenta livros em vários gêneros: romance, conto, ensaio, crônica, ficção infanto-juvenil. Suas obras foram publicadas em mais de vinte países, com grande repercussão crítica. Recebeu numerosos prêmios, como o Jabuti (1988, 1993 e 2000), o APCA (1989) e o Casa de las Americas (1989). É colaborador em vários órgãos da imprensa no país e no exterior. Tem textos adaptados para o cinema, teatro, televisão e rádio, inclusive no exterior. É médico e membro da Academia Brasileira de Letras.

OBRAS PUBLICADAS PELA COMPANHIA DAS LETRAS

Boa Companhia — Contos [VÁRIOS AUTORES]
Boa Companhia — Crônicas [VÁRIOS AUTORES]
O centauro no jardim
Contos reunidos
De primeira viagem [VÁRIOS AUTORES]
Éden-Brasil
Eu vos abraço milhões
O irmão que veio de longe
Os leopardos de Kafka
O livro da medicina
A Majestade do Xingu
Manual da paixão solitária
A mulher que escreveu a Bíblia
A orelha de Van Gogh
A paixão transformada
A poesia das coisas simples
Saturno nos trópicos
Sonhos tropicais
Território da emoção
Os vendilhões do Templo
Vozes do Golpe — Mãe judia, 1964; A mancha; Um voluntário da pátria

COMPANHIA DE BOLSO

Jorge AMADO
Capitães da areia

Hannah ARENDT
Homens em tempos sombrios

Philippe ARIÈS, Roger CHARTIER (Orgs.)
História da vida privada 3 — Da Renascença ao Século das Luzes

Karen ARMSTRONG
Uma história de Deus

Marshall BERMAN
Tudo que é sólido desmancha no ar

David Eliot BRODY, Arnold R. BRODY
As sete maiores descobertas científicas da história

Jacob BURCKHARDT
A cultura do Renascimento na Itália

Italo CALVINO
O cavaleiro inexistente
Fábulas italianas
Por que ler os clássicos

Bernardo CARVALHO
Nove noites

Jorge G. CASTAÑEDA
Che Guevara: a vida em vermelho

Ruy CASTRO
Chega de saudade
Mau humor

Jung CHANG
Cisnes selvagens

Catherine CLÉMENT
A viagem de Théo

Joseph CONRAD
Coração das trevas
Nostromo

Charles DARWIN
A expressão das emoções no homem e nos animais

Georges DUBY (Org.)
História da vida privada 2 — Da Europa feudal à Renascença

Rubem FONSECA
Agosto
A grande arte

Meyer FRIEDMAN, Gerald W. FRIEDLAND
As dez maiores descobertas da medicina

Jostein GAARDER
O dia do Curinga

Jostein GAARDER, Victor HELLERN, Henry NOTAKER
O livro das religiões

Fernando GABEIRA
O que é isso companheiro?

Luiz Alfredo GARCIA-ROZA
O silêncio da chuva

Eduardo GIANNETTI
Auto-engano
Vícios privados, benefícios públicos?

Edward GIBBON
Declínio e queda do Império Romano

Carlo GINZBURG
O queijo e os vermes

Marcelo GLEISER
A dança do Universo

Tomás Antônio GONZAGA
Cartas chilenas

Philip GOUREVITCH
Gostaríamos de informá-lo de que amanhã seremos mortos com nossas famílias

Milton HATOUM
Dois irmãos
Relato de um certo Oriente

Eric HOBSBAWM
O novo século

Albert HOURANI

Uma história dos povos árabes

Henry JAMES

Os espólios de Poynton

Retrato de uma senhora

Ismail KADARÉ

Abril despedaçado

Franz KAFKA

O castelo

O processo

John KEEGAN

Uma história da guerra

Amyr KLINK

Cem dias entre céu e mar

Jon KRAKAUER

No ar rarefeito

Milan KUNDERA

A insustentável leveza do ser

O livro do riso e do esquecimento

Danuza LEÃO

Na sala com Danuza

Paulo LINS

Cidade de Deus

Claudio MAGRIS

Danúbio

Naghib MAHFOUZ

Noites das mil e uma noites

Javier MARÍAS

Coração tão branco

Heitor MEGALE (Org.)

A demanda do Santo Graal

Evaldo Cabral de MELLO

O nome e o sangue

Patrícia MELO

O matador

Jack MILES

Deus: uma biografia

Ana MIRANDA

Boca do Inferno

Vinicius de MORAES

Livro de sonetos

Antologia poética

Fernando MORAIS

Olga

Vladimir NABOKOV

Lolita

Friedrich NIETZSCHE

Além do bem e do mal

Ecce homo

Humano, demasiado humano

O nascimento da tragédia

Adauto NOVAES (Org.)

Ética

Michael ONDAATJE

O paciente inglês

Malika OUFKIR, Michèle FITOUSSI

Eu, Malika Oufkir, prisioneira do rei

Amós OZ

A caixa-preta

José Paulo PAES (Org.)

Poesia erótica em tradução

Michelle PERROT (Org.)

História da vida privada 4 — Da Revolução Francesa à Primeira Guerra

Fernando PESSOA

Livro do desassossego

Poesia completa de Alberto Caeiro

Poesia completa de Álvaro de Campos

Poesia completa de Ricardo Reis

Décio PIGNATARI (Org.)

Retrato do amor quando jovem

Edgar Allan POE

Histórias extraordinárias

Antoine PROST, Gérard VINCENT (Orgs.)

História da vida privada 5 — Da Primeira Guerra a nossos dias

Darcy RIBEIRO

O povo brasileiro

Edward RICE

Sir Richard Francis Burton

João do RIO

A alma encantadora das ruas

Philip ROTH

Adeus, Columbus

O avesso da vida

Elizabeth ROUDINESCO

Jacques Lacan

Arundhati ROY

O deus das pequenas coisas

Salman RUSHDIE

Os versos satânicos

Oliver SACKS

Um antropólogo em Marte

Carl SAGAN

Bilhões e bilhões

Contato

O mundo assombrado pelos demônios

Edward W. SAID

Orientalismo

José SARAMAGO

O Evangelho segundo Jesus Cristo

O homem duplicado

A jangada de pedra

Arthur SCHNITZLER

Breve romance de sonho

Moacyr SCLIAR

A majestade do Xingu

A mulher que escreveu a Bíblia

Dava SOBEL

Longitude

Susan SONTAG

Doença como metáfora / AIDS e suas metáforas

I. F. STONE

O julgamento de Sócrates

Drauzio VARELLA

Estação Carandiru

Caetano VELOSO

Verdade tropical

Erico VERISSIMO

Clarissa

Incidente em Antares

Paul VEYNE (Org.)

História da vida privada 1 — Do Império Romano ao ano mil

XINRAN

As boas mulheres da China

Edmund WILSON

Rumo à estação Finlândia

1ª edição Companhia das Letras [2000] 7 reimpressões
2ª edição Companhia das Letras [2003]
1ª edição Companhia de Bolso [2009] 2 reimpressões

Esta obra foi composta pela Verba Editorial em
Janson Text e impressa pela Prol Editora Gráfica em ofsete
sobre papel Pólen Soft da Suzano Papel e Celulose